송진용 新무협 판타지 소설

패왕투

패왕투 4

송진용 新무협 판타지 소설

초판 1쇄 찍은 날 § 2007년 2월 21일
초판 1쇄 펴낸 날 § 2007년 2월 28일

지은이 § 송진용
펴낸이 § 서경석

편집장 § 문혜영
편집 § 서지현 · 심재영

펴낸곳 § 도서출판 청어람
등록번호 § 제1081-1-89호
등록일자 § 1999. 5. 31
어람번호 § 제2-1135호

주소 § 경기도 부천시 원미구 심곡1동 350-1 남성B/D 3F (우) 420-011
전화 § 032-656-4452 팩스 § 032-656-4453
http://www.chungeoram.com
E-mail § eoram99@chollian.net

ⓒ 송진용, 2007

ISBN 978-89-251-0559-8 04810
ISBN 978-89-251-0486-7 (세트)

| 음지(陰地)에 서다 |

霸刀鬪 ④

가장 지독한 원한, 그리고 가장 지독한 사랑, 그건 서로 같은 거야. 나를 미치게 하거든.
강렬한 주인공이 있고, 막강한 원수가 존재하며, 그들 사이에도 몇 명의 여인이 있다. 현실에서는 불가능한
통쾌한 활극과 모험이 펼쳐진다!

패왕투

송진용 新무협 판타지 소설
Fantastic Oriental Heroes

도서출판 청어람

목차

第一章

동가촌(東哥村)

第一章

조작량이 검미를 꿈틀거렸다.

"삼패왕 장건두라고 했느냐?"

"그렇습니다. 그의 유인에 속아 잠시 영주 곁을 떠났던 건 저의 잘못입니다. 변명의 여지가 없으니 처벌하신다면 달게 받겠습니다."

다섯 차례의 격전을 치렀고, 모두가 죽임을 당하는 처절하고 긴박한 상황에서도 최선을 다해 각주를 지켰다는 말은 하지 않았다. 할 필요가 없는 것이다.

'셋째야, 그렇게 우려했건만 네가 기어이, 기어이……'

장건두라는 말을 들었을 때 조작량은 가슴 깊이 커다란 돌덩이 하나가 떨어지는 것 같은 충격을 받았다.

왜 하필 너란 말이냐? 하는 안타까움이 얼굴에 그늘이 되어 나타났다.

조작량의 침묵이 답답했던지 그의 오른쪽에 서 있던 패도전왕 섭철곤이 버럭 소리쳤다.

"곽기는? 너는 나의 화천비룡대를 만나지 못했단 말이냐?"

"아쉽게도 그렇습니다. 그들과 합류할 수 있었다면 상황이 달라졌을 것입니다."

"으음—"

섭철곤이 분한 숨을 내쉬었다. 곽기와 일백의 용사들을 남김없이 잃은 일로 인해 그의 노여움은 극에 다다라 있는 중이었다. 하지만 류는 그들이 지원 나왔다는 것조차 알지 못하고 있으니 책망할 수 없다.

조작량의 왼쪽에 창백한 얼굴을 한 채 묵묵히 서 있던 밀천유운대의 천주 가운악이 밭은기침을 하고 건조한 음성으로 말했다.

"옥봉각주를 지키지 못했고 영주의 실종을 막지 못했으니 너에게 책임을 묻지 않을 수 없다."

류는 그를 처음 본다. 지존보의 제일천이라는 밀천유운대의 천주가 저런 병약해 보이는 자였던가? 하는 의아함으로 물끄러미 바라보더니 차갑게 말했다.

"외람된 말씀입니다만, 밀천유운대가 세간의 소문처럼 그렇게 대단했다면 이런 일이 생기기 전에 미리 알려줄 수 있었을 것입니다. 그랬으면 이와 같이 어이없는 일은 일어날 수 없었겠지요."

완곡하게 말했지만 결국 너는 네 소임을 다 했느냐는 책망이다.

가뜩이나 백지장처럼 창백하던 가운악의 얼굴이 더욱 싸늘해졌다.

대전 안의 공기가 얼음 굴처럼 차가워진다.

지루할 만큼 침묵을 지키고 무엇을 생각하던 조작량이 비로소 입을 열었다.

"너에게 실수를 만회할 기회를 주겠다."

의외의 말이라 문책을 예상했던 모두는 어리둥절해졌다.

"보름의 시간을 준다. 그 안에 옥봉각주를 찾아서 데려와라. 그때까지 문책을 유예한다."

"명을 받듭니다!"

"너는 검기령주의 신분으로 지존보를 나간다."

"억!"

곁에 있던 섭철곤과 가운악이 놀란 외침을 터뜨렸다.

"보 내의 청년 검사들 중에서 오십 명을 뽑아 검기령에 배속시켜 주겠다."

"사양하겠습니다."

"응?"

류의 단호한 거절에 섭철곤과 가운악은 다시 한 번 놀라 눈을 크게 떴고, 조작량은 빙긋 웃었다.

"단목 영주를 대신해 잠시 영기를 맡겠습니다만 수하는 필요없습니다."

"무엇 때문에?"

"있으나마나한 자들을 통솔하려면 제가 해야 할 일을 제대로 할 수 없기 때문입니다."

"하하하하―"

섭철곤이 조작량의 곁이라는 것도 잊은 채 그 큰 몸을 들썩이며 박장대소해다.

듣기에 따라서는 지존보 전체에 대한 모욕적인 말이었지만 조작량은 여전히 빙긋 웃을 뿐 가타부타 말을 하지 않았다.

이번에는 류가 잠시 생각하는 듯하더니, 당돌하게 말했다.

"그 대신 한 사람을 데려갈 수 있도록 허락해 주시기 바랍니다."

섭철곤이 웃음을 뚝, 그쳤고 조작량은 여전히 빙긋 웃었다.

"말해보아라."

류가 말없이 손가락을 들어 조작량의 뒤편 어둠을 가리켰다.

조작량이 처음으로 눈살을 찌푸렸다. 하지만 곧 본래의 무심한 얼굴로 돌아가 류의 눈을 똑바로 바라보며 천천히 머리를 끄덕였다.

　독갈자 류가 검기령주가 되었다는 소문은 즉시 구석구석으로 퍼져 나가 지존보를 들끓게 했다. 전례가 없던 일이었지만 아무도 류의 면전에서 대놓고 그를 비아냥거리지 못했다.

　류가 떠나던 저물녘.
　와호산 정상의 오층 누각에 한 사람이 서서 짙어져 가는 노을을 바라보고 있었다.
　조작량이다.
　와호산을 구렁이처럼 감싸고 있는 덫 겹의 담이 수풀에 드문드문 가려져 있었다. 성벽처럼 높고 단단한 그것 위로 관문이며 망루들이 불쑥불쑥 솟아올라 있는 게 한눈에 내려다보인다.
　쌀쌀한 바람에 옷깃을 펄럭이며 서 있기를 한참. 남쪽으로 이어져 있는 하얀 길 위에 한 사람의 모습이 보였다.
　멀리 보이는 그의 뒷모습을 응시하던 조작량이 지그시 입술을 깨물었다.
　'나는 비겁자다.'
　그런 자책이 마음 깊이 들면서 살의가 솟구쳤다.
　당장이라도 보를 박차고 뛰어나가 세상을 피로 씻어야 옳았다. 그게 염가연에 대한 넘쳐 나는 애정을 표출하는 옳은 방법이다.

그녀를 그토록 열망하면서, 정작 그녀의 실종 앞에서는 이처럼 무기력하게 구경만 하고 있어야 한다는 사실이 못 견디게 괴로웠다.

자신의 발목을 잡고 있는 체면이라는 것이 지금처럼 부담스럽고 원망스러운 적이 없다.

무신이라는 명성 때문에, 절대자라는 위엄 때문에, 그것들을 한순간 잃어버릴 수 없다는 집착 때문에 그는 이렇게 서서 무기력하게 류의 뒷모습만 바라보고 있는 것이다.

'하지만……'

조작량의 마음속 깊이 감추어져 있던 살의(殺意)가 가만히 속삭였다.

'보름, 보름만 기다리면 된다.'

류가 돌아올 때까지 기다려 주는 것. 그게 지금 그가 할 수 있는 최선이었다.

만약 빈손으로 돌아온다면 그때 책임을 엄하게 물어 가혹한 형벌을 내릴 것이다. 명분이 뚜렷하니 누구도 그 일을 가지고 자신을 의심하지 않을 게 틀림없다.

류를 공개 리에 처단하고 나서 직접 강호에 나가 염가연과 화천비룡대, 그리고 검기령의 복수를 하는 것이다.

또 류가 다행히 그녀를 찾아서 데리고 돌아온다면 그때는 누가 이런 엄청난 짓을 한 건지 알아낼 수 있을 것 아닌가. 역시 복수의 기치를 높이 들고 강호로 나가 통쾌하게 음모의 무리들을 정벌할 수 있다.

지존보의 아성에 도전하는 자들을 짓밟는 건 곧 강호의 정의를 지키는 일이다.

조작량은 그것이야말로 뚜렷한 대의명분이라고 생각했다. 그때는 누가 자신을 의심할 것이며, 한 여자에 눈이 멀어 복수심에 사로잡힌 노망 든 늙은이라고 손가락질할 것인가.

'보름, 보름만 기다리면 된다.'

조작량은 류 대신 당장이라도 달려가 강호에 한바탕 혈풍을 불러일으키고 싶은 충동을 가까스로 눌러 참았다.

이제는 성질대로 할 수 없는 불편한 몸이라는 걸 받아들여야 했던 것이다.

대의명분을 찾지 않으면 아무것도 할 수 없다.

그래서 조작량은 지존보라는 높은 곳에 홀로 군림하면서 스스로를 답답한 울타리에 가두어둔 사람이 되었다.

한 마리의 사자가 울타리를 깨뜨리고 나갈 때를 기다리며 멀어지는 류의 뒷모습을 바라보고 있는 것이다.

조작량의 눈에는 이제 그가 먹음즉한 하나의 먹잇감으로밖에는 보이지 않았다.

'놈, 감히 내 여자의 마음을 훔치다니…….'

어금니를 지그시 깨무는 그의 시야에서 류가 점점 멀어지고 있었다.

　　　　　*　　　　*　　　　*

"나와."

어둠이 짙어진 강가에서 류가 걸음을 멈추고 불쑥 말했다.

강둑을 따라 길게 줄이어 서 있는 버드나무들이 바람에 흔들리고 있을 뿐 기척이 없다.

"내가 찾아내면 그냥 두지 않겠어."

비로소 반응이 온다.

앞쪽 두 번째 버드나무 위의 어둠이 흔들린 것이다.

"나는 형체도 모르는 귀신하고 동행하고 싶지 않다."

'귀신?

불쑥 말해놓고 깜짝 놀랐다.

류의 머릿속에 제가 한 말에 대한 울림이 가득 찼다.

장견두에게서 들은 말 때문이었다. 그는 자신의 사부가 귀신이라고 하지 않았던가.

귀령은 귀신같은 존재다. 형체를 허공에 감추고 소리없이 주위를 맴돈다.

류가 매서운 눈길로 버드나무 위의 어둠을 노려보았다.

"왜 그러는 거냐?"

그 어둠이 은밀한 말을 전해왔다.

"네가 정말 귀신은 아니겠지?"

"……"

"보주는 보름 동안 나에게 너를 내주었다. 보름 동안 네 주인은 나라는 의미야. 잘 알고 있을 텐데?"

"……."

"첫 번째 명령이다. 나오지 않으면 항명하는 걸로 여기고 형률에 따라 즉결처분하겠다."

"쳇."

"쳇이라니? 주인의 명령에 쳇이라니? 불경죄까지 더할 테다."

"보주께서도 나에게 이런 명령을 내리신 적은 없다."

"보주는 보주고 나는 나야. 셋을 세겠다. 하나, 둘……."

막 셋을 세려는데 눈앞에 어두운 그림자 하나가 뚝 떨어졌다.

복면으로 얼굴을 가린 자였다. 보통의 키에 몸집이 가늘다. 몸에 딱 붙는 검은 옷을 입었고, 등에 두 자루의 짧은 검을 엇갈리게 메고 있었다.

그를 훑어본 류가 혀를 찼다.

"쯧쯧, 그 꼴이 그게 어디 사람이 하고 다닐 몰골이냐? 그렇게 하고서는 아무 데도 가지 못하겠다."

"그러니까 나는 드러나서는 안 돼."

"웃기는 소리. 지금부터 너는 귀신이 아니다. 사람이 되는 거야. 나는 사람과 동행하고 싶지 귀신과는 아니다."

"어쩌란 말이냐?"

귀령이 어깨를 으쓱했다.

"강 건너 마을의 객잔에 있겠다. 가서 사람 꼴을 한 다음에 찾아와."

류가 귀령의 대답도 듣지 않고 성큼성큼 강 언덕을 따라 멀어졌다. 멍하니 서 있던 귀령이 한숨을 내쉬었다.

"제기랄, 정말 운수 사납게 걸렸군."

강물에 건너편의 밝은 불빛이 어룽져 보이더니, 강 저쪽에는 과연 제법 큰 진(津)이 있었다. 류는 통행인이 드물어져 가는 거리를 천천히 걸었다. 거리 끝, 모퉁이에 간판도 없는 허름한 객잔이 하나 쓰러질 듯 서 있었다.

누렇게 빛바랜 장명등이 혼자서 깜박거리고 있을 뿐, 손님 하나 없이 을씨년스러운 객잔이다.

그 객잔은 진의 동쪽 끝에 있는 마지막 집이기도 했다. 객잔을 나가면 막막한 벌판과 산이 이어져 있을 뿐 일백 리 안에서는 인가를 찾기 힘들다.

독한 화주 한 단지와 몇 가지 채소 요리를 시켜놓고 앉아서 천천히 술잔을 기울이며 류는 이것저것 생각을 했다.

보름은 결코 길지 않은 시간이다. 그 안에 과연 염가연을 찾을 수 있을지 장담할 수 없었다. 만약 그녀를 찾아서 데리고 돌아가지 못한다면 보주의 불같은 호령을 감당할 수 없으리라.

죄를 물어 목을 친다고 해도 변명할 말이 없다. 그런 개죽음을 당할 수는 없는 일이었다.

어떻게 해서든 그 안에 염가연을 찾아 데리고 돌아가는 것밖에 다른 길은 없다.

'장건두를 찾는 게 급선무인데……'

이 일에는 반드시 그가 관련이 있다고 믿었다. 그가 곽빙호라는 자와 한패인지 아닌지는 알 수 없지만, 가능성이 컸다. 곽빙호의 무리가 노리고 있던 것도 염가연이었기 때문이다.

'곽빙호, 곽빙호라……'

지존보를 나서기 전 밀천유운대의 길정인 빙혼이라는 자로부터 곽빙호가 제남부중의 망나니패 두령 노릇을 하던 자라는 정보를 받았다.

제남부중에 심어놓았던 밀천의 채반자(採盤者:적의 행적이나 허실을 염탐하는 자)들을 색출해 모두 제거하고 부하들과 함께 사라져서 종적이 묘연하다고 했다.

낯짝이 얼음을 깎아 만들어놓은 것 같았던 빙혼이라는 자는 겉보기에도 보통내기가 아니었다. 밀천유운대에는 그와 같은 밀정이 몇 명이나 있는지 아무도 모른다.

빙혼은 제가 그동안 조사했던 것들을 류에게 남김없이 전해주었는데, 핵심은 곽빙호라는 자에게 모아지고 있었다. 그들 또한 곽빙호를 음모의 주동자로 단정하고 있었던 것이다.

가장 의심이 가는 자. 그자를 잡으면 모든 의혹이 풀릴 것인데 찾을 수가 없다. 종적은 물론 흔적조차 남기지 않고 꺼져 버린 것이다.

하지만 류는 그자가 무리를 이끌고 자신과 검기령을 공격했고, 오십 명이나 되는 검사를 모두 죽였다는 걸 빙혼에게 말해주지 않았다. 내 스스로 처리해야 할 자라는 생각이 컸기 때문이다.

장견두를 찾는 일과 곽빙호를 찾는 일. 그 두 가지를 다 해낼 수 있다면 최상이지만, 적어도 한 가지는 반드시 해내야 한다.

그것도 보름 안에 하지 않으면 소용없다.

사막 한가운데 홀로 내던져진 듯한 막막한 심정으로 홀로 앉아 이런저런 생각에 잠겨 있기 반 시진쯤. 찬 강바람이 스며들더니 한 사람이 불쑥 들어섰다.

허름하고 헐렁한 옷에 새끼줄로 허리띠를 대신했고 낡은 신을 신었다. 어부들이 햇빛을 가리기 위해 쓰는 갓 넓은 삿갓을 써서 얼굴을 감춘 사내.

류가 풀썩 웃었다.

귀령인 것이다.

제 딴에는 어디서 평복을 훔쳐 겉에 입은 건데, 이 밤중에 삿갓을 쓰고 있으니 남들이 수상하게 여길 건 변장하기 전과 다름없다.

"이리 와라."

류가 손짓해 부르고 빈 잔에 술을 넘치도록 따라 앞에 놓았다.

귀령이 머뭇거리며 다가와 마주 앉는다. 영 어색한 몸짓이었다.

"삿갓을 쓰면 더 이상해 보인다."

"나는 얼굴을 드러내는 일에 익숙하지 않아서 그래."

"해봐. 곧 익숙해지게 될 거야. 그러면 이제 답답해서 복면을 하지 못할걸?"

머뭇거리던 귀령이 천천히 그것을 벗어 내려놓았다.

류가 빤히 바라본다.

삼십대 중반의 음침하게 생긴 사내였다. 눈이 독사의 그것처럼 가늘게 찢어졌고 축축하게 젖어 있다. 콧날은 매의 부리처럼 굽었으며, 얇은 입술과 두드러진 광대뼈, 뾰족하게 내려앉은 턱에 듬성듬성 수염이 나 있었다.

그가 불안한 기색으로 힐끔힐끔 류의 눈치를 보았는데, 그럴 때마다 차가운 빛이 섬뜩하게 번쩍였다. 담력이 어지간한 자 아니고서는 그런 귀령의 눈길을 받으면 누구나 간이 오그라들 것이다.

류가 살짝 눈살을 찌푸렸다. 짐작은 하고 있었지만, 직접 보니 인상이 너무 고약했기 때문이다.

"휴― 너는 차라리 복면을 하고 있는 게 낫겠다."

한숨을 섞어 말하자 귀령이 히죽 웃는 걸로 답했다.

다음날 아침 일찍 그들은 길을 나섰다. 그리고 다시 하루가 걸려 제남부중으로 돌아왔다. 삿갓을 푹 눌러쓴 귀령은 멀찍이 떨어져서 어슬렁거리며 따랐으므로 아무도 그들 두 사람이 일행이라고 여기지 않았다.

류는 일부러 사람들의 왕래가 많은 서문로의 한 객잔에 들었다. 객방 이층, 길가로 창문이 나 있는 방을 정하고 짐을 풀자 귀령이 도둑처럼 슬며시 들어왔다.

"황룡문으로 가."

"황룡문?"

"표양신이라고 하는 자가 있을 거다. 그를 이리 데려와."

귀령이 머리를 끄덕이고는 슬그머니 사라졌고, 류는 잠시 멍하니 창밖을 내려다보고 있다가 밖으로 나왔다.

일부러 이곳저곳 기웃거리며 복잡한 거리를 천천히 걷는다. 한가하게 유람이라도 나온 듯한 모습이었다.

서문로는 황룡문도였던 시절 표양신과 함께 몇 번 와본 적이 있었으므로 눈에 익었다.

천천히 사람들과 어깨 부딪쳐 가며 걷던 류가 자연스럽게 안쪽 깊숙한 곳의 골목으로 향했다. 갈수록 좁고 지저분해진다. 통행하는 사람도 뜸해서 스산하고 음침한 분위기가 느껴졌다.

그 골목 끝, 막다른 곳에 초라한 주가 하나가 있었다. 빛바랜 현판에 낙빈객잔이라는 글자가 희미하다.

꾀죄죄한 모습의 노인이 부서진 문짝에 못질을 하다가 류를 멀뚱히 바라보았다.

"누구시오?"

"밥 한 끼 먹으려고 왔지요."

"그럴 사람이 아닌데?"

이런 도깨비굴 같은 곳에서 밥을 사 먹을 사람으로 보이지 않으니 의심이 들었으리라.

류의 아래위를 훑어보는 노인의 얼굴에 경계심이 가득했다. 한눈에 온갖 세상 풍파를 다 겪으며 노년에 이른 가엾은 인생이라는 걸 알게 해주는 노인이었다.

"기찰 나온 포졸이오?"

노인이 문안을 기웃거리는 류의 등 뒤에서 떨리는 음성으로 물었다. 류가 대답없이 달다 만 문짝을 밀고 안으로 들어섰다.

음침한 어둠이 가득할 뿐 냉기가 감돈다. 주방의 화덕에 불이 꺼진 지 며칠이 지났으니 온기가 남아 있을 리 없는 것이다.

"영업을 접은 겁니까?"

"곧 다시 시작하려고 준비하는 중입지요."

노인은 잔뜩 겁먹은 얼굴로 류의 눈치를 살폈다.

주청은 온통 어지럽혀져 있었다. 여기저기 격렬하게 싸운 흔적들이 남아 있다. 시커멓게 말라붙은 핏자국도 군데군데 보이고 있어서 섬뜩한 느낌이 들었다.

천천히 둘러본 류가 노인을 똑바로 바라보았다.

"이곳의 주인은 어디 있소?"

"달아났지요."

"그럼 곽빙호는?"

"뉘시오? 정말 기찰 나온 포졸인 거요?"

대뜸 곽빙호를 찾자 노인의 의심이 더욱 커졌다. 이리저리 류를 살필 뿐 입을 열려 하지 않는다. 류가 빙긋 웃었다. 은자 몇 냥을 내밀자 노인의 눈이 휘둥그레졌다.

"나는 아무것도 모르오."

류가 포졸이 아니라는 걸 짐작하고 더욱 두려워하며 손을 내젓고 물러선다.

류는 빙혼이라는 자가 이 골목 안 사람들을 얼마나 지독하게 족쳤는지 짐작할 수 있었다.

"나는 그의 친구라오. 소식이 궁금해서 왔을 뿐이니 안심해도 좋소."

"친구?"

"류라고 하지요. 혹시라도 그와 연락이 되거든 내가 한 번 보고 싶어한다고 전해주시면 고맙겠소."

류는 제가 묵고 있는 객잔을 가르쳐 주고 노인의 손에 은자를 쥐어준 뒤에 천천히 골목을 떠났다.

곽빙호가 제 근거지나 다름없는 이 골목을 완전히 버렸다고는 믿을 수 없었다. 동정을 살피기 위해서라도 수하를 은밀히 보낼지도 모른다.

노인이 그놈에게 말을 전하고 그놈기 다시 곽빙호게 말을 전한다면 곽빙호는 반드시 찾아오리라고 믿었다.

보이지 않는 한 가닥 끈을 그렇게 드리워 놓고 객잔에 돌아와 빈둥거리고 있기를 두어 시진. 우당탕거리는 발소리와 함께 문이 벌컥 열리고 한 사람이 쓰러질 듯 뛰어들어 왔다.

표양신이다.

짐작대로 과연 표양신은 곽빙호를 안다고 했다. 몇 번 어울려 술을 마시고 홍루에도 함께 갔다고 하니 제법 교분을 텄던 것이다.

제남부중에서 귀공자이자 한량으로 명성을 얻고 있는 표양신다운 일이었다.

표양신은 한참 끙끙대던 끝에 곽빙호의 수하들에게서 언뜻 들었던 말을 기억해 냈다.

"그놈들은 동가촌에서 온 놈들이었어."

"동가촌?"

"남쪽으로 일백오십 리쯤 떨어진 곳에 있는 마을이다."

"그래?"

류는 동가촌과 곽빙호 사이에 어떤 연관이 있다는 걸 확신했다. 마음이 급해진다.

"확실한 거지?"

"장담할 수는 없다. 곽빙호의 부하 몇 놈이 술 취해서 저희들끼리 말하는 중에 언뜻 그런 말을 한 것 같았으니까."

"가보자."

류가 표양신의 손을 이끌었다.

서둘러 제남부를 떠나는 류는 화난 사람처럼 말이 없었다. 바쁘게 따라 걷는 표양신도 마찬가지여서 두 사람 사이에 서먹서먹한 분위기가 흘렀다.

성을 벗어나 남쪽으로 길을 잡으며 류가 다시 확인했다.

"확실한 거지? 분명히 네가 직접 들었지?"

기다렸다는 듯 표양신이 매섭게 눈을 흘겼다.

"썩을 놈. 내가 너처럼 거짓말이나 일삼는 나쁜 놈인 줄 아냐?"

"내가 언제?"

"흥! 치사한 놈. 비겁한 놈. 말도 하기 싫다."

"말해봐."

잔뜩 볼을 부풀리고 있던 표양신이 홱, 돌아서서 류를 노려보았다.

"그녀를 어떻게 한 거지?"

"응?"

"너는 분명히 나하고 약속했다, 절대로 그녀를 좋아하지
않겠다고."

"……."

"그런데 한입으로 두말을 해? 앞으로 네 말은 절대로 믿지
않을 거다."

류는 그 문제에 있어서만큼은 확실히 표양신에게 죄를 지
었다고 생각했다.

그가 한숨을 쉬었다.

"나는 아직도 내 마음을 모르고 있다."

"무슨 소리냐?"

"그녀를 좋아하는 건지, 아닌지 내 스스로도 알 수 없단 말
이다."

"쳇, 그런 괴상한 말이 어디 있어? 변명을 하려거든 좀 그
럴듯하게 해라."

"변명이 아니야. 그러니 아직 너와의 약속을 완전히 어긴
건 아니지."

"그녀는?"

"그전에 대체 무슨 근거로 그런 생각을 하게 된 건지 먼저
말해봐."

"벌써 세상에 파다하게 퍼진 소문이다."

"소문이라고?"

류가 어리둥절해서 걸음을 멈추었다. 그들은 지금 제남성

을 나와 남쪽 벌판에 나 있는 길을 한가롭게 가고 있는 중이었다.

"지존보의 꽃, 옥봉각주 염가연이 호위무사와 애틋한 사랑에 빠졌다고 온 세상이 수군거려. 고귀한 옥봉각주와 하찮은 호위무사와의 사랑이라니……."

류의 낯빛이 굳어졌다. 표양신은 아무것도 모르고 제 말에 취해서 떠들어댔다.

"높은 신분의 벽마저 뛰어넘는 사랑 아니냐? 그래서 세상 사람들은 아름답고 애절한 사랑이라며 제 일이라도 되는 양 안타까워한다."

류가 걸음을 멈추고 차갑게 가라앉은 눈으로 표양신을 직시했다.

"누구에게서 그런 말을 들었지?"

"왜?"

심상치 않은 분위기를 느낀 표양신이 어리둥절해서 물었다.

"처음 그 소문을 퍼뜨린 놈이 누구인지 알면 단서를 잡게 될지도 모르겠다."

"……!"

놀라서 멍해 있던 표양신이 심각한 얼굴이 되었다.

"그럼 정말 그녀가 납치된 거냐?"

"그렇다."

"이런, 이런……."

비로소 류의 말을 믿는 듯 표양신의 낯빛이 창백해졌다.

"대체 어쩌다가……."

밤새 길을 걸어서 동가촌이 내려다보이는 언덕에 이르렀을 때는 아침이 훤히 밝아올 무렵이었다.

넓은 논과 밭을 앞뒤로 두고 산자락에 의지하여 칠팔십여 호가 모여 있는 제법 큰 마을이었다. 굴뚝마다 아침밥 짓는 연기가 모락모락 피어올라 평화로워 보였다.

동가촌 정도 규모의 촌락이라면 어디나 높은 담을 두른 장원이 있게 마련이었다. 지주의 집이면서, 유사시에 마을을 지키는 보(堡)의 역할을 겸하여 하는 것이다.

이처럼 독립된 마을의 장정들은 비적들로부터 스스로를 지키기 위해 농한기에는 무예를 수련하곤 했다. 장주가 돈을 들여 외지에서 무술 선생을 초빙해 와 장정들을 가르치도록 하는 게 보통이다.

그런데 동가촌에는 그런 장원이 없었다.

넓은 논과 밭을 두르고 있는 마을인 만큼 풍요로울 것이고, 약탈자들이 눈독을 들일 게 뻔하다. 그런데 무방비로 노출되어 있으면서도 평화롭고 한가로워 보이니 특이한 일이었다.

잠시 마을의 분위기를 살펴보던 류가 표양신과 함께 천천히 언덕을 내려갔다.

마을로 들어서자 안락한 분위기가 금방 느껴진다. 닭과 개 짓는 소리가 들리고 아이의 울음소리가 들린다.

류와 표양신은 마을을 지나가는 나그네인 것처럼 태연하게 걸었다. 사립문이 활짝 열려 있는 초막 앞을 지나던 류가 걸음을 멈추었다.

성큼 열린 문안으로 들어선다.

뒤곁에서 커다란 개 한 마리가 달려나와 낯선 사람을 보고 무섭게 짖어댔다. 온 산이 쩡쩡 울리도록 사나운 목청이다.

"뉘시오?"

안에서 늙수그레한 노인이 고개를 내밀고 경계하는 얼굴로 물었다. 류가 꾸벅 인사를 했다.

"지나가는 길입니다. 어젯밤에 제남부중을 나섰는데 밤새 걸어도 마을 하나 없더군요. 그래서 지친 데다가 시장기마저 심해져서 음식 냄새를 맡고 도저히 그냥 지나갈 수가 없었습니다. 값은 후하게 드릴 테니 음식을 좀 나누어 먹을 수 있을까요?"

류와 표양신의 후줄근하게 젖은 옷이며 머리카락에서 그들이 밤새 찬 서리를 맞고 걸어온 사람들이라는 게 드러났다.

쯧쯧, 혀를 찬 노인이 거실의 문을 활짝 열었다.

"들어오시오. 마침 아침 식사를 하려던 참이었으니 함께 드십시다. 음식이 입에 맞으려는지 원……."

第二章

표양신의 변화

第二章

　세 딸과 두 아들이 있는데, 아들들은 모두 외지로 나가 있고 집 안에는 부인과 딸들만 있다고 했다.

　노부인은 고생에 찌든 얼굴이었지단 행복해 보였다. 장성한 세 딸들에게서는 고생의 흔적을 찾아볼 수 없다. 풍족하고 안락하게 살아온 처자들이라는 걸 짐작했다.

　그들과 어울려 천천히 아침 식사를 하면서 류는 이것저것을 물어보았고, 노인은 그때마다 친절하게 대답해 주었다.

　그러나 의심을 살 만한 건 아무것도 없었다. 그저 유복하고 평화롭게 사는 농촌 마을의 한 집이었건 것이다.

　차를 마시며 이런저런 세상 이야기를 나누었지만 여전히

수상한 점을 찾아낼 수 없었다.

그때 누군가가 마당 안으로 들어왔다. 젊은 청년이었다. 아버지, 하고 부르더니 서슴없이 거실로 들어온다.

활짝 웃는 얼굴로 들어선 그가 낯선 두 사람을 보고 흠칫했다.

아니, 노부(老父)와 마주 앉아 차를 마시고 있는 류를 보고 놀란 것이다.

"어딜 쏘다니다 이제 기어들어 오는 거냐?"

노인이 책망했지만 얼굴에는 반가워하는 기색이 가득했다.

"장사하는 친구를 따라서 여기저기 좀 돌아다녔지요. 손님이 와 계시는군요. 그럼 말씀 나누세요."

급히 거실을 지나 안채로 들어가며 다시 류를 힐끔거렸다. 류는 태연했다. 표정이 없고, 청년을 바라보지도 않았다.

노인과 몇 마디 말을 더 나눈 류가 작별 인사를 하고 일어섰다. 큰 개가 어슬렁거리며 사립문 밖까지 따라왔지만 짖지는 않았다.

"그놈이 좀 수상하지 않았어?"

집에서 멀어졌을 때 표양신이 속삭였다. 류는 가타부타 말이 없다. 그저 어슬렁거리며 골목을 빙빙 돌 뿐이다.

표양신이 다시 달라붙었다.

"너를 바라보는 눈길이 수상했다. 놀라는 것 같던데? 붙잡고 좀 물어보지 그랬어?"

"모르는 사람이다."

"그래?"

머리를 갸웃거렸지만 류가 모른다니 표양신은 더 뭐라고 할 수가 없었다.

걷다 보니 마을 복판에 있는 공동 우물가에 이르렀다. 일찍 물을 길러 나온 몇 사람의 아낙이 있을 뿐 고요하다.

그러나 류는 골목 안쪽에서 자신을 훔쳐보는 눈길을 느꼈다. 누구인지 짐작이 갔다. 하지만 여전히 아무것도 알지 못하는 사람처럼 잠시 우물 구경을 하다가 물 한 모금을 얻어 마시고 천천히 걸었다.

아직 마을을 떠나지 않았는데 그를 훔쳐보는 눈들이 늘어났다. 이제는 개들도 조용하다. 갑자기 온 마을이 썰렁해진 것 같은 생소한 느낌.

표양신이 잔뜩 눈살을 찌푸리고 머리를 갸웃거렸다. 그도 달라진 공기를 느낀 것이다.

"빨리 이곳을 떠나는 게 좋겠다."

그가 긴장을 감추지 못하고 빠르게 속삭였다. 빙긋 웃은 류는, 그러나 조금도 길을 재촉할 마음이 없었다.

더욱 느긋하게, 오히려 수상한 자라는 티를 내지 못해 안달이 난 사람처럼 이 집 저 집, 이 골목 저 골목을 기웃거리며 맴돈다.

하지만 아무 일도 일어나지 않았다. 수상한 눈길은 여전히 뒤통수에 와 닿았지만 그것만 가지고 트집을 잡을 수는 없었다. 마을에 낯선 자가 들어와 기웃거리고 다니니 수상하게 바라보는 건 당연한 일 아닌가. 게다가 이처럼 독립된 마을은 폐쇄성이 강해서 외지인을 더욱 경계하게 마련이다.

누구든 나와서 시비를 걸어주기 바랐지만 그럴 기미는 보이지 않았다. 류가 낙심한 듯 실망한 표정으로 말했다.

"가자. 별 재미가 없는 촌마을이야. 배불리 먹었으니 길을 서둘러야지."

훔쳐보는 자들이 들으라는 듯 크게 말하고 성큼성큼 걸어 멀어진다. 표양신이 급히 뒤를 따랐다.

마을 입구를 지키고 있는 커다란 회나무 아래에 이르렀을 때 무성한 나뭇잎 속에서 귀령의 음성이 들려왔다. 류의 귓속에만 들려오는 전음이다.

"뒤따르는 놈들이 있다."

류가 머리를 끄덕였다.

"한 놈 잡아서 족쳐 볼까?"

"그대로 둬."

류의 말에 표양신이 어리둥절해서 두리번거리다가 물었다.

"누구에게 한 말이냐? 뭘 그만둬?"

"신경 쓸 것 없어. 혼잣말이니까."

"쳇, 싱거운 놈 같으니."

표양신은 잔뜩 심통이 나 있었다. 밤새 찬 서리를 맞아가며 지치도록 걸어와서는 아무 소득도 없이 그냥 돌아가야 하니 그럴 만도 했다.

"도대체 무엇 때문에 여기까지 온 거냐? 그렇게 할 일이 없어? 염 소저는 안 찾을 거냐? 이럴 거면 나는 무엇 때문에 불러낸 거야? 쳇."

표양신의 투덜거림은 끝이 없었다. 멋모르고 길 따라나선 어린 동생이 짜증을 부리면서도 부지런히 형의 꽁무니를 따르는 것 같다.

그런 표양신에게 한마디 말도 없이 언덕 위에 올라온 류가 비로소 걸음을 멈추고 주저앉았다. 마을을 내려다본다.

"뭐야? 왜 안 가는 거냐? 부지런히 걸어야 날 저물기 전에 제남부로 돌아갈 수 있잖아."

"여기 앉아라."

"싫다."

"그럼 혼자서 가던가."

"싫다."

빙긋 웃은 류가 엉뚱한 질문을 던졌다.

"너, 싸워본 적은 있는 거냐?"

"뭐라고?"

"남과 죽기 살기로 싸워본 적이 있느냔 말이다. 저놈을 죽이지 못하면 내가 죽는다는 그런 마음으로 싸워본 적이 있어?"

"……."

표양신은 사부 곁에서 무공을 수련하며 편하고 순탄한 날을 보냈을 뿐이다.

그의 무공은 기초가 단단한 데다가 사부인 운중룡 당고한의 진전을 열에 일고여덟은 물려받아 일류고수로 불리기에 손색이 없었다.

하지만 그는 대적의 경험이 전무했다. 사형제들끼리 비무를 통해 실전의 감각을 익혔다고는 하지만 적과의 싸움 경험이 없다는 건 큰 문제가 될 수 있다.

우물쭈물하는 표양신을 보면서 류가 넌지시 말했다.

"어때, 오늘 싸워보지 않겠어? 좋은 경험이 될 거다."

"오늘?"

표양신이 눈을 크게 떴다.

"누구와?"

두리번거려 보지만 언덕 위에는 류와 자기만 있다. 류는 빙긋 웃을 뿐 더 말하지 않았다.

비로소 무언가 기미를 눈치 챈 표양신이 털썩, 류 곁에 주저앉았다. 발아래 평화롭게 가라앉아 있는 동가촌을 내려다본다.

잠시 후 다섯 사람이 마을에서 빠져나와 이쪽을 바라보고 부지런히 올라오는 게 보였다.

세 명의 청년과 한 명의 중년인, 그리고 한 명의 노인이었다. 청년들은 칼을 들었고, 중년인은 등에 한 쌍의 둥근 환(環)을 지고 있었다.

향 한 자루 태울 만한 시간이 지났을 때 그들이 언덕 위로 올라왔다. 거기 앉아 있는 류와 표양신을 보고 흠칫 놀란다.

"어? 저놈……."

아침밥을 얻어먹던 노인의 집에서 븐 청년이 무어라고 말을 할 듯하다가 멈칫거렸다.

지금쯤은 벌판 먼 곳을 가고 있을 거라고 생각했던 것이다. 그러면 인적없는 그곳에서 붙잡을 작정이었는데, 이처럼 류가 언덕 위에서 태연히 기다리고 있으니 당황스럽기도 하다.

음침하고 강팍해 보이는 인상의 노인이 뚫어질 듯 류를 노려보았다.

류는 제 생각이 맞았다는 데에 흡족했다.

그는 노인의 집에서 보았던 그 청년기 곽빙호를 따라 싸움에 나왔던 무리들 중 한 명이라는 걸 알았던 것이다.

처음 그를 보았을 때는 긴가민가했는데, 그자가 자신을 보고 놀라 급히 안채로 들어가는 걸 보고 확신했다.

나머지 사람들은 모르는 자들이었다.

그 청년이 류를 손가락질하며 말했다.

"바로 저놈입니다. 저놈이 세 분 교드님을 죽인 놈입니다."

“그래?”

음침한 인상의 노인이 매서운 눈길로 류를 노려보았고, 청년들은 재빨리 퇴로를 막아선다.

“잡아라!”

노인의 말에 등에 한 쌍의 환을 멘 중년인이 성큼 나섰다.

“순순히 손을 내밀어라!”

류가 그 말에는 대꾸하지 않고 태연히 청년을 향해 말했다.

“네 집에서 아침 식사를 신세졌으니 네 부친의 낯을 보아서라도 험하게 다루지는 않겠다.”

“헛소리! 겁도 없는 놈이구나!”

청년이 악을 썼다. 두려움을 떨쳐 버리려는 발악 같은 것이다.

무리 중에서 그자만이 류의 무서움을 보아서 안다. 나머지 네 사람은 말만 들었을 뿐 류의 본모습을 알지 못했다.

깡마르고 단단해 보이는 젊은 놈일 뿐 특별한 구석이 없어 보인다. 그래서 그들은 ‘과연 저놈이 정말 독갈자 류라는 그 놈인가?’ 하는 의심마저 했다.

중년인이 앞으로 나서며 소리쳤다.

“네가 나의 세 아우를 죽인 그 독갈자 류라는 놈이냐?”

“죽을 만한 놈이니 죽었겠지. 내 손에 죽은 시시한 것들을 어떻게 일일이 기억한단 말이냐?”

"이런 죽일 놈 같으니!"

류의 유들유들한 대꾸가 그를 더욱 화나게 했다.

그는 강호에서 음양금환(陰陽金環)으로 명성을 날린 구두괴(具豆魁)인데, 정사 중간의 인물로 널리 알려졌다가 갑자기 사라진 자였다.

십여 년 전에 그렇게 사라지더니 오늘 동가촌의 촌부로 나타난 것이다.

"나와라! 당장 네놈의 사지육신을 잘라 버리고 말 테다!"

구두괴가 화가 나서 날뛰지만 류는 더욱 느물거리기만 했다.

"동가촌에서 왔다는 것들은 죄다 시시한 놈들뿐이었다. 쓸 만한 놈이라고는 곽빙호 하나밖에 없었어. 그놈은 어디 있지?"

슬쩍 넘겨짚어 보는 말에 성미 급한 구두괴가 제꺽 넘어갔다.

"곽빙호를 알면서 이 구두괴 어른은 모르는 하룻강아지로구나. 이리 오너라. 이 어르신이 네놈의 그 못된 주둥이와 손모가지를 얌전히 길들여 주마!"

류가 회심의 미소를 지었다. 역시 곽빙호와 동가촌은 밀접한 관계가 있었고, 그가 데리고 있던 자들 또한 동가촌의 장정들이었다는 걸 확인했으니 큰 수확이었다.

하지만 내색하지 않고 쳇, 하고 혀를 찬 류가 표양신의 등을 냅다 떠밀었다.

“네 상대가 저기 있었구나. 가봐라.”

어, 어, 하고 얼떨결에 앞으로 나서게 된 표양신은 류와 구두괴의 중간에 서서 그자를 가로막은 꼴이 되었다.

구두괴가 흰창이 드러나도록 눈을 부릅떴다.

“너는 또 웬 놈이냐? 흥, 어차피 모두 죽여서 묻어버려야 할 놈들이니까 누가 먼저가 되었든 상관없지.”

울상을 지었던 표양신이 마음을 굳힌 듯 포권했다.

“본인은 표양신이라고 하오. 많이 부족하겠지만 선배께서 잘 지도해 주시기 바랍니다.”

마치 비무대 위에 올라선 것처럼 격식을 차린다. 그 꼴이 우스운 건 류나 구두괴나 마찬가지였다. 구두괴가 낄낄거렸다.

“이게 이제 보니 정신 나간 놈이었군. 오냐, 이 선배님께서 한 수 화끈하게 가르쳐 줄 테니 목을 길게 늘이고 이리 오너라.”

표양신이 너풀거리는 옷자락을 허리띠에 찔러 넣고 소매를 걷어올렸다.

한 걸음 크게 내딛으며 ‘으얍!’ 하고 우렁찬 기합성을 터뜨리더니 훌쩍 몸을 띄워 맹호출림(猛虎出林)의 기세로 맹렬하게 걷어찼다.

옷자락 펄럭이는 소리가 들리는가 싶었는데 그의 발끝이

구두괴의 이마를 찍어간다.

날렵하고 깨끗한 비각(飛脚)이었다.

"쯧쯧……."

류가 머리를 흔들며 혀를 찼다.

비무에서야 저처럼 멋진 수가 인상적이겠지만 실전에서는 오히려 위기를 자초하기 십상이다.

솔각(摔脚)이 되었든 검격이 되었든, 빠르고 간결하며 격렬한 동작만이 이로움을 가져다주는 것이다.

"흥!"

구두괴가 코웃음을 치며 선뜻 몸을 뒤로 물렸다. 두 걸음을 가볍게 미끄러져 표양신의 선공을 흘려보내더니, '이얍!' 하고 세 걸음을 와락 달려들었다. 허공에 있던 표양신의 몸이 떨어져 내리는 때를 노린 것이다.

씨잉—

그의 장격(掌擊)이 두터운 바람 소리를 내며 막 땅에 발을 딛는 표양신의 가슴을 노리고 날아갔다.

비무에서는 상대의 신형이 안정되는 것을 보고 반격을 하는지라 표양신은 그것만 생각하고 있었다.

서로의 초식을 시험하고 수위를 확인하는 일에 익숙해져 있는 그는 비무와 실전과의 차이에 대한 이해가 역시 부족했다.

"엇!"

표양신이 크게 당황하여 놀란 외침을 터뜨리며 허둥거렸다.

"비겁하오!"

버럭 소리치지만 누구도 그 말에 귀 기울여 주는 사람은 없었다. 오히려 표양신의 어리석음을 비웃을 뿐이다.

"저런 멍청한 놈."

류마저도 어이없다는 얼굴로 혀를 찼다.

그는 황룡문 내에서는 막강한 고수로 인정받았으나 험난한 강호의 싸움 앞에서는 어린애나 다름없었다.

류는 검기령의 청년 고수들이 전멸당해 버리고 만 것도 그와 같은 이유라고 생각했다. 그들은 온실 속의 화초와 같았던 것이다.

한껏 멋을 부리고 으스대는 일에는 능숙했지만, 피가 튀고 살점이 떨어져 나가는 싸움에 임하자 모두 어쩔 줄 모르고 쩔쩔매기만 했다.

그러다가 다 죽어버렸다.

지금 표양신이 딱 그 꼴이었다.

구두괴는 그의 독문병기인 환을 꺼내 들지도 않았다. 넘치는 자신감이 엿보인다.

과연 갈수록 그의 손발이 뿜어내는 바람 소리가 매서워졌다. 그에 비해 표양신은 쩔쩔맬 뿐 제대로 반격의 기회조차 잡지 못했다.

잠시 그들의 싸움을 지켜보던 노인이 청년들에게 소리쳤다.

"뭣들 하고 있는 게냐? 어서 저놈을 잡아라! 반항하면 죽여도 좋다!"

일제히 대답한 세 청년이 류에게 달려들었다.

창! 하고 칼 뽑는 소리가 요란하게 들리더니 번쩍이는 흰 빛이 허공에 가득해졌다.

류가 피식 웃으며 노인을 가리켰다.

"보아하니 당신이 우두머리인 것 같군. 애꿎은 수하들만 개죽음시키지 말고 직접 나서보는 건 어떻소?"

"흐흐흐, 어린놈이 자만심이 지나치구나. 노부가 누구인지 알고 나서도 그런 헛소리를 지껄일 수 있을까?"

"당신이 누구인지 따위에는 조금도 관심이 없소. 과연 나와 어울릴 만한 늙은이인지 그게 궁금할 뿐이지."

"죽일 놈."

노인이 부드득 이를 갈았다.

한쪽에서는 표양신이 점점 위기로 몰리고 있는 중이었다. 류의 삼면에는 세 청년이 칼을 겨누며 호시탐탐 노리고 있었다.

그들 복판에서 류는 재빨리 염두를 굴렸다. 보아하니 저대로 십 초만 더 지나면 표양신은 견디지 못하고 표독한 중년인의 손에 목숨을 잃을 게 뻔했다.

'속전속결.'

류는 마음속으로 그렇게 결정했다.

순간, 번쩍 하고 그의 몸이 사라졌다. 극쾌의 움직임이 다시 드러난 것이다.

그것은 며칠 전 곽빙호의 무리와 싸울 때보다 더 빠르고 가벼웠으며 맹렬해진 움직임이었다.

그를 가로막은 청년들이 '억!' 하고 놀랐을 때 류는 가볍게 그들 사이를 뚫고 곧장 노인에게 부딪쳐 가고 있었다.

"이놈!"

깜짝 놀란 노인이 쌍장을 밖으로 하여 힘껏 뿌렸다. 두 줄기 날카롭고 강한 장력이 바람을 가르며 쇠뇌처럼 류의 가슴으로 쏘아졌다.

"흥!"

류가 코웃음을 쳤다. 이미 그와 같은 공격을 예상하고 있었던 것이다. 질풍처럼 닥치는 기세 그대로 일장을 받아냈다.

그건 스스로 가슴을 활짝 열고 노인의 장력 속으로 뛰어드는 것 같았다. 부나방이 불 속으로 뛰어드는 것과 같은 형상이다.

꽝!

류의 가슴 복판에서 커다란 소리가 났다.

"엇!"

그러나 놀란 비명을 터뜨린 사람은 노인이었다. 마치 철벽에 부딪친 것처럼 류의 가슴을 때린 장력이 사방으로 흩어지며 맹렬한 기파를 뿌렸던 것이다.

"이얍!"

류의 기합성이 쩌르릉 울렸다.

노인이 당황한 기색으로 정신없이 물러섰다. 경황 중에 쳐낸 것이라고는 해도 자신의 쌍장을 맨가슴으로 고스란히 받아내다니. 그리고도 무사하다니.

믿어지지 않았다.

그는 류가 십 년 동안이나 천애의 절벽 위에서 뛰어내리며 담력을 키웠다는 걸 모른다.

넘실거리는 푸른 파도에 온몸을 부딪치며 그 충격을 흡수하는 무지막지한 단련을 한 걸 꿈에서인들 알 리가 없는 것이다.

그런 수련으로 류에게서는 죽음의 두려움이 사라지고 없었으며, 몸은 금강불괴 못지않게 단단하고 질겨졌다. 충격을 흡수하고 견디는 힘이 인간의 한계를 뛰어넘은 지 오래인 것이다. 게다가 주위의 기운을 빨아들여 흩뜨리는 유허의 비결에 깊이 통달해 있기도 하다.

류의 몸뚱이에 가해진 무지막지한 노인의 장력은 그의 수많은 뼈와 근육 사이로 갈가리 쪼개져 스며들었다가 빠져나갔다.

거대한 파도가 수백 개의 방파석(防波石)에 부딪쳐 부서지는 것과 같다. 그것들을 빠져나와 해안에 올라왔을 때는 잠잠한 물결로 변해 버리고 만다.

노인은 이차 정사대전에서 살아남은 마도(魔道)의 고수 중 한 명이었다. 삼십 년 전에 불패의 무력으로 이름을 떨쳤던 사람.

쌍절마군(雙絶魔君) 노룡생(盧龍生)이라면 천하가 다 안다.

검과 장에 있어서 독특한 성취를 이룬 절정의 고수.

이차 정사대전 이후 마도의 자취가 사라져 버리자 모습을 감추고 삼십 년 동안이나 숨어 살았다.

때문에 세상에서는 이미 죽었다고 알려져 있기도 했다.

그가 오늘 동가촌이 내려다보이는 남쪽 언덕 위에서 다시 과거의 위용을 뽐내고 있었다.

하지만 삼십 년의 세월은 의지와 상관없이 그를 늙게 하였고, 근골의 부드러움을 굳게 하였다. 장력의 위맹함에 노련함이 배는 더해졌지만 그것만으로는 절정기에 이르고 있는 류를 곤란하게 할 수 없었다.

노인이 놀란 가슴을 억누르며 자신의 절기인 마화팔변(魔火八變)을 풀어내기 시작했다.

화룡적로(火龍積爐)에서 노화교천(怒火僑天)에 이르기까지 육십사 로의 장법(掌法)이 펼쳐지면 초식과 변초가 꼬리에 꼬리를 물고 끊임없이 쏟아져 수레바퀴처럼 구른다.

교묘함으로 천하제일을 다투던 그 장법 앞에서 얼마나 많은 무림의 고수, 명숙들이 목숨을 잃었던가.

그것이 류의 한 몸을 표적으로 삼아 소나기처럼, 폭풍처럼 몰아쳐 왔다.

수많은 버들가지들이 센 바람을 맞아 요란하게 흔들리고, 수많은 갈대들이 태풍 속에서 흔들리는 것같이 눈앞에 온통 노인의 장력이 어른거렸다.

아차, 하는 순간에 열 개이던 손 그림자가 백 개가 되고 천 개가 되었다. 하늘이 커다란 보자기로 가려진 것처럼 깜깜해진다.

"정말 교묘하다!"

그 장력의 천라지망(天羅地網) 속에서 불쑥 류의 고함 소리가 터져 나왔다.

그는 진심으로 탄복하고 있었다. 이와 같이 험악하고 치밀한 장법은 처음 접해보는 것이다.

저쪽에서 펑! 하는 소리와 신음이 동시에 들려왔다.

류는 마음이 다급해졌다. 힘껏 주먹을 뻗어 노룡생의 장력을 두들긴 후 힐끔 바라보니 표양신이 가슴을 움켜쥐고 비틀거리고 있지 않은가.

그는 사부로부터 배운 구룡면장(九龍綿掌)의 수법으로 대항하고 있었는데, 부드럽고 질긴 그것은 미처 구두괴의 몸에 이르기도 전에 그의 강맹한 장력에 막혀 흩어지고 있었다.

류는 한눈에 표양신이 수법을 잘못 선택했다는 걸 알았다.

저와 같은 면장은 갈수록 장력의 힘이 더해져서 처음보다 나중이 더 큰 위력을 발휘하는 것이다. 때문에 점차적으로 내력을 증가시킬 수 있는 여유가 있어야 제대로 장법을 펼칠 수 있다. 그건 곧 상대와 대등하거나 차이가 적어야 가능한 일인데, 표양신의 상대는 그렇지 않았다.

구두괴의 장법은 신랄하고 맹렬했다. 게다가 그것에 실려 있는 힘이 굳셌기에 표양신은 면장의 효용을 제대로 발휘하지 못한 채 계속해서 밀리고만 있었던 것이다.

게다가 구두괴는 실전에 풍부한 경험을 쌓아 여우처럼 교활해져 있다. 그에 비해 표양신은 아직 상대에게 어떤 수법으로 대응해야 할지조차 갈피를 잡지 못하는 초보자였다.

그런 상황에서는 설혹 표양신이 구두괴보다 두어 수 위라고 해도 당하지 못할 것이다.

그가 여태까지 버티고 있는 것만으로도 대단하다고 해주지 않을 수 없다.

"멍청이!"

답답해진 류가 버럭 소리치며 땅에 누울 듯 몸을 기울였다.

씨잉—

노룡생의 장력이 아슬아슬하게 스쳐 갔고, 류는 급한 마음에 수치를 무릅쓰고 몸을 땅에 굴렸다.

"홍!"

노룡생이 득의의 코웃음을 쳤다.

이와 같은 싸움에서 몸을 땅에 굴리는 건 최후의 발악이나 다름없다. 궁지에 몰려 더 이상 견딜 수 없는 상황에서 취하는 마지막 수단인 것이다.

그래서 부끄럽기 짝이 없는 짓이지만 류는 조금도 망설이지 않았다.

'이기는 것이 최선이다.'

몸이 땅바닥을 구르면 어떻고 흙탕굴 속을 헤엄치면 어떨 것인가. 목숨을 걸고 하는 싸움인데 이기는 것보다 중요한 건 또 없다.

류가 그런 생각으로 서너 바퀴나 급히 몸을 굴려 노룡생의 추격을 뿌리친 데에는 이유가 있었다. 자기 자신보다 표양신의 위기가 그를 더 당황하게 했던 것이다.

한숨을 돌리고 발을 차며 벌떡 몸을 일으켰을 때 그의 손에는 두 개의 돌멩이가 들려 있었다.

류는 노룡생의 주먹이 어깨를 때려오는 걸 무시한 채 휙, 몸을 틀며 힘껏 그것을 던졌다.

백발백중을 자랑하는 그의 팔매질이다. 뇌전처럼 날아가는 돌멩이에서 바람을 찢는 요란한 소리가 났다.

"어헛!"

뒤통수와 등 복판의 명문혈을 노리고 쏘아져 오는 그것에 구두괴가 깜짝 놀라 급히 몸을 피했다. 류가 지독한 암기라도 던진 것으로 안 것이다. 모골이 송연해진다.

그 순간에 류의 어깨에 노룡생의 주먹이 작렬했고, 표양신은 위기에서 벗어나 한숨 돌릴 수 있었다.

쾅!

"으윽!"

류가 이를 악물고 비틀거리며 세 걸음이나 물러났다. 철골처럼 단단한 그의 어깨였지만 충격이 컸던 것이다. 표양신에게 정신을 파느라 유허비결을 적시에 운용하지 못한 탓이다.

표양신은 그런 류의 모습을 보고 제가 맞은 것보다 더 가슴이 아팠다.

'내가 못나서 친구를 위태롭게 하는구나.'

불끈, 자기 자신에 대한 노여움이 치솟았다. 달려가 류를 구해줄 수도 없다는 게 더 화가 난다.

'류를 돕는 일은 내가 이 구두괴라는 놈을 멋지게 때려눕히는 것뿐이다.'

한숨을 돌려 여유를 되찾은 표양신이 즉각 기합성을 터뜨리며 다시 구두괴에게 달려들었다.

이번에는 확실히 달라졌다.

내뻗는 주먹에 힘이 실려서 굳세고 맹렬하다.

도보(跳步)로 펄쩍 뛰어 다가서며 온 힘을 다해 쳐낸 것인데, 권경이 뻗어나갈 만큼 위맹해서 구두괴가 깜짝 놀랐다.

머리를 기울이자 후웅, 하는 바람 소리가 스쳐 지나간다. 뺨이 얼얼했다.

"이놈이?"

류에게 속은 게 분한데 표양신의 주먹에 놀란 것도 분하기 짝이 없었다.

구두괴가 이를 부드득 갈고 표양신을 마주 보았다. 더 이상 물러서지 않겠다는 듯 마보(馬步)로 두 다리를 굳게 버티며 쌍장을 엇비스듬하게 나누어 안으로 흐려친다.

표양신도 이를 악물었다. 일권이 빗나간 즉시 진보(進步)로 더욱 다가서며 가슴을 붙일 듯하고 발(拔)의 비결을 운용해 좌장을 크게 휘둘러 후려쳤다. 칼을 뽑아 나무를 자르는 듯한 기세였다.

허리를 비틀어 몸의 탄력을 고스란히 실었으므로 그 일장의 흉맹함은 지금까지와는 비교할 수 없이 달랐다.

꽝!

쌍룡도미(雙龍掉尾)의 수법에 충실한 일장이 구두괴의 쌍장과 부딪치자 요란한 소리가 났다.

"엇?"

구두괴는 또 한 번 놀랐다. 돌변한 표양신의 기세와 그의 권장에 실린 막강한 기운과 용맹함에 어리둥절해졌다.

표양신이 비로소 면장의 수법을 버리고 사부의 절기 중 하나인 용화구수(龍華九手)로 대적하기 시작한 것이다.

그것은 솔각과 금나, 점혈의 수법이 배합되어 있는 운중룡 당고한만의 독특한 절기였다.

수법이 단순하고 직선적이라 멋과 아름다움을 추구하는 표양신의 기질과는 잘 맞지 않았다. 그래서 그는 용화구수를 익히는 동안 내내 투덜거렸는데, 오늘 목숨을 건 싸움을 경험하게 되자 정말 필요한 건 바로 이와 같은 수법이라는 걸 깨달았다.

용화구수는 비무보다 실전에서 큰 위력을 발휘하는 권법이었다. 임기응변의 변화가 시전자의 의지대로 자유롭게 이루어지기 때문이다.

걷어차다가 후려치거나 때리고, 몸통으로 부딪치기도 한다. 머리에서부터 발끝까지 제 몸 전부를 흉기로 사용하는 것이다.

가까워지면 붙잡고, 떨어지면 걷어차는데, 한 번 잡히면 관절이 꺾이거나 부러지고, 한 번 채이면 철퇴로 맞은 것 같은 충격을 면할 수 없었다.

돌변한 표양신의 기세에 이제는 구두괴가 당황했다. 조금 전의 그로 생각했다가 낭패를 볼 뻔하자 마음이 급해지고 손발이 빨라졌다.

적에게 일격을 당한 데다가 류의 위기를 보고 나자 표양신은 확실히 달라졌다. 어렴풋이나마 목숨을 걸고 싸운다는 게 어떤 건지 알게 된 것이다.

"이얍!"

그의 기합 속에 비로소 살기가 실렸다.

그렇게 되자 내뻗는 주먹이 더욱 격렬해지고 몸놀림이 빠르며 필사적으로 변한다.

용화구수의 진수가 십분 우러나니 구두괴는 점점 그를 상대하기 힘들어졌다.

"이놈이 이제 보니 운중룡 당고한의 진전을 받았구나!"

그의 수법을 알아보고 경각심을 높이는 한편, '내가 이까짓 애송이 하나를 당하지 못하고 쩔쩔댄다는 게 말이나 되는가?' 하는 오기가 솟구쳐 그 또한 이를 갈며 온 힘을 다해 후려치고 쪼개기를 거듭했다.

두 사람의 싸움은 갈수록 흉명한 기서를 띠고 격해졌다. 움직임을 알아볼 수 없을 만큼 빠르게 엇갈리고 떨어지기를 거듭하더니 급기야 한 덩어리가 된 것처럼 달라붙고 말았다.

번개처럼 뒤섞이며 오가는 일권, 일각에 필살의 기운이 실려 흉험하기 짝이 없었다. 잠깐 한눈을 팔았다가는 뼈가 으스러지고 머리통이 깨져 나갈 판이다.

주위를 돌아볼 새가 없었고, 수법의 권화를 생각할 틈이 없다. 몸에 익힌 것을 닥치는 대로 쏟아내니 거의 본능적으로 주먹을 휘두르는 거나 마찬가지였다.

역시 그동안 얼마나 많은 시간과 공을 들여 수련했느냐 하는 게 관건이 되었다. 하찮은 초식이라도 본능에 스며들 만큼 익숙하게 수련했다면 그게 이와 같은 순간에 빛을 발하게 된다.

표양신은 잠깐의 게으름도 허락하지 않던 사부의 엄한 꾸짖음을 처음으로 고맙게 생각했다.

구두괴는 수많은 싸움을 통해서 더 말할 것 없이 그와 같은 요령을 터득하고 있었다. 그러니 두 사람의 싸움은 갈수록 한 치 앞을 내다볼 수 없을 만큼 격렬하고 위태로워지기만 했다.

'저게 과연 쓸 만한 놈이란 말이야.'

슬쩍슬쩍 몸을 피하며 그런 표양신을 곁눈질해 본 류는 비로소 안심이 되었다.

한 번 낭패를 당하더니 곧 놀랍게 변해 버린 그의 모습에 흐뭇해진다.

표양신에 대한 걱정을 덜어버리고 자신의 싸움에 몰두하게 되자 류의 사정 또한 조금씩 달라졌다.

궁지에 몰려 쩔쩔매는 듯하더니, 시간이 지날수록 평정심을 되찾아갔던 것이다.

第三章

귀수활선(鬼手活仙)
동백(東白)을 단나다

第三章

몇 번의 공격으로도 류를 쓰러뜨리지 못하자 노룡생도 단단히 화가 났다.

"에잇!"

그가 노호를 터뜨리며 굉뢰붕천(轟雷崩天)의 수법으로 일장을 맹렬하게 후려쳤다.

평생 닦은 진력을 실어 쳐내는 기격(氣擊)이다.

우르릉, 하고 머리 위에서 벼락치는 것 같은 기음이 터져나왔다. 허공이 갑작스런 기파의 분출에 놀라 요동을 치며 흔들린다.

류는 이와 같은 위력의 기격과 처음 갖서보는 터였다. 머리

끝이 삐죽거리고 긴장으로 저도 모르게 온몸에 힘이 들어갔다.

'이건 아니다!'

그의 본능이 그렇게 경고했다. 노룡생의 이 일장은 몸으로 감당할 수 있는 게 아니라는 느낌이 와락 다가온다.

"차핫!"

다급성을 터뜨린 류가 두 발에 한껏 힘을 실어 몸을 던져 올렸다.

극쾌의 신법이 펼쳐진 순간 허공이 다시 한 번 몸살을 앓았다. 그가 있던 곳에 날카로운 파공성이 남았고, 류는 두어 장이나 뛰어올라 허공중에 박혀 버렸다.

쿠앙!

그리고 그 빈자리를 후려친 노룡생의 일장이 굉음과 함께 커다란 웅덩이를 만들었다.

'저것에 맞았다면 어찌 되었을까?'

상상만으로도 등줄기에 식은땀이 흐른다.

류의 도약이 너무 빠르고 순간적인 일이었으므로 노룡생은 잠시 그의 종적을 놓치고 어리둥절해했다.

허공에 머물러 있는 류의 눈에 저 아래에서 언덕을 향해 쏜살같이 치달려오고 있는 한 사람의 모습이 언뜻 들어왔다.

흰 옷자락이 마구 펄럭이고 있다.

'노인?'

류가 빠르게 떨어져 내리며 눈살을 찌푸렸다.

달려오는 신법을 보아하니 눈앞의 상대 못지않은 고수가 분명했다. 한 명도 감당하기 힘든 터에 또 한 명이 가세한다면 낭패를 면치 못할 것이다.

그런 생각으로 잠깐 머뭇거리는데, 노룡생이 대갈일성을 터뜨리며 쌍장을 뻗어 다시 한 번 일장을 후려쳤다.

류는 아직 기격을 모른다. 마땅히 대응할 방법을 떠올릴 수 없었다.

욱, 하고 전신에 힘을 준 류가 즉시 유허의 비결을 운용해 사방의 기운을 빨아들였다. 뻗어 나온 노룡생의 장력이 순간적으로 엷어졌고, 류가 그것에 고스란히 몸을 내던졌다.

꽝!

허공에서 한 번의 요란한 폭음이 터졌다. 류가 그 힘을 빌려 방향을 바꾸더니 훌훌 날아 표양신 곁에 뚝 떨어져 내렸다.

"비켜라!"

대뜸 소리치며 표양신과 달라붙어 있는 구두괴의 머리통을 힘껏 갈긴다.

"억!"

깜짝 놀란 구두괴가 비명을 지르며 극히 표양신을 떠밀고 펄쩍 뛰어 물러섰다.

"괜찮아?"

표양신이 창백해진 얼굴로 가쁜 숨을 몰아쉬며 그것부터 물었다.

몇 군데 타격을 당했지만 류는 멀쩡했다. 표양신의 기색을 살핀 그가 심각한 얼굴을 했다. 한눈에 표양신이 가볍지 않은 부상을 입었다는 걸 알 수 있었던 것이다.

그 몸을 해 가지고도 여태까지 버텼다는 게 기특하다.

"잘 버텨주었다. 대단했어."

진심으로 말했다. 표양신의 숨겨져 있던 기질이 이 한 번의 싸움으로 잘 드러났다고 생각했다. 그의 유순하면서 밝은 성품 속에는 이처럼 지독한 근성이 숨어 있었던 것이다.

표양신조차도 저의 내면에 그러한 기질이 있었다는 걸 처음 알았을 것이다.

그는 이번 싸움을 계기로 크게 달라질 게 분명했다. 류가 흐뭇한 미소를 지으며 어깨를 두드려 주었다.

"이놈! 어디 또 한 번 잔재주를 부려보거라!"

단단히 화가 난 노룡생이 버럭 소리치며 달려들었고, 구두괴도 마찬가지였다.

그는 애송이 표양신을 제 마음대로 하지 못한다는 데에 미칠 듯 화가 나 있었다. 기어이 손을 등 뒤로 돌려 두 개의 둥근 금환(金環)을 꺼내 들었다.

서로 마주치자 땡강! 하는 청아한 소리가 났다. 허공에 오래도록 윙윙거리는 울림을 남긴다.

그 두 개의 금환은 보기 드문 기병이다. 구두괴는 그것을 충분히 익혀서 제 마음대로 다룰 수 있었다.

허공에 던져 비월처럼 멀리 있는 적의 목을 칠 수도 있고, 상대의 팔이나 다리, 병장기를 걸어 잡아당길 수도 있다. 칼처럼 가까이에서 베다가 방패로 사용하기도 한다.

그런 효용을 지닌 기병을 처음 대하는 터라 류와 표양신은 절로 긴장이 되었다.

류가 재빨리 주위를 살폈다. 부상을 입고 있는 표양신은 구두괴의 손에서 오래 버티지 못할 게 뻔했다. 제 상대인 노인은 결코 쉽게 제압할 수 있는 상대가 아니다.

게다가 또 한 명의 범상치 않은 노인이 달려오고 있지 않은가. 그가 도착하면 상황이 더욱 나빠질 건 불을 보듯 뻔했다. 이건 열 번 생각해 보아도 승산이 없다.

노룡생은 그동안의 경험으로 그런 류의 생각을 즉시 읽었다.

"호호호, 왜? 달아나려고? 네 마음대로 오고 네 마음대로 갈 수 있다고 생각하느냐?"

"쳇, 여우 같은 늙은이로군."

류가 투덜거렸다. 노룡생의 말을 들은 즉시 구두괴가 한 쌍의 금환을 쥔 채 뒤로 돌아가 퇴로를 차단했기 때문이다. 좌측에는 세 청년이 칼을 쥔 채 버티고 있다.

정면의 노인을 뚫기는 힘들 것이고, 우측의 빈 곳으로 달아날 수도 없었다. 거기 새로운 노인이 달려오고 있기 때문이다.

세 청년이 가장 만만했다. 그들을 한 번에 몰아친다면 길을 뚫을 수 있을 것이다. 하지만 그 시간이 문제다.

혼자 몸이라면 즉시 뚫고 나갈 자신이 있었지만 부상을 입고 있는 표양신을 돌보아야 하니 두어 호흡 정도 지체하게 될지도 모른다. 눈앞의 노인과 구두괴가 그때까지 구경만 하고 있겠는가.

류는 난감해지고 말았다. 쓴 입맛을 다실 뿐, 좋은 수를 생각해 낼 수 없다.

"제기랄."

그가 낮게 투덜거리고 표양신을 등 뒤에 감추었다. 이럴 때 귀령이라는 놈이 도와준다면 사태가 수습되련만, 그놈은 어디로 갔는지 기척조차 없었다.

'쳇, 쓸모없는 놈 같으니.'

정작 필요할 때는 도움을 받을 수 없으니 차라리 없느니만 못하다.

"호호호, 명년 오늘이 네놈의 제삿날이 될 게다."

노룡생이 두 손을 크게 휘둘러 장력을 한껏 끌어 모으며 음침하게 말했다.

'갈 데까지 가보는 수밖에.'

류는 어금니를 악물었다. 궁하면 통한다는 말을 믿고 부딪쳐 볼 수밖에 없다.

이제 믿는 건 왼쪽 팔목에 차고 있는 한 쌍의 비연쌍검뿐이었다. 옷소매 속에 감추어두고 있는 그것이 한 번은 기회를 만들어줄 것이다.

류가 몸을 약간 숙여 무릎의 탄력을 최대한 살렸고, 노룡생이 장력의 갈무리를 끝마쳤다.

후웅, 하고 두 사람 사이의 공간이 팽팽한 긴장을 견디지 못하고 운다.

일촉즉발의 순간, 언덕 위로 훌쩍 뛰어올라 온 백의노인이 창노한 음성으로 소리쳤다.

"그만둬!"

*　　　　*　　　　*

뭐라고 말할 수 없는 묘한 분위기.

짙은 향 냄새가 숨을 쉴 때마다 폐부 깊숙이 스며들었다.

이렇게 몇 년을 산다면 몸에서 절로 향 냄새가 날 것이다.

후원 깊숙한 곳에 있는 내당(內堂) 안이었다.

엷게 흐르는 향 연기가 침침한 어둠과 함께 실내를 더욱 신비롭게 해준다.

좌우에 나무를 깎아 색칠하고 옷을 입힌 신장(神將)이 서있고 편경(編磬)이 있다. 정면의 단 위에는 한 사람의 온화하게 생긴 신선이 가부좌를 틀고 앉아 있었다.

목상(木像)인데 어찌나 정교하게 조각했고 색칠을 했는지 살아 있는 사람처럼 보였다.

붉은 깃을 댄 남색 도포가 바닥에 끌리고, 왼손에는 불진을 들었으며 오른손은 수결을 맺어 무릎 위에 가볍게 올려놓고 있다.

뜬 듯 감은 듯 반개한 눈에서 부드러운 빛이 흘러나왔다. 상투를 틀고 금색 용이 꿈틀거리는 동곳을 꽂았는데, 탐스러운 수염이 가슴 앞에 늘어져 물결쳤다.

선계의 신선이 내려와 앉아 있는 것 같고, 옥황전에 있어야 할 부우제군(孚佑帝君) 여조(呂祖) 동빈(洞賓)이 잠시 찾아와 쉬는 것 같기도 했다.

그 아래 백의노인이 지그시 눈을 감은 채 앉아 있었다. 장중하면서 범접하기 어려운 날카로운 기운이 서려 있다.

노인과 마주 앉아 있는 류는 조금씩 마음에 불안한 기운이 자라는 걸 느끼고 있었다.

무엇 때문인지는 알 수 없다. 묘당(廟堂)이라고 해야 할 것 같은 방 안의 무거운 분위기 때문인지도 몰랐고, 눈앞에 있는 백의노인의 기운에 눌린 때문인지도 모른다.

류는 언덕 위로 뛰어올라 와 싸움을 막은 노인을 따라 이곳까지 왔다.

노인은 아무 말도 하지 않았고, 류는 그를 따라가지 않으면 안 된다는 어떤 계시에 사로잡힌 듯 묵묵히 뒤따랐을 뿐이다.

허리띠에 곰방대를 꽂고 갈의를 입은 그 노인이 류를 안내해 온 곳이 바로 이 내당이었던 것이다.

문가에는 류와 격렬하게 싸웠던 노인, 노룡생이 무표정한 얼굴을 한 채 앉아 있었다. 문을 지키고 있는 듯한 형태다.

굳게 닫혀 있는 문밖에는 구두괴가 금환을 꺼내 든 채 신장 같은 모습으로 버티고 서 있었다. 사람은 물론 잡귀의 접근을 한 치도 허락하지 않겠다는 모습이다.

표양신은 가운데 커다란 대추나무 한 그루가 박혀 있는 작은 뜰에서 서성이고 있었다. 불안한 듯 힐끔힐끔 내당의 문을 바라본다.

이곳은 동가촌의 한복판에 있는 커다란 집이었다. 붉은 흙벽돌을 쌓아 지은 이 저택을 증심으로 해서 팔십여 호의 집들이 사방으로 질서정연하게 뻗어 동가촌을 이루고 있다.

지루한 침묵이 일 다경이 넘도록 계속되었다. 끝없는 사색에 잠겨 있는 듯하던 백의노인이 비로소 눈을 떴다. 한줄기 맑은 빛이 번쩍이며 허공을 밝힌다.

류는 눈앞의 노인이 귀수활선 동백이라는 걸 알고 있었다. 그를 인도해 온 갈의노인이 구뜸해 준 것이다.

귀수활선(鬼手活仙) 동백(東白).

철권동각(鐵拳銅脚)으로 유명한 강호의 명숙이다. 오래전부터 권법의 절정고수로 크게 이름을 떨쳤던 인물인 것이다.

그의 박투술은 강호를 진동하게 한 적이 있었지만, 이차 정사대전에 마교의 무리로 가담한 이후 행적을 감추고 숨어 살았다.

삼십여 년 전에 당당한 세력을 거느렸던 그가 수하들과 함께 동가촌을 이루고 평범한 농투성이로 살고 있다니, 무상한 감이 있다.

'굉장한 노인이군.'

동백을 훔쳐보던 류가 진심으로 감탄했다.

그는 동백을 오늘 처음 본다. 그러나 언덕 위에서 저를 궁지에 몰아넣었던 고수, 쌍절마군 노룡생이 동백에 대해서 지극히 존경하고 두려워하는 모습을 보이는 것만으로도 그가 어떤 인물인지 충분히 짐작할 수 있었다.

"네 이름은 최근에 많이 들었다."

"……."

류는 대꾸하지 않았다. 긴장이 더욱 커져서 숨소리마저 거칠어지고 있지만 느끼지 못했다. 그만큼 온 정신을 동백에게 집중하고 있는 것이다.

"너와 얽힌 은원이 이처럼 복잡해졌으니 대체 어찌 풀 작정이냐?"

"……."

동백이 연민이 깃든 눈길로 물끄러미 바라보았다. 류도 지지 않고 그를 마주 본다.

"노선배께서는 지존보와 얽힌 일을 이제 어찌 풀으시렵니까?"

"흥, 지존보?"

동백의 눈길이 싸늘해졌다.

"조작량이 과거 수많은 사람들을 마교도로 몰아 도륙한 일에 대한 책임은 어찌하겠느냐?"

"그 일은 모르거니와 굳이 풀어야 한다면 마교의 무리와 보주 사이에서 해결해야 할 것입니다."

동백의 눈길이 싸늘해졌다.

"나는 내가 관계된 일에 대한 것만 해결하면 그뿐입니다. 다른 건 상관하고 싶지 않습니다."

"좋다. 하지만 마교라니? 나는 그 말에 동의할 수 없다. 마교라고? 대체 누가 그렇게 정의한단 말이냐?"

"보주께서 그렇게 규정했고, 그건 곧 강호인 모두가 공감하는 일입니다. 그렇다면 그들이 비록 황군이라 하더라도 역시 마교이겠지요."

"조작량이 세상의 이치를 제 마음대로 결정하고 폐기하는 절대자라도 된다는 말이냐?"

"그분은 무신입니다. 강호인 모두가 그와 같이 믿고 있지요. 그렇다면 그분의 뜻이 곧 강호의 뜻 아닐까요?"

류의 말에는 자신감이 있었다.

"어리석구나!"

동백이 싸늘해진 얼굴로 크게 꾸짖었다.

"마교이든 아니든 나에게 그런 건 상관없습니다. 지금 내가 원하는 건 곽빙호일 뿐이니 그자만 내주시면 그만입니다. 지존보와 노선배님 사이의 일에는 관심도 없으니 알아서 하십시오."

동백이 한동안 침묵했다. 그리고 조금은 딱딱해진 얼굴로 말했다.

"너는 어째서 그 아이를 이곳에서 찾는 것이냐?"

"흥! 그가 동가촌에서 나왔다는 걸 내가 모를 줄 아십니까?"

동백의 얼굴이 어두워졌다. 묵묵히 침묵하던 그가 다시 말했다.

"네 말이 맞다. 하지만 네가 그 녀석을 찾는 이유에 대해서는 아직 듣지 못했다."

"흥! 그놈이 감히 지존보에 반기를 들고 싸움을 걸어온 것에 대해서는 말하지 않겠습니다. 하지만 나를 속이고 옥봉각주를 납치해 간 것은 용서할 수 없습니다."

류의 비난에 문을 지키고 있던 노룡생이 분노한 얼굴로 노려보았다. 그러나 정작 동백은 눈을 지그시 감은 채 무거운 침묵을 지켰다.

한참 만에야 그가 한숨을 내쉬고 천천히 말했다.

"너는 잘못 짚었다. 나는 절대로 그 아이를 그렇게 가르치지 않았어."

'가르쳤다고?'

류는 이상하다는 생각을 했다.

곽빙호가 동백과 연관이 있다는 건 짐작했지만 제자라니 뜻밖이었다.

동백과 같은 인물에게서 어찌 그렇게 지독한 놈이 나왔는지 의아하다.

류가 아직도 의심을 버리지 못하고 있는 걸 눈치 챈 동백이 씁쓸한 미소를 띠었다.

"내가 아무리 많은 말을 해도 네가 믿지 않으면 죄다 헛소리밖에는 되지 않을 것이다."

굳게 입을 다문다.

류는 이글거리는 동백의 눈을 똑바로 노려보았다. 거짓이 아니라는 게 느껴진다.

류의 머릿속에 다른 그림이 그려졌다.

어쩌면 곽빙호는 사부에게마저 이와 같은 일을 숨기고 말하지 않았는지도 모른다. 그렇다면 그와 동백 사이에 어떤 문제가 있는 것이리라.

그렇다면 곽빙호를 움직이는 자는 따로 있다는 결론이 된다. 류는 알 수 없는 그자가 바로 화천비룡대의 일백 기마전사들을 몰살시킨 장본인일 거라고 짐작했다.

그리고 마교의 잔당 중 막강한 힘과 영향력을 가진 자일 것이다. 그렇지 않다면 결코 이와 같은 일을 할 수 없을 것이기 때문이다.

그자가 누구인지 알아야 당장 찾아가 결판을 내고 말 텐데, 흉수를 알 수 없게 되었으니 이곳까지 찾아온 게 허사가 되어버렸다. 짜증과 화가 동시에 인다.

류가 코웃음을 치고 냉랭하게 말했다.

"마교의 무리들이 간교하고 비열하며 잔인해서 마귀와 다름없고, 세상에 해를 끼칠 뿐이라더니 바로 그렇군."

"무엇이?"

노룡생이 기어이 참지 못하고 소리치며 류를 잡아먹을 듯 노려보았다. 그의 거친 숨소리가 방 안에 가득 찼다. 만약 동백의 앞이 아니었더라면 죽이려고 달려들었을 것이다.

동백이 탄식했다.

자신에 대한 탄식이면서 이 모든 일에 대한 탄식이었다.

"홍화의 깊은 뜻이 언제부터 마교의 흉계로 변질되었는고? 누가 그것을 그렇게 했던고?"

"홍화?"

류가 깜짝 놀라 동백을 바라보았다.

동백이 등 뒤의 조상을 가리키며 말했다.

"봐라. 이분이 바로 네가 말하는 마교의 교조이시다. 네 눈에는 마귀로 보이느냐?"

"조금 전 노선배께서는 홍화라는 말을 하셨습니다만?"

"그렇다. 세상을 널리 이롭고 평화롭게 한다는 지극한 뜻. 그것이야말로 조사께서 원하시고 이루고자 하셨던 도의 궁극이었다."

홍화(弘和).

류는 여태까지 그 말을 잊고 있었다.

그것은 사부가 죽기 전 해주었던 마지막 말 아니던가.

"홍화의 누명을 벗기고 그것의 바른 이념을 반드시 세워야 한다. 나는 틀렸다. 그래서 너에게 그 짐을 물려준다."

머릿속에 커다란 울림이 되어 되살아나는 그 말.

류의 낯빛이 창백해졌다. 가슴이 무섭게 뛴다.

"홍화……."

저도 모르게 그 낯선 말을 중얼거렸다. 가슴의 상처에 찌르는 듯한 통증이 되살아났다. 죽을 것 같다.

류가 식은땀을 뻘뻘 흘리며 온통 낯을 찌푸렸다. 절로 신음이 흘러나온다.

동백이 의아하다는 듯 바라보았고, 노룡생도 저놈이 왜 저러나? 하는 얼굴로 바라보았다.

'홍화…….'

류의 머릿속에, 가슴속에는 온통 그 말 한마디가 꽉 찼다. 다른 아무것도 생각나지 않는다.

어째서 사부의 그 말을 까맣게 잊고 있었던 건지…….

그때의 절박하고 비통하던 상황이 그려지듯 눈앞에 떠올랐다.

비명 소리, 전각이 불에 타는 소리, 급박한 발소리와 사부의 음성…….

류는 비로소 그때 사부가 진정으로 원했던 건 바로 그 말이었다는 걸 깨달았다.

홍화의 뜻을 세워야 한다는 것.

그 일을 너에게 물려준다는 것.

"오늘을 잊지 말라는 뜻이다."

마지막 순간에 제 가슴속에 비수를 찔러 넣으며 하던 그 말이 천둥 소리처럼 울린다.

'무엇을 잊지 말라는 것이었을까?

이제 류는 혼란에 사로잡혔다.

그날의 비극을, 원한을 잊지 말라는 것이라고 믿었다. 그런데 홍화라는 말을 떠올리자 '사부는 그것을 잊지 말라고 한 게 아닐까?' 하는 의문이 든다.

류의 머릿속이 텅 비어버렸다.

복수의 집념을 사부로부터 물려받았다고 믿었는데, 실은 홍화의 부활에 대한 사명이었는지도 모른다는 것. 그리고 그 말을 까맣게 잊고 살아왔다는 것 때문에 자책감으로 괴로워했다.

"홍화…… 복수……."

류가 넋이 나간 사람처럼 중얼거렸다.

귀수활선 동백은 그런 류의 변화를 우심히 바라보았다. 눈에서 신광이 번쩍인다.

한참 만에야 류가 어눌하게 말했다.

"대체…… 홍화란 무엇입니까……?"

"홍화란 조사께서 세우신 커다란 뜻이자 우리 교의 목적이었다."

"교…….."

"우리는 스스로를 홍화교도라고 말했지만 세상은, 아니, 조작량은 마교라고 했지. 그래서 마교가 된 것이다. 그래서 수많은 교도들이 억울한 죽임을 당하고 오늘날까지도 이처럼 숨어 사는 신세가 된 것이다."

그 말을 들으며 왜 오룡장의 참화가 생각나는지 모를 일이다. 류의 얼굴이 어두워졌다.

"하지만 최후의 한 사람이라도 살아 있는 한 어찌 홍화의 큰 뜻이 사라질 수 있겠느냐? 아니, 모두 다 죽는다고 해도 하늘의 뜻은 결코 사라지지 않을 것이다."

"……!"

류의 머릿속은 더욱 혼란스러워졌다.

대체 나는 누구인가? 홍화를 가슴 깊이 지니고 있던 사부는 누구인가? 이들은 누구이며 마교는 무엇인가?

갑작스럽게 불어난 급류에 휩쓸려 떠내려가는 느낌이었다. 숨을 쉴 수도 없고, 붙잡을 것도 없다. 그 기막힌 절망감.

"너는 누구냐?"

동백의 무심한 듯한 물음이 그런 류의 절망감에 충격을 더해주었다. 허우적거리는 그의 머리 위로 커다란 바윗덩이가 떨어진 격이다.

류는 급류 속으로 가라앉아 버렸다. 의식과 몸뚱이가 제멋대로 물살에 휩쓸린다. 이제 자신을 소유한 것은 스스로가 아니라 급류가 되었다. 그래서 류는 무기력해졌다가 죽었다.

"으악!"

그가 커다란 비명을 터뜨리고 우당탕거리며 뒤로 넘어졌다.

꼼짝하지 않는다.

오랜 잠을 잔 모양이었다. 눈을 뜨자 날이 완전히 어두워져 있었다. 불도 켜지 않은 작은 방 안에 류는 혼자 누워 있었다.

이제 머릿속은 텅 비었다. 무엇으로 채워야 하는 건지 모르겠다.

'귀령은?'

불쑥 그런 생각이 떠오른 건 두 눈에 가득한 어둠 때문일 것이다. 그는 어둠 속에서만 존재하는 자다.

'귀신……'

생각의 연속선상에서 불쑥 떠오르는 단어 하나.

'그래, 귀신!'

류가 벌떡 몸을 일으켰다.

갑자기 텅 비어 있던 머릿속에 장견두를 만나야 한다는 생각이 하나 가득 들어찬다.

그가 말한 그 귀신을 만나야 한다. 그래서 확인해야 한다. 과연 구양진결은 어디에서 나온 것인지. 과연 그것이 마도의 패왕칠결 중 하나인지. 마도를 그토록 혐오하는 조작량이 어떻게 패왕칠결 중 일결을 익히게 된 건지.

그 모든 비밀을 장견두가 말한 그 '귀신'이 쥐고 있을 거라는 생각이 들었다.

그러기 위해서는 무엇보다 장견두를 만나야 한다.

그를 만나면 염가연도 찾게 될 것이다.

그 두 가지 일이 이제는 자신이 풀어야만 할 숙제라는 걸 류는 깊이 인식했다.

동백은 달빛이 환하게 비치는 뜰을 서성이고 있었다.

깊은 수심에 젖어 있는 것도 같고, 홀로 유유자적한 사색의 시간에 잠겨 있는 것도 같다.

류는 우두커니 동백을 바라보기만 했다. 대체 저 신선과 같은 노인의 어디에 마귀의 모습이 있단 말인가? 저 그윽해 보이는 모습의 어디에 사악한 곳이 있단 말인가?

알 수 없는 의문만 뭉클뭉클 일어난다.

달빛 아래 흰옷을 입고 서성이는 동백은 누가 보든 현기(賢氣)를 품은 은자(隱者)의 모습이고, 인후(仁厚)한 존장의 모습이었다.

그의 모습에서 마귀를 찾는다는 건 불가능하다. 하지만 그는 제 스스로 마교의 후예라고 했다. 아니, 홍화교도라고 했다.

홍화교…….

류는 그게 무엇인지 알지 못했다. 다만, 동백과 마찬가지로 사부 또한 그 홍화교의 사람이었다는 건 이제 분명히 알았다.

하지만 무신 조작량은 그것을 마교로 규정했다. 그래서 강호를 피로 적시며 그들을 숙청했지만 류는 이제 그 뜻을 알 수 없게 되었다.

무엇이 옳은 건지, 무엇이 진실이고 무엇이 거짓인지 온통 혼란하기만 하다.

'백도의 그 많은 협사, 명숙들이 보주의 말에 따른 건 그들 역시 홍화교에서 혹세무민하는 마교의 본령을 보았기 때문이 아닐까?'

그런 의문을 품는 건 조작량에 대한 믿음 때문이었다. 류는 사부 이후 처음으로 마음 깊이 갖게 된 믿음과 존경심을 잃어

버리고 싶지 않았다.

'하지만 동백의 저 초탈한 도습은?'

머리가 빠개질 듯 아파왔다. 도대체 무엇이 진실이란 말인가.

'제기랄!'

류가 내심 소리치며 이를 갈았다.

세상일이라는 게 왜 이렇게 복잡하고, 사람과 사람 사이에 믿음을 갖는다는 게 왜 이렇게 힘든 건지 화가 난다.

무엇이 사람을 간교하게 하고, 무엇이 사람을 잔인하게 하며, 무엇이 사람을 추악하게 만드는 건지…….

류가 그처럼 극심한 혼란을 겪으며 덕해 있는데 동백이 천천히 돌아섰다.

"가려느냐?"

아쉬움이 깃들어 있는 음성이다.

정신을 차린 류가 겨우 말했다.

"보내주시렵니까?"

"붙잡으면 네가 여기 머물러 있겠느냐?"

"정말 이대로 보내주시는 겁니까?"

동백이 빙긋 웃었다.

"아니면, 이별주라도 나누길 바라는 것이냐?"

"저는 옥봉각주를 찾으면 지존보로 돌아갈 것입니다. 보주님께 이곳의 일을 말씀드리지 않을 수 없겠지요."

“그래야겠지.”

“비록 노선배가 옥봉각주의 실종과는 관계가 없다 할지라도 곽빙호가 한 짓을 보주께서 알게 되면 그대로 계실 리가 없습니다.”

“이 땅에서 동가촌은 사라지겠지. 애꿎은 사람들의 주검이 산처럼 쌓이고, 피가 냇물을 이루며 흐르겠지.”

“그런데도 저를 그냥 보내주신단 말입니까?”

“너를 죽인다 한들 하늘의 눈을 가릴 수 있겠느냐? 땅의 귀를 막을 수 있겠느냐? 다 쓸데없는 짓이다.”

“…….”

한동안 침묵하던 류가 무거워진 얼굴로 물었다.

“싸우실 겁니까?”

동백이 다시 빙긋 웃는다.

“너는 이 작은 마을로 지존보를 상대할 수 있다고 생각하는 거냐? 너는 내가 조작량을 상대할 수 있다고 생각하는 거냐?”

“그러면 대체 어쩌려고 이러시는 겁니까?”

이제 류는 답답해서 미칠 것 같았다. 마치 동백이 자기를 붙잡아 죽이거나, 깊이 가두어 지존보로 돌아가지 못하게 하기를 바라는 사람 같다.

그가 곧 닥칠 비극을 뻔히 알면서도 태연하기만 하니 더욱 속이 탔다.

그러한 동정심이 왜 우러나는 건지 그 자신도 알 수 없었다. 곽빙호를 보면 적개심이 생기지만, 동백을 보면 아련한 그리움 같은 게 생긴다.

동백이 씩씩거리는 류를 그윽한 눈길로 바라보더니 말했다.

"나는 선교주께서 남기신 말을 믿는다."

"……?"

"이차 정사대전의 막바지였지. 조작탕에게 패해 돌아가시면서 그분은 말씀하셨다."

동백의 눈가에 눈물이 반짝이는 것 같았다.

"깊은 바다 속에서 잠자던 용이 눈을 뜨는 날, 구름이 하늘을 덮어 저 뜨거운 해를 식히고 대지에 단비를 뿌려줄 것이다. 내가 맡은 일은 여기까지다. 용을 깨우기 위한 제물로 나는 이 세상에 왔을 뿐. 이제 소익을 다했으니 기쁜 마음으로 돌아가노라."

"그게 무슨……."

"나는 선교주에 이어서 그때가 오는 걸 지켜보는 소임을 받았다고 믿는다. 이제 조금단 더 살아 있으면 그날을 보게 될 것이니 그것이야말로 남은 내 삶의 희망이자 기쁨이지."

말을 하는 동안 부드럽던 눈빛이 점점 날카로워졌다. 그리고 말을 마쳤을 때는 태양처럼 강렬하게 이글거리는 안광을 쏟아냈다.

류는 동백의 그 눈길이 저를 뚫어버리는 것 같은 느낌을 받았다.

"가라. 가서 네가 하고 싶은 일을 해라."

"……!"

"운명이란 모두 다른 것 같지만 두루 꿰어져 결국 한 점에 모이게 된다. 너의 운명 또한 거기에서 벗어나지 못할 터. 산 자와 죽은 자의 구분이 없어지는 날 비로소 홍화의 참뜻을 네 스스로 알게 될 것이다. 그날이 선교주께서 말한 날이겠지."

모호한 말이다.

잔뜩 얼굴을 찌푸리고 있던 류가 포권하고 돌아섰다. 한마디 작별의 말도 하지 않았고, 보내는 사람도 그와 같았다.

第四章
염가연을 찾아서

第四章

　류는 대문 밖에서 기다리고 있던 표양신과 함께 천천히 걸어 동가촌을 벗어났다.

　그가 말이 없으니 표양신도 말이 없다. 그의 얼굴에 수심이 가득했지만 류는 묻지 않았다.

　제가 마음에 무거운 짐 하나를 떠안았듯이 표양신도 그런 모양이라고 짐작할 뿐이다.

　언덕 위에 올라선 류가 깜짝 놀라 눈을 휘둥그레 떴다.

　"너!"

　"게으른 놈. 대체 언제까지 꾸물거릴 셈이냐?"

　빙긋 웃고 있는 한 사람.

삼패왕 장건두였다.

그의 커다란 그림자 속에서 한 사람이 슬며시 솟아 나왔다. 귀령이다.

그가 삿갓 속에서 흰 이를 드러내고 웃었다. 그리고 음침하게 말했다.

"고생했다며? 흐흐흐—"

마음속의 갈등과 모호함으로 흐려졌던 류의 눈에 힘이 실렸다. 조금씩 떠오르는 광기(狂氣)가 달빛을 받아 번들거린다.

"조심해. 나는 오늘 너희들을 죽여 버릴지도 몰라."

류가 이를 악물고 말했다.

장건두가 눈을 부라렸다.

"저 싸가지없는 놈! 말버릇 좀 봐라!"

"흐흐흐, 그러지 않아도 당신을 찾아갈 셈이었는데 이렇게 제 발로 나타나 주었으니 고마운 일이지. 하지만 그게 내 노여움을 덜어주지는 못해."

뚜두둑.

류가 스산하게 말하며 손마디를 꺾었다. 마른 삭정이 부러지는 듯한 소리가 끔찍하게 울린다.

"잠깐, 잠깐 기다려 봐!"

귀령이 급히 물러서며 손을 마구 내둘렀다.

"그렇게 감정적으로 처리할 일이 아니다."

"네놈은 필요할 때 사라지는 놈이다. 그런 놈은 차라리 없는 게 낫지. 자, 준비해라."

"기다리라니까!"

류의 마음 가득 솟구치고 있는 살기를 누구보다 잘 읽은 귀령이 사색이 되어서 뒷걸음질쳤다.

그는 자신이 류의 적수가 될 수 없다는 걸 잘 알고 있었다. 기세 면에서 벌써 그는 류에게 한풀 꺾이고 있었던 것이다.

하지만 장견두는 그렇지 않았다. 류의 행동이 그에게도 전의를 불러일으켰을 뿐이다.

"좋다, 이 어린 놈. 와라! 오늘은 너, 싸가지없는 놈에게 이 개대가리 어르신의 무서움을 똑똑히 가르쳐 주고 말 테다!"

손바닥에 침을 퉤, 퉤, 뱉어 썩썩 문지른 그가 낭아봉을 힘껏 움켜쥐었다.

류가 그 어느 때보다 차갑게 굳은 얼굴과 눈으로 그런 장견두를 노려보며 말했다.

"죽기 전에 말해. 그녀를 어디에 숨겨두었지?"

"그녀라니?"

"옥봉각주 염가연."

"아, 그 여우 같은 계집애 말이냐?"

히죽 웃는다. 류의 눈길이 더욱 싸늘해졌다.

"곽빙호를 시켜서 그녀를 납치해 간 거지?"

"곽빙호?"

장견두가 머리를 갸웃거렸다.

"그게 어떤 후레아들 놈인지 이 어르신이 알게 뭐냐?"

"아니라고?"

류는 순간 멍해졌다. 여태까지 장견두가 곽빙호와 짜고 그런 일을 저지른 것인 줄 알았는데 그게 아니라니 어리둥절하기만 했다.

하지만 어쨌든 장견두가 이번 일에 깊이 관여하고 있다는 건 사실이다.

"그녀가 있는 곳을 말해."

"이 빌어먹을 후레자식이!"

류가 살기를 걷지 않은 채 말했고, 장견두가 화가 나서 발작하려 하자 귀령이 재빨리 그들 사이로 뛰어들었다.

"이것 봐, 좀 진정하고 차근차근 말해보자고."

"흥! 이제 보니 네놈도 저 개대가리와 내통하고 있었군. 그렇다면 함께 죽여줄 수밖에."

"글쎄, 내 말을 좀 들어보라니까."

귀령이 그답지 않게 두려워하고 허둥거렸다.

달빛이 은은히 부서지는 황량한 벌판 위를 네 개의 그림자가 바람처럼 질주해 가고 있었다.

북쪽을 바라보고 미친 듯 달려가는 것인데, 멀리서 보면 서로 쫓고 쫓기는 사람들인 것 같기도 했다.

선두에서 달리는 자는 귀령이었다. 은신법의 대가답게 그의 몸은 마치 바람에 날리는 검불이라도 되는 듯 가벼워 보였다.

최상의 경공신법을 발휘해 거침없이 달리는 그의 뒤를 류가 바짝 따르고 있었다.

그는 경공신법을 수련하지 않았지만 아무리 달려도 지치는 기색이 없었고, 두 다리의 힘이 감허지지도 않았다.

그 뒤쪽을 표양신이 이를 악문 채 땀을 뻘뻘 흘리며 따랐고, 거구의 장견두는 가장 뒤처져서 쿵쿵거리며 부지런히 따르는 중이었다.

그는 경신의 공부가 다른 사람만 못하다. 하지만 류가 지칠 줄 모르듯 그 역시 지칠 줄 모르고 끈질기게 달렸으므로 그걸 만회할 수 있었다.

귀령은 제가 가장 자신있어하는 경공신법으로도 류를 따돌리지 못하자 오기와 호승심이 생겼다. 두 발끝에 더욱 내력을 가해 땅을 차고 질주한다.

그렇게 십 리쯤 달리다 돌아보니 류가 여전히 그만큼의 거리를 둔 채 따라오고 있었다. 표양신과 장견두의 그림자는 멀어져 보일 듯 말 듯하다.

'무서운 놈.'

귀령은 절로 그런 생각이 들었다.

그가 주춤하는 사이에 힘껏 달려온 류가 곁에 바짝 달라붙었다.

"아직 먼 거냐?"

그렇게 정신없이 달려왔건만 여전히 숨결이 평온하다.

귀령이 질렸다는 얼굴로 고개를 설레설레 저었다.

"조금만 더 가면 된다. 저 언덕 너머야."

십여 리 앞에 흐릿하게 솟아 있는 검은 언덕이 보였다. 울창한 소나무 숲을 두르고 있는 곳이다.

"이제 내가 너를 골탕먹이려고 한 게 아니라는 걸 믿겠지?"

"흥, 내 눈으로 그녀를 확인하기 전까지는 안 믿는다."

"지독한 놈."

다시 머리를 설레설레 흔드는 귀령을 떼어놓은 채 류가 땅을 박차고 앞서 달려나갔다.

귀령은 그동안 장견두를 찾아갔다고 했다. 그리고 함께 돌아왔던 것이다.

역시 염가연의 실종에는 장견두가 개입해 있었다.

귀령에게서 그 말을 들었을 때 류는 다짜고짜 그의 등짝을 밀어 돌려 세워놓고 다그쳤다.

"날이 밝기 전에 그녀를 찾지 못하면 네놈의 목을 대신 들고 돌아가겠다!"

획—

류가 한줄기 질풍이 되어 소나무 숲을 훌훌 건너뛰더니 낮은 언덕 꼭대기에 내려앉았다.

작은 골짜기를 가득 메우고 있는 소나무 숲 사이로 흐릿한 불빛이 깜박거렸다. 주위를 둘러본 류가 다시 몸을 던져 그 불빛을 향해 바람처럼 질주해 갔다.

그가 사라지고 조금 뒤에 귀령이 그곳에 도착했다. 그는 더 이상 류의 뒤를 따르지 않고 멈추어 서서 장견두와 표양신을 기다렸다.

일 다경쯤 뒤에 그들이 도착했고, 표양신이 헐떡이며 물었다.

"류는?"

귀령이 아무 말 없이 머리를 가로저었다. 더 이상 나가지 말라는 뜻이라 표양신은 털썩 주저앉고 말았다. 이미 지칠 대로 지쳐서 서 있기도 힘들었던 것이다.

"내가 가봐야 하지 않을까?"

장견두가 역시 가쁜 어깻숨을 몰아쉬며 말했다. 귀령이 또 머리를 가로젓는다.

"쳇, 빌어먹을 새끼귀신아. 이 어르신이 가봐야겠다면?"

"셋째 나리, 안 된다는 걸 누구보다 잘 알면서 그러시오."

"그래도 불안하잖아."

"모르겠소. 내가 받은 부탁은 여기까지였으니 나는 더 이상 상관하지 않겠소이다."

마음대로 하라는 듯 팔짱을 끼고 외면했다. 그 앞에서 장견두는 머뭇거릴 뿐 류가 사라진 골짜기 건너편으로 달려가지 못했다.

골짜기 안에는 낡은 신당이 하나 있었다.
돌담은 반 넘게 무너져 마른 칡넝쿨에 뒤덮였고, 그 안의 뜰에는 웃자란 잡초가 무성했다.
곧 무너질 듯 한쪽으로 비스듬히 기운 낡은 신당은 귀신이나 요괴들이 소굴로 삼으면 어울릴 만큼 을씨년스럽고 황량했다.
무너진 돌담 밖에서 잠시 동정을 살피던 류가 더 참지 못하겠다는 듯 훌쩍 그것을 뛰어넘어 잡초 우거진 뜰 복판에 우뚝 섰다.
신당 안에선 희미한 불빛만 깜박거리며 흘러나올 뿐, 기척 하나 없었다.
“나와라.”
낮게 말했다. 아무런 반응이 없다.
“흥! 귀신 놀음을 하겠다는 거냐?”
비웃은 류가 심호흡을 하고 다시 말했다.
“나오지 않겠다면 내가 들어갈 수밖에.”
겁도 없이 성큼성큼 신당을 향해 걸음을 옮겼다.
꽈당탕!

발길질 한 번에 낡은 문짝이 네 조각으로 부서져 떨어졌다. 묵은 먼지가 풀썩 날리고 불빛이 곧 꺼질 것처럼 크게 일렁인다.

성큼 들어선 류가 재빨리 사방을 둘러보았다.

낡은 산신도 앞의 제단에 촛불 하나가 일렁이며 타오르고 있을 뿐, 제수며 향은커녕 물 한 그릇도 없었다.

그리고 한 사람이 등을 보이고 제단 앞에 앉아 있었다.

염가연이다.

"무사한 거야?"

어리둥절했던 류가 기쁜 마음에 다가서며 물었다.

왜 이 험악한 곳에 그녀가 홀로 앉아 있는 건지, 누가 그녀를 이리로 데려다 놓은 건지 알 수 없다.

의혹이 솟구치지만 개의치 않기로 했다. 지금은 그녀를 찾았다는 게 더 중요하기 때문이다.

돌아보는 염가연의 얼굴이 초췌해져 있었다. 이 며칠 동안 마음고생을 한 티가 역력하다.

다가간 류가 그녀의 어깨를 감싸 안았다.

"괜찮은 거냐? 아무 일도 없었어?"

"무서웠어."

"이제 괜찮아. 내가 왔으니 괜찮아."

그녀는 웬일인지 엄숙하다고 해야 할 만큼 가라앉아 있었다. 자기를 구하러 온 류를 보았건만 기뻐하는 기색도, 안도

하는 기색도 없다. 헤어져서 며칠 만에 만난 게 아니라 조금 전에 보고 또 본 것같이 대한다.

침묵하던 그녀가 불쑥 말했다.

"보주가 시켰겠지? 나를 찾아오라고."

"응?"

그녀의 반응이 뜻밖의 것이어서 류는 어리둥절해지고 말았다.

"내 걱정이 되어서 이렇게 찾아온 건 아닐 거야."

염가연이 흘러내린 머리카락을 쓸어 올리며 쓸쓸하게 웃었다.

"차라리 찾아오지 않았으면 좋을 뻔했어."

"그건 또 무슨 소리냐?"

"그랬으면 너를 따라 지존보로 돌아가지 않아도 될 거 아니겠어?"

"달아날 생각이었군?"

잠시 생각하던 그녀가 멍한 얼굴로 한숨을 쉬었다.

"휴, 다 소용없는 일이겠지. 보주는 온 천하를 뒤져서라도 반드시 나를 찾아내고 말 테니까."

보주에 대한 그녀의 두려움이 무엇 때문인지 이제는 류도 어렴풋이 알고 있었다. 하지만 여전히 믿지 않는다.

그가 고집스럽게 말했다.

"쓸데없는 소리 하지 말고 돌아가자."

“나에게 어떤 선택의 여지가 있겠어?”

“……”

“말해봐. 나에게 죽음밖에는 달리 선택할 수 있는 게 또 뭐가 있지?”

그녀는 지존보로 돌아가는 일과 죽음을 같은 선상에 놓고 말했다. 그렇게 싫단 말인가? 하는 생각이 그녀에 대한 연민을 불러일으켰다. 그러자 짜증이 난다.

류가 버럭 소리쳤다.

“바보같이 죽기는 왜 죽어? 그건 마지막 순간에나 택하는 거야.”

“네가 말했잖아. 내가 죽어야 할 때는 내가 선택하는 거라고.”

“지금이 그때라고?”

“나에게는 이것이 어쩌면 마지막 기회가 될지도 모르니까.”

“지존보로 돌아가는 게 그렇게 싫은 거냐?”

류의 얼굴이 심각해졌다. 내가 괜히 그녀를 찾아왔는지도 모른다는 생각마저 든다. 이처럼 무사한 걸 보니 그렇고, 그녀의 절망에 찬 말을 듣고 있으니 절로 그런 생각이 들었던 것이다.

그녀가 자신을 보호자로서가 아니라 지존보로 잡아가기 위해 온 저승사자쯤으로 생각하고 있다는 게 못마땅하기도 했다. 류가 씁쓸한 얼굴로 한참 바라보다가 물었다.

"달아난다면 어디로 갈 생각이야?"

"어디든 상관없어."

두 사람 사이에 어색한 침묵이 흘렀다. 그리고 그녀가 더욱 우울해진 얼굴로 말했다.

"하지만 역시 행복하지는 않겠지."

"……?"

"완전한 자유가 주어지는 게 아니니까. 언제 보주가 찾아올지 늘 두려워하며 숨어 사는 삶이 있을 뿐이겠지."

그런 삶이라면 지존보에 머물러 있는 것보다 나을 게 없다.

류는 그녀의 마음속에 가득한 갈등을 읽었지만 이해할 수는 없었다.

하지만 한 가지는 확실하게 알았다. 바로 그녀가 돌아가고 싶어하지 않는다는 사실이다.

무엇 때문인지는 알 필요 없다고 생각했다. 그녀의 일이기 때문이다. 그녀에 대한 서운한 마음이 그런 생각을 갖게 한 것이다.

그건 그녀가 자기를 따라가지 않으려는 데 대한 서운함이었다. 지존보로 돌아가지 않는다는 건 곧 나와 헤어진다는 걸 뜻한다. 그런데도 마음을 돌이키지 않는 그녀에 대한 야속함이기도 했다.

나에 대한 믿음보다도 제 고집이 더 크다는 데에 화가 나기도 한다.

"가."

류가 불쑥 말했다. 퉁명스럽다.

염가연이 눈을 동그랗게 뜨고 그를 바라보았다.

"가고 싶으면 가. 누구의 눈치도 볼 것 없다. 자기가 죽을 때를 스스로 결정할 수 있는 사람이라면 두려움 따위는 없다고 봐야겠지."

"하지만……."

"하지만은 없어!"

류가 버럭 소리쳤으므로 염가연이 깜짝 놀라 어깨를 움찔했다.

"그렇게 원하는 일이라면 해. 해보고 안 되면 그때 죽어버려도 늦지 않다."

"너, 너는 정말…… 아무렇지도 않은 거야? 보주에게 뭐라고 하려고……."

"쳇, 고양이 쥐 생각 해준다는 격이구나. 그건 내 일이니까 내가 알아서 하겠어."

"……."

"가겠다고 결심한 사람에게 무슨 말을 더 해주고, 무슨 마음을 품겠어?"

"……."

"어디로든 네가 원하는 곳으로 가버려. 보주가 언제 찾아

올지 따위는 잊어버리고 그날그날의 삶에 충실하다면 행복해
질 수 있을 거다.”

“그럴…… 까?”

“보주가 마치 너의 운명이라도 되는 듯 생각하고 있군. 너
를 제멋대로 휘두르는 운명 따위는 없어.”

“…….”

“있으면 또 어때? 상관없잖아. 너의 의지로 그걸 떼어놓을
수 있다. 짓밟아주고 무시해 버릴 수 있어. 그게 더 통쾌한 일
이지.”

염가연의 얼굴에 홍조가 돌았다. 류의 말이 그녀를 흥분시
켰고 희망을 준 것이다.

“맞아. 내가 나를 소중하게 여긴다면 운명 따위에 절망하
거나 매달리지 않겠지.”

“바로 그거야. 네 마음속의 소망에 충실해. 다른 아무것도
그것보다 중요한 건 없다.”

“나는 결심했어. 돌아가지 않겠어.”

“그게 너의 결정이라면 들어주지 않을 수 없지. 마음대로
해. 어디로든 가버려. 나 같은 건 잊어버려도 좋아.”

화난 얼굴로 그녀를 노려본 류가 미련없이 몸을 돌렸다. 멍
하니 바라보던 염가연이 실망으로 어두워진 눈을 했다.

“너는 아무렇지도 않은가 보구나?”

“뭐가?”

"이렇게 헤어지는 게 말이야. 나라는 존재가 너에게는 아무것도 아니란 의미겠지?"

"또 왜 그래?"

짜증이 난다.

"내가 떠난다는데 너는 마치 우는 아이를 떼어놓기라도 한 듯 시원해하고 있잖아."

자기 스스로 떠나겠다고 했다. 류가 저를 데려가려고 찾아온 게 싫은 듯 말하지 않았던가. 그래서 보내주겠다니까 지금은 또 그걸 트집 잡고 있다.

물끄러미 그녀를 바라보던 류가 피식 웃었다. 어이가 없었기 때문이다.

"그럼, 가지 못하게 붙잡으라는 거냐?"

"거짓으로라도 함께 가주겠다는 말은 할 수 없어?"

"왜?"

"나를 지켜주겠다는 약속을 잊은 거지?"

"지존보에 있을 때의 얘기야. 그곳을 떠나면 너와 나 사이에 아무 관련도 없다."

"그렇…… 군."

염가연이 화난 얼굴을 푹 숙였다.

"너는 나를 사랑하지 않았어."

"나는 아무도 사랑하지 않아."

홧김에 냉정하게 말해 버리고 나자 가슴속에 깃든 알 수 없는 허전함이 더욱 커졌다. 그래서 자기 자신에게도 화가 났다. 그걸 애써 숨기느라 더욱 냉정해진다.

'그녀가 떠난다는데 내가 왜 화가 난단 말인가.'

언제나 자기 자신의 아픔을 보호하기 위한 장치를 가슴속에 숨겨두고 살아온 류였다.

무관심을 가장하는 일이다.

이제는 기억마저 흐릿한 어린 시절, 아버지를 잃고 나서 받았던 상처에 사부와 사형들을 잃었던 아픔이 더해졌다.

처음 느껴보았던 사랑이라는 감정도, 그 황홀하고 몽롱하던 행복도 사저의 죽음과 함께 아픔으로 변해 버렸다.

'정을 준다는 건 그만큼의 고통을 떠안는다는 것이다.'

류는 그렇게 단정했다. 내가 정을 주었던 만큼 나에게 돌아온 고통이 지독했던 탓이다.

내 마음에서 정을 떼어낸 자리만큼 늘 상처가 남았다. 아니, 그것은 때로 훨씬 더 크기도 했다. 그래서 류는 스스로를 사랑을 모르는 무정한 사람인 것처럼 만들었다.

하지만 그는 완전한 목석이 될 수는 없었다. 다른 사람보다 강해 보이는 몸과 마음을 가지고 있었지만 채 서른 살이 되지 않은 청년일 뿐이다.

어느덧 염가연이라는 존재가 저의 가슴속에 또 하나의 사랑으로 자리하고 있었다는 걸 처음 인정했다.

곁에 있을 때는 몰랐는데, 그녀가 떠나려고 하자 비로소 그것을 알게 된 것이다.

그래서 화가 났고, 그래서 더욱 아픔으로부터 자기 자신의 감정을 보호하려는 의지가 생겼다.

그녀를 바라보는 류의 눈길이 더욱 무심해졌다.

그녀는 떠나려는 사람이고, 자신은 보내야 하는 사람이다. 그렇다면 미련을 둘 필요가 없다.

그가 애써 그렇게 무심해지려고 할 때 염가연은 마음속으로 엉엉 소리 내어 울고 있었다.

나는 아무도 사랑하지 않는다는 류의 그 한마디가 그녀의 가슴에 깊은 실망과 슬픔을 남겨주었던 것이다.

류를 바라보는 그녀의 얼굴이 아픔으로 일그러졌다.

"그랬…… 군. 너에게 나는…… 아무것도 아니었어. 있어도 그만, 없어도 그만인 존재일 뿐이지. 귀찮았을 거야."

"……."

"돌아가. 더 이상 나를 생각하지 않아도 돼."

그녀의 울음 머금은 한마디가 류의 가슴을 서늘하게 했다. 하지만 역시 애써 무심을 가장하며 차갑게 말한다.

"너는 이제 어디로 갈 거지?"

"상관할 것 없잖아?"

고개를 숙이고 잠시 생각하던 그녀가 다시 말했다.

"보주의 손이 닿지 않는 곳이면 어디든 상관없어."

"지금보다 나아질 거라고 확신할 수 있는 거냐?"

"적어도 나쁘지는 않겠지."

"그렇다면 굳이 모험을 할 필요가 없을 텐데?"

"신경 쓰지 마. 내가 세상의 일부분이듯 너 또한 그럴 뿐이니까. 내가 너에게 줄 게 없듯이 너도 그래. 아무 의미도 없는 사이인데 그저 각자 제 앞에 놓인 삶을 묵묵히 살아가면 그뿐이잖아?"

류의 마음속에 붙잡아야 한다고, 그녀가 떠나지 못하게 해야 한다고 속삭이는 소리가 가득 찼다.

염가연의 처연해진 모습을 보면서 왠지 그녀가 지금보다 더 불행해질 거라는 느낌을 받았던 것이다. 지울 수가 없다.

"한 번 더 생각해 보지 않겠어?"

하지만 고작 그가 꺼낸 말은 그것뿐이었다.

염가연이 조용히 머리를 가로저었다.

"그럼 그렇게 해."

류가 돌아섰다. 완강한 뒷모습을 보인다.

"행복하길 바랄게."

잠시 쉬어가기 위해 들렀던 산짐승처럼 그는 아무 미련도 보이지 않고 터벅터벅 신당 밖으로 걸어나갔다.

염가연도 다시 몸을 돌렸다. 촛불을 마주하고 앉아서 꼼짝하지 않는다.

'빌어먹을! 제기랄!'

화가 났다. 그녀를 붙잡지 못한 자기 자신에 대한 화이면서, 끝내 고집을 꺾지 않는 그녀에 대한 화이기도 했다.

아니, 이런 일이 생기게 된 이 빌어먹을 시간에 대한 화인지도 모른다.

이것도 저를 시험하는 운명이라는 놈의 장난이라고 생각하자 더욱 울화통이 솟구쳤다.

입술을 깨물며 마음속으로 '올 테면 와봐! 운명 따위는 기꺼이 짓밟아주겠다!' 하고 소리쳤다.

그리고 뚝, 걸음을 멈추었다

"……?"

잡초 우거진 뜰 저쪽, 무너진 돌담 곁에 한 그루 커다란 은행나무가 있는데, 그 그늘에 슴듯이 한 사람이 서 있었던 것이다.

어둠 속에서 번쩍이는 눈이 류를 노려보고 있었다.

달빛이 가득 부서지고 있는 뜰.

그것을 사이에 두고 한 사람은 하얀 돌계단 위에서, 한 사람은 검은 은행나무 그늘 속에서 마주 브고 섰다.

삼십 보는 족히 떨어졌어도 상대의 숨결 하나하나가 피부에 생생하게 와 닿는다.

"그녀를 납치한 게 바로 너였군."

류가 어금니를 악물었다. 의심스러운 자이기는 했지만 그래도 의외다.

최명흑선 상목기가 천천히 은행나무 아래의 어둠을 벗고 걸어나오며 소리없이 웃었다.

달빛 아래 흰 이빨이 차갑게 드러난다.

좌라락―

그가 흑선(黑扇)을 소리나게 펼쳤다가 접었다.

"나에게 흑심이 있었다고 의심하지는 마라."

"뭐라고?"

"내가 원한 건 너였지 그녀가 아니었으니까."

"대체 왜?"

"죽이려고."

"핫!"

류가 크게 코웃음을 쳤다. 어둠 속에서 상목기의 흰 이빨이 다시 한 번 드러났다.

"이유나 알자."

"네 손에 억울하게 죽은 형제들의 복수를 하려는 거지."

"너도 흑룡장의 일 때문이냐? 흥! 이제 보니 너 또한 마교의 떨거지들 중 한 명이었군."

"놈, 말을 함부로 하지 마라. 정작 마귀 같은 놈은 바로 너 아니냐?"

"내가?"

"아무 상관도 없을뿐더러, 일면식도 없는 사람들을 개 패 듯 때려 죽였다. 양심에 조금의 거리낌이라도 있었더냐?"

"……."

류의 얼굴에 문득 어두운 그늘이 졌다. 상목기가 그런 류를 더욱 매섭게 추궁했다.

"그게 마귀의 짓이 아니라건 무엇이 마귀의 짓이란 말이냐? 너는 과연 그들을 마교의 무리라고 비난할 수 있을까?"

류의 마음속에 흑룡장에서의 일들이 하나하나 떠올랐다.

그때는 통쾌했다고 여겼는데, 지금 상목기의 말을 들으며 다시 떠올려 보니 과연 무모했다는 후회가 든다.

가장 마음에 걸리는 사람은 혈수병마 백무향이었다.

그는 당당했고, 놀랄 만한 므위를 지니고 있었다.

그의 검에서 느꼈던 것은 마고의 악랄한 기세가 아니라 웅장한 정통의 검세 아니었던가.

무엇이 옳은지, 그른지에 대한 혼란은 동백을 만난 것을 계기로 그의 마음속에 여전히 꿈틀거리고 있었다.

조작량은 강호의 절대자이고, 그 자체가 바로 선이라는 것과 그에 의해 토벌된 마교야달로 악의 화신이라는 생각은 이미 류에게 뿌리박힌 고정관념이었다.

그것은 그가 강호에 처음 나와 아직 제 스스로의 판단력을 갖지 못했을 때 주위의 영향으로 물들게 된 생각이었으므로 그랬다.

첫 인연을 맺은 황룡문에서, 그리고 지존보에서 학습한 것들은 짧은 기간이었지만 그의 사고와 판단력의 기준으로 굳어버렸다. 고정관념이 되어버린 것이다.

그것을 깨뜨리기란 힘들고 고통스럽게 마련이다.

어떤 계기가 있어서 그것을 극복하려는 의지를 심어주어야 하는데, 류에게는 동백이 바로 그와 같은 첫 번째 계기였다.

그리고 지금, 눈앞에 상목기가 분노한 얼굴로 서서 동백과 같은 말을 하고 있다.

第五章
고수(高手)

第五章

'홍화라는 것…….'

류의 마음속에 불쑥 그 말이 떠올랐다. 사부의 유언이 커다랗게 들린다.

'홍화의 누명…….'

귀수활선 동백은 말했다. 그들은 마교라고 불렸지만 우리들 스스로는 홍화교도임을 자부심으로 여겼다고.

'홍화교…… 마교…… 홍화교…….'

류의 혼란한 머릿속에서 그 두 개의 서로 다른 말이 끝없이 반복되었다.

"준비는 되었겠지?"

상목기가 성큼 두어 걸음 앞으로 나오며 말했다.

"뭘?"

류가 어리둥절한 얼굴로 그를 바라보았다.

아직도 머릿속은 혼란해서 제가 왜 이곳에 와 있는 건지, 상목기가 왜 저런 눈으로 바라보는 건지 얼떨떨하기만 하다.

"내려와."

상목기의 싸늘하게 가라앉은 음성이 멀리 들렸다.

"으으음—"

류가 깊은 침음성을 흘렸다.

조금씩 분노가 그의 안에서 살아나기 시작했다.

상목기에 대한 것이 아니고 마교와 지존보에 대한 것이 아니다.

그의 분노는 일종의 짜증 같은 것이었다.

갈팡질팡하고 있는 자기 자신에 대한 짜증이면서 화이기도 했다. 염가연이 저를 떠나겠다고 한 데에 대한 노여움이기도 했지만 그건 인정하지 않았다.

"홍화교면 어떻고 마교면 어떨 것이며 지존보가 다 무슨 상관이란 말이냐!"

그가 버럭 소리쳤다. 상목기가 아니라 단호하지 못한 자기 자신에 대한 발악적인 고함이었다.

"엇?"

류의 말에 상목기가 깜짝 놀라 주춤했다. 섭선으로 류를 가리키며 묻는다.

"너, 그걸 어떻게 아는 거지? 그 말을 누구에게서 들은 거냐?"

"상관없어."

"이놈! 네가 어떻게 홍화교라는 말을 아는 건지 밝혀라!"

"상관없어!"

류가 다시 버럭 소리쳤다. 그러자 그의 분노가 눈앞에 있는 상목기에게로 집중되었다.

"싸우려면 지금 하자! 나는 싸우기 위해서 강호에 나왔을 뿐이다! 마교든 지존보든 상관없어!"

"짐승 같은 놈."

이를 부드득 간 상목기가 성큼성큼 다가왔다. 류도 그를 마주 보며 다섯 계단을 내려와 신당 앞에 우뚝 섰다.

열 걸음을 사이에 두고 두 사람이 마주 섰다. 바람 한줄기가 갑자기 불어와 누렇게 변해가는 잡초들을 마구 흔들었다.

노란 은행잎들이 달빛에 반짝이며 어지럽게 떨어져 날렸다. 우수수수, 하고 들리는 그 소리가 삭막하다.

류의 머릿속에는 이제 하나의 단어만이 가득해졌다.

복수.

그는 오직 그것만을 생각했다. 홍화교도, 마교도, 염가연도 애써 생각하지 않으려고 했다. 이를 악문다.

류는 내가 무엇 때문에 강호에 나왔는가, 내가 왜 싸우려는 건가, 하는 근본적인 생각에 몰두했다.

그는 복수심 하나만을 품고 십삼 년의 세월을 건너 세상으로 돌아왔다.

복수에 장애가 되는 것들은 사람이든 짐승이든 가리지 않고 쳐 넘길 뿐이다. 그리고 곧장 달려가는 것이다. 피해가는 짓은 하지 않는다. 오직 두드려 부수고 넘어갈 뿐이다.

이제 류에게 상목기는 그 장애물의 하나로 인식되었다. 그가 염가연을 납치한 파렴치한이든 아니든 상관없다. 그가 내 손에 죽은 동료들의 복수를 하기 위해 왔다는 것도 상관없다.

류는 그를 오직 장애물로 생각했다. 그래야 싸울 명분이 생기고 의지가 생기기 때문이다. 자기 기만(欺瞞)에 불과하지만 그런 것도 생각하지 않았다.

그 결과 류는 제 마음속의 분노와 야성으로 인해 사람이 아닌 다른 무엇으로 빠르게 변해갔다. 야수 또는 야차라고 해야 할 그런 모질고 악독한 심성이 그의 영혼을 지배하기 시작한 것이다.

"덤벼!"

그가 두 팔을 활짝 펴고 가슴을 내밀며 소리쳤다.

"할 수 있다면 내 가슴을 쪼개고 심장을 짓이겨봐라! 하지만 그전에 네놈의 대갈통을 먼저 박살 내버리고 말 테다!"

"좋다!"

상목기도 복수의 일념으로 충만해진 고함을 질렀다.

그에게는 류가 반드시 죽여서 원한을 갚아야만 할 대상에 지나지 않았다.

바로 이때를 위해서 여태까지 기다려 오지 않았던가. 위험과 비난을 무릅쓰고 염가연을 납치해 오기까지 하지 않았던가.

그리고 그 시간의 정점에 드디어 우뚝 서게 된 것이다.

눈앞에 있는 놈을 죽여서 강동산의 복수를, 백무향과 다른 형제들의 복수를 해주고 말 테다.

그렇게 전의를 증폭시킨 상목기가 드디어 살기로 충만한 움직임을 시작했다.

"이얍!"

맹수의 포효 같은 기합성과 함께 류를 향해 제 몸을 내던진다.

열 걸음의 거리는 없는 것과 다름없다.

팟!

그의 신형이 푹, 꺼진 것 같았는데 류의 머리 위에 둥실 떠 있었다.

콰아아아―

정수리를 짓누르는 엄청난 압력.

"엇?"

류가 깜짝 놀랐다.

상목기의 갑작스런 움직임이 그처럼 빠를 줄 몰랐고, 검은

섭선을 통해 뻗어 나오는 기격의 웅장함이 그처럼 두터울 줄
몰랐던 것이다.

아차, 하는 사이에 그것이 류의 온몸을 무겁게 짓눌렀다.
커다란 바윗덩이를 등에 진 것처럼 움직일 수가 없다.

'고수!'

류의 머릿속에 벼락처럼 그런 자각이 떠올랐다.

고수(高手).

상목기는 고수였다. 아니, 그런 말만으로는 부족할 만큼 강
렬하고 무서운 자였다.

한 번의 움직임, 그리고 한 번의 공세만으로 상목기는 류를
궁지에 몰아넣을 만큼 무서운 고수였던 것이다.

류는 최대의 위기를 느꼈다.

머리 위에 쏟아지는 기격의 압력을 뿌리치지 못한다면 끝
장이다.

이를 악물었다.

처음 느끼는 두려움이 오기를 더욱 불러일으켰다.

그 순간 그의 머릿속에 벼락처럼 구양진결의 한 구절이 떠
올랐다.

역응순도(力應順到).

힘은 순하게 이르러야 한다.

순하게 이른다는 것. 여태까지 그 구절의 의미를 이해하지 못했는데, 위기의 순간에 직면하자 그것이 스스로 저를 드러 냈다.

기운을 발하는 것이 '순(順)'하지 못하면 동작이 굳어져 활기를 잃게 된다. 그러므로 기운이 순하게 발하도록 하려면 먼저 마음을 순하게 해야 한다.

그 이치가 절로 다가온 순간 류는 상목기의 압력에 대항할 것을 포기하고 그것을 고스란히 받아들였다. 그러자 등에 지고 있던 바윗덩이를 내던진 것처럼 홀가분해진다.

류가 어깨로 압력을 받아들이며 그것의 방향에 스스로를 맡겼다. 그의 몸이 자꾸 가라앉더니 드디어 땅바닥에 뒹굴었다.

쿠앙!

그가 서 있던 곳에서 요란한 소리가 났다. 상목기의 기격이 애꿎은 땅을 후려쳐 움푹한 구덩이를 만들었다.

기파의 여력이 태풍처럼 사방으로 흩어져 나가고, 뿌리 뽑힌 잡풀들이 어지럽게 난다.

저만큼 뒹굴어 가까스로 그 일격에서 벗어난 류가 벌떡 뛰어 일어났다.

놀람과 두려움으로 얼굴이 굳어졌다.

무시무시한 고수.

류는 이제 상목기에 대한 평가를 그렇게 바꾸었다. 등줄기가 서늘해진다.

'저놈은 잘못 알려져 있었다.'

강호에 알려져 있는 최명흑선이라는 자에 대한 평가는 후기지수 중 돋보이는 한 명이라는 것이었지만 그건 과소평가된 것이라는 생각이 들었다.

그는 이미 절정의 반열에 올라 있는 자였던 것이다. 강호에 그와 같은 자가 과연 몇 명이나 될까? 하는 의문이 든다.

"과연 제법이다."

자신의 일격을 멀쩡하게 피해 나간 류에 대해서 상목기 또한 감탄했다. 묘한 감흥이 일었다.

놈이 아직 전의를 다 끌어올리지 못했을 때 기습적으로 들이쳐 단번에 끝내 버리겠다고 작정한 그였다.

그래서 내력을 최대로 끌어올려 일격을 날렸던 것이다. 강호에서 저의 그와 같은 일격을, 그것도 기습적인 공세를 감당할 자가 드물다는 믿음이 컸는데 그게 무위로 돌아갔다.

"좋다!"

흙투성이가 된 류가 부끄럽고 화가 나서 버럭 소리쳤다.

"나는 여태까지 마음껏 싸워보지 못했다. 그래서 내 스스로 어디까지 싸울 수 있는지 알지 못했는데 오늘 너에게 그걸 시험해 봐야겠다!"

"흥!"

상목기는 싸늘한 코웃음으로 대꾸할 뿐이다. 그가 이제는 신중한 얼굴로 류를 노려보며 조금씩 움직여 다가왔다.

중궁(中宮)으로 살짝 내민 칼끝을 미끄러뜨리듯이 하며 가볍고 조심스럽게 다가드는 것이다.

류는 그의 그와 같은 움직임에서 구양진결상의 한 구절을 떠올렸다.

상지(上肢)는 끝마디로부터 일어나고, 중절(中節)은 근절(根節)을 따라 나아가며, 하지(下肢)는 뿌리에서 일어나 중간에서 순하다가 끝에 이른다. 삼절(三節)이 균등하게 움직여야 경력이 비로소 순하게 이를 수 있다.

류의 머릿속에 애매하게 기억되고 있던 '삼절균여순경(三節均與順經)'이라던 구절에 대한 깨달음이 왔다.

그와 같이 삼절이 관통되면 비로소 기운을 쓰는 것이 순하고 굳어지지 않을 것이다.

또한 기운이 무거우면서도 영활하여 우둔하거나 뻣뻣하지 않게 되니, 그것이 바로 활신영교(活神靈巧)의 보배라는 깨우침이 절로 따랐다.

류는 상목기의 가볍고 부드러운 움직임이 구양진결에 있던 그와 같은 비결에 지극히 부합된다는 느낌을 받았다.

그는 제대로 배우고 익힌 자였던 것이다. 그리고 그것이 류가 익히 외우고 있는 진결상의 어떤 도리(道理)와 상통하는 바가 있었다.

'혹시?'

한 가지 생각이 빠르게 스쳐 갔다.

'패왕칠결?'

장건두로부터 들었던 그 말이 불쑥 떠올랐다. 그는 구양진결이 육결을 모두 포함하여 그 정화를 취한 것이라고 했다.

그러므로 구양진결상의 요체는 나머지 육결을 모두 아우르고 있다.

류는 제가 상목기의 가벼운 운신에서 구양진결을 떠올린건 그런 까닭일 것이라고 생각했다.

그는 마교에 있었다던 네 개의 비결 중 어떤 한 개를 얻은게 틀림없었다.

그게 무엇인지는 알 수 없다. 하지만 그의 무공의 뿌리를 알았으니 상대할 방법을 찾을 수 있을 것이라는 자신감이 생겼다.

팡! 팡!

류가 용맹을 되찾은 모습으로 주먹을 손바닥에 부딪쳤다. 무겁고 웅장한 소리가 울리고 그것을 따라 날카로운 기운이 기파처럼 사방으로 뻗어나갔다.

'이놈이?'

전혀 달라진 듯한 류의 그런 행동에 상목기는 의아해졌다.

그것뿐이다. 그에게는 류를 이길 수 있다는 넘치는 자신감이 있었다.

여태까지 강호를 활보하면서 두 분 사부로부터 물려받은 절기의 반도 펼쳐 보이지 않았다.

그것만으로도 지금과 같은 명성을 얻는 데 부족함이 없지 않았던가.

류가 비록 빠르고 흉맹하기 짝이 없다 해도 전력을 다해 부딪친다면 결코 자신의 적수가 될 수 없을 거라고 믿었다.

파라라락―

상목기가 섭선을 활짝 펼쳤다.

왼손으로 수결을 짚어 괴성(魁星)을 가리키듯 살짝 뻗음으로써 진기를 인도하고, 섭선은 등 뒤로 돌려 살랑살랑 부채질을 한다.

그 모습이 멋들어지고 우아해 보여서 류는 내심 감탄하지 않을 수 없었다.

상목기와 류는 서로 마주 도던서 오른쪽으로 천천히 돌았다.

그렇게 큰 원을 그리며 반 바퀴쯤 돌았을 때, 이번에는 류가 먼저 쳐들어갔다.

"이얏!"

날카로운 기합성을 뒤에 남긴 채 그의 신형이 쭉, 뻗었다.

‘정면으로 쳐부순다.’

류의 머릿속에는 그런 생각만 꽉 들어찼다.

구양무존은 구양진결을 통해 가르쳐 주기를,

‘공(功)이 깊어지면 싸움에 임하더라도 적이 없는 것과 같고, 정신을 집중하여 주위를 둘러보기를 마치 어부가 대바구니에 잡아놓은 자라를 보듯 한다’ 고 했다.

또 말하기를,

‘강한 기세에 의지하면서도 몸과 마음이 차분해져서 망령되이 움직이지 않고, 한 번 움직이면 대호가 먹이를 덮치는 것 같다’ 라고 했다.

류는 그것이 밖으로는 부드럽지만 안으로는 강하게 살기를 품어 안팎으로 세(勢)를 잃지 않는 것이라고 깨달았다.

이렇게 되면 신법이 절로 영활해지고 타법이 교묘해져서 적의 허를 놓치지 않을 것이다.

때리거나, 걷어차거나, 안으로 잡아당기고 넘어뜨려 허공에 던지는 움직임이 마치 바람과 같으리라.

상목기를 상대하면서 그동안 모르고 있었던 구양진결의 몇 가지 비결에 통해가고 있었으니 그와의 인연이라면 인연인 셈이었다.

잠깐을 열, 백으로 쪼갠 그 찰나의 순간에 류의 주먹이 코앞에 들이닥치고, 그의 번쩍이는 눈길이 이마에 달라붙었다.

“흥!”

상목기가 코웃음을 치며 가볍게 몸을 비틀었다.

그는 결코 류를 경시하지 않았지만 그렇다고 두려워하지도 않았다.

놈이 정면으로 부딪치길 원한다면 그렇게 해주면 그뿐이라는 생각이다.

핑—

류의 주먹이 바람 소리를 내며 상목기의 뺨을 스칠 듯 흘러나왔다. 동시에 옆구리에 달라붙은 상목기의 손끝이 창처럼 류의 갈빗대 근처 연액혈(淵液穴)을 찔렀다.

류가 즉시 숨을 멈추고 탄자결을 운용해 혈도를 보호했다. 빗나간 오른손을 끌어들여 상목기의 목 뒤 옥침혈(玉枕穴)을 두드리면서 왼손으로는 뿌리치듯 태양혈(太陽穴)을 후려치는 것이 한순간에 이루어진다.

몸을 낮추어 그것을 정수리 위로 흘려보낸 상목기가 끌어안을 듯 류에게 달라붙었다.

파앙—

이번에는 상목기의 어깨에서 요란한 파공성이 터졌다. 그가 허리를 축으로 삼아 상체를 맹렬하게 회전시켰던 것이다. 어깨를 철추처럼 휘둘러 류의 가슴에 부딪치는 수법이다.

류가 물러설 리 없다.

그 또한 가슴에 한껏 기운을 실어 불쑥 내미는 한편, 빗나간 두 손을 힘껏 끌어당기며 상목기의 목덜미를 좌우에서 무섭게 찍었다.

쿵!

두 사람의 어깨와 가슴이 부딪치자 마치 커다란 바윗덩이가 충돌한 것 같은 요란한 소리가 났다.

퍽!

상목기의 목덜미에 류의 수도가 떨어졌고, 어느새 접어 쥔 상목기의 섭선이 작은 호선을 그리며 날아들어 류의 옆구리를 후려쳤다.

"욱!"

두 사람이 동시에 짧고 격한 비명을 삼키며 쿵쿵거리고 물러섰다.

통나무라도 찍어 넘길 듯한 류의 수도치기 일격은 상목기의 목을 꺾지 못했고, 보검처럼 날카롭게 변한 상목기의 섭선도 류의 옆구리를 뚫지 못했다.

몸 안으로 흘러든 충격과 상대의 기운 때문에 두 사람은 비틀거리며 연달아 다섯 걸음이나 물러서고 나서야 가까스로 바로 섰다. 다시 열 걸음 사이를 두고 떨어지게 된 것이다.

마주 보는 두 사람의 얼굴에 똑같은 경악과 경탄이 떠올랐다.

"대단하다."

상목기가 침음성으로 말했다. 류도 무거워진 얼굴을 끄덕였다.

“무섭군.”

두 사람은 서로가 평생 한 번 만나보기 힘든 호적수라는 걸 느꼈다.

벼락 치듯 한순간에 몇 차례 손을 섞어 공수를 주고받은 걸로 서로를 알아보기에 부족하지 않았다.

이제 류는 오직 상목기에게만 집중했다.

머릿속에서 다른 모든 걸 깨끗하게 지워 버렸고, 상대를 느끼는 감정 외의 다른 모든 감정들을 하얗게 태워 버렸다.

놀라운 집중력으로 그는 상목기의 숨결 한 가닥, 솜털 한 가닥의 움직임도 놓치지 않았다.

나와 상대방 사이에 절대로 끊어져서는 안 되는 첨예한 신경의 끈을 이어놓은 것이다.

그것이 끊어지는 순간 상대를 잃어버리게 된다. 그것은 이와 같은 험악한 싸움에서 곧 죽음과 연결된다는 걸 의미한다.

상목기도 그와 같았으므로 두 사람의 신경은 의식 못지않게 치열하고 치밀하게 얽혔다. 서로를 꽁꽁 묶어놓기라도 하려는 듯 온 정신을 집중했다.

당연히 기세가 피어올라 십 보의 공간을 두고 부딪쳤다. 고수와 고수의 싸움에서 언제나 칼이나 주먹보다 먼저 부딪치는 기세의 싸움이다.

류는 상목기의, 상목기는 류의 기세를 충분히 의식했다. 나의 의식 속으로 파도처럼 밀려드는 그것의 강도(强度)를 느끼고 짐작해 본다.

그러자 상대의 의도가 저절로 읽혔다.

공격하려는 마음이 저절로 와 닿고, 어디를 노리고 있는지 저절로 알아진다. 기세에 실려 부딪쳐 온 상대의 의지 때문이다. 그래서 이제는 오히려 더욱 조심스럽고 두려워졌다.

두 사람 사이의 노려보는 시간이 길어지고, 그럴수록 정신은 극도로 피로해져 갔다.

몸과 근육의 피로보다 먼저 정신의 피로가 쌓여 무너지는 게 이와 같은 고수들 간의 대결에서 왕왕 나타나는 일이었다. 눈길만으로 상대를 제압한다는 말이 뜻하는 바와 같다.

서로를 노려보는 동안 상대의 모든 것을 세밀하게 느끼기 위해서는 그만큼 커다란 집중력이 필요하게 마련이다. 누가 그것을 오래 끌고 갈 수 있느냐가 때로는 승부의 관건이 되기도 한다.

그런 일에 있어서 류는 상목기보다 한 수 위였다.

그의 수련법 때문이었다.

극한의 상황으로 매일매일 스스로를 몰아넣고, 그 속에서 죽음의 공포를 극복해 갔던 십 년의 세월이 정력(精力)의 소모가 극대해지는 이런 식의 대치에서 극강한 의지력으로 보답해 주었던 것이다.

'놈!'

류가 내심 이를 악물었다. 제가 뻗어낸 신경을 타고 치열하

게 얽혀들던 상목기의 기감이 조금씩 흔들리기 시작했다는
걸 감지한 것이다.

팟!

그 순간 류의 신형이 쏘아진 살처럼 곧장 상목기에게 날아
들었다.

앞서의 싸움에서 상목기는 '순질(順質)'의 묘용을 운용해
부드러움으로 강맹함을 감추는 수법으로 나왔다. 류는 '그렇
다면!' 하는 마음이 되어서 순(順)을 버리고 오직 강격(强擊)
의 수단을 택했다.

"헛!"

상목기가 크게 숨을 들이마서 가슴을 부풀리며 오른발을
뒤로 뺐다.

왼쪽 어깨를 불쑥 내밀더니 어느새 온손으로 바꾸어 쥔 섭
선을 활짝 펼쳐 칼로 베듯 류의 목을 노리고 쓰윽, 그었다. 동
시에 오른손을 장으로 바꾸어 크게 휘드르듯 맹렬하게 내려
친다.

좌궁보(左弓步)를 취하며 허리의 동선을 최대한 이용하여
비틀어 치고 찌르는 제슬구권(提膝扣拳)의 요령에 충실한 반
격이었다.

류가 성큼 발을 내딛으며 손등을 꺾어 위로 올려쳤다.

텅! 하는 소리와 함께 상목기의 섭선이 튕겨지고 동시에 끌
어 붙이듯 했던 한 발을 번쩍 들더니 몸을 기울이며 상목기의

목덜미를 후려 찼다.

상보박각(上步拍脚)의 비결이다.

깜짝 놀란 상목기가 급히 맴돌았다. 류의 발끝이 콧잔등을 할퀴듯 지나갔다.

동작이 크게 되면 수습하는 시간이 길어진다. 류가 몸을 바로 세우기 전에 상목기가 그를 덮어 누를 듯 달려들었다.

섭선을 다시 접어 칼처럼 휘두르며 주먹으로 옆구리를 치고 한 발은 은밀하게 뻗어 류의 무릎을 누르듯 찍었다.

류는 온갖 잡다한 수비의 동작들을 일체 배제했다. 상목기가 세 번을 공격하면 나는 여섯 번 공격한다는 일념으로 제 몸뚱이를 내던지듯 함부로 한다.

쾅!

그의 질기고 단단한 몸뚱이에 상목기의 주먹이 고스란히 틀어박혔다. 뼈가 부수어지고 내장이 뒤틀리는 것 같은 고통으로 정신이 아뜩해졌다.

하지만 류는 불굴의 투지로 그것을 참아냈다. 오히려 상목기가 류에게서 튕겨져 나오는 주먹을 어떻게 하지 못하고 당황한다.

그의 몸을 두드린 순간 엄청난 반발력과 함께 손목을 저리게 하는 강한 기운이 침입해 들어왔던 것이다.

류가 욱! 하고 온몸에 기운을 한껏 불어 넣으며 버텼다. 두 발이 땅속 깊이 뿌리박힌 것처럼 요지부동이다.

퍽!

그의 무릎을 찍은 상목기의 발이 마치 통나무를 걷어찬 것처럼 튕겨져 나왔다.

이를 악물고 두 번의 충격을 참아낸 류가 활짝 편 손을 불쑥 내밀었다. 섭선을 휘두르는 상목기의 왼팔을 거머쥐려는 것이다.

철골 같은 다섯 손가락이 손목에 닿은 순간 상목기는 좋지 않다는 느낌을 받았다.

"이놈!"

벼락처럼 소리치며 급히 손목을 흔들어 류의 손가락을 털어내며 팔꿈치를 휘둘러 치고 물러났다.

류의 다섯 손가락이 쏴아아― 하는 쇳소리를 내며 따라붙었다. 조금의 틈도 허락하지 않는다.

상목기는 철조처럼 거무튀튀하게 변한 그 손가락에 잡히면 끝장이라는 걸 느꼈다.

그가 회풍파류(廻風擺柳)의 신법으로 급히 몸을 기울이며 신형을 어지럽게 했다. 동시에 운횡서령(雲橫西嶺)의 절초로 섭선을 검 삼아 부드럽게 휘두르는 한편, 우장으로는 다섯 손가락을 안으로 오그려서 날카롭고 맹렬하게 류의 얼굴을 때렸다. 맹호가 먹이를 후려친다는 맹호박저(猛虎撲猪)의 수법이다.

부드러움과 강렬함을 동시에 실어서 음양의 조화를 이루

고 완급의 묘용을 살리며 진퇴를 효과적으로 하는 기막힌 수법의 조화였다.

류가 부드득 이를 갈았다.

전력을 다해 몇 번이나 들이쳤지만 상대를 때려눕히는 건 고사하고 아직 기선조차 제대로 잡지 못했기 때문이다.

재빨리 몸을 놀려 상목기를 쫓고, 두 손과 발을 흉기처럼 휘둘러 후려치고 걷어차면서 류는 구양무존의 비결을 떠올리고 있었다.

그는 말했다.

"실전 시에는 용감 과단하여 강폭(强暴)한 것을 두려워하지 말고 어떤 상대라도 누를 수 있다는 담력을 가져야 할 필요가 있다."

류는 그 말의 의미를 목숨이 오락가락하는 급박한 싸움의 와중에서 그 어느 때보다 명확하고 명쾌하게 이해했다.

담력을 갖고 마주해야 상대의 세(勢)를 살필 수 있게 되며, 번개처럼 들어가고 나오는 진퇴가 자유로워지는 것이다.

용맹하게 공격하고 교묘하게 칠 수 있어야 함을 이르는 것. 즉, 권폭용흉(拳暴勇凶)이면서 웅조후쟁(熊遭猴爭)의 묘리이다.

머릿속이 환하게 밝아진 듯한 상쾌함이 류의 주먹에 더욱 힘을 실어주었다.

꽝꽝꽝!

두 사람의 주먹과 주먹이, 몸통과 몸통이 한 치의 양보도 없이 부딪쳐 요란한 소리를 쏟아냈다.

"아!"

신당 앞에서 놀람의 탄성이 들려왔다.

언제 나왔던지 염가연이 우두커니 서서 그들 두 사람의 험악하기 짝이 없는 싸움을 지켜보고 있었던 것이다.

그녀는 이처럼 격렬하고 위험한 박투의 모습을 듣지도, 보지도 못했다. 움켜쥔 손아귀에 땀이 배어나고 몸이 떨렸다.

류의 무서움이 그녀가 여태까지 보았던 것보다 훨씬 더해졌는데, 그것에 맞서 조금도 밀리지 않고 싸우는 상목기의 흉용(凶勇)함 또한 놀랍기만 했다.

겉으로 보았을 때는 잘생긴 귀공자 같은 상목기다. 고귀한 기품마저 띠고 있던 그의 어디에 저와 같이 무서운 전의(戰意)가 숨겨져 있었던 건지 의아해졌다.

강호에서 그들 두 사람처럼 저렇게 싸울 수 있는 자가 또 있을 것 같지 않았다.

"이얍!"

류의 고함 소리가 뇌성처럼 울렸다. 그리고 상목기의 이 가는 소리가 그것에 화답했다.

쾅!

두 사람의 몸통이 다시 한 차례 충돌했다.

"크흑!"

누구의 것인지 모를 낮은 신음성이 흘러나왔고, 뇌신(雷神)처럼 움직이던 그들의 격렬함이 갑자기 사라졌다.

염가연은 은은한 금광이 피어올라 상목기의 몸을 두르고 있는 걸 보았다. 순간의 일이다.

상목기가 두 손을 맹렬하게 뻗었는데, 그것을 따라 일렁이던 금광이 살아 있는 것처럼 형체를 이루고 류의 가슴에 부딪쳐 갔다.

쾅!

천번지복(天飜地覆)의 굉음이 밤하늘을 뒤흔들며 울려 퍼졌다.

"으으음—"

류가 침음성을 흘리며 쿵쿵거리고 물러섰다.

그의 안색은 창백해져 있었고, 두 손을 뻗어낸 채 정지해 있는 상목기의 안색도 밀랍과 같아졌다.

그는 몇 번의 부딪침에서 단순용맹한 박투만으로는 류를 깨뜨릴 수 없다고 판단했다. 최후의 수단을 떠올리지 않을 수 없었다.

그 즉시 상목기는 필살의 신념으로 사문의 비전인 소류신공(逍瀏神功)을 한껏 끌어올렸다. 그리고 청옥을 가루로 만든다는 금황기(金黃氣)를 쳐냈던 것이다.

그것은 내공의 순간적인 소모가 극심한 절기인데, 그만큼 패도적인 위력을 가진 강기(罡氣)였다.

금빛이 번쩍인 순간 류는 눈앞이 온통 하얗게 변해 버리는 걸 느끼고 대경했다.

구양진결에 언급된 금표용권(金豹勇拳)의 기세로 흉맹하게 들이치려던 생각을 버리고 급히 멈추어 섰다.

온몸의 기운을 안으로 되돌려 의념(意念)과 근경(筋經)을 바위처럼 단단하게 했을 때 상목기의 금황기가 가슴에 부딪쳤다.

여태까지 경험해 보지 못한 엄청난 충격이 왔다.

처음 천 길의 벼랑 위에서 타다로 떨어져 파도와 부딪치며 온몸으로 받았던 충격을 떠올리게 했다.

그 즉시 류의 육신은 살이 흩어지고 뼈가 부서져 무너져야 옳았다. 하지만 그는 비록 의식이 몽롱했으나 여전히 버티고 서 있었다.

금강불괴나 다름없이 굳세고 질긴 몸뚱이가 상목기의 무지막지한 기격을 버텨낸 것이다. 본능적으로 유허의 비결을 운용해 상목기의 신공을 흡수하고 분산해 방출했던 까닭이기도 하다.

그렇다고 해도 내부에 가해진 충격은 류를 죽음의 문턱까지 끌고 가기에 충분했다.

第六章
사랑을 말하다

第六章

상목기는 허탈해지고 말았다.

온 힘을 다해 쳐낸 자신의 금황기마저 맨몸으로 거뜬히 받아낸 류가 이제는 사람으로 보이지 않는다.

'금강불괴?'

그런 생각이 머릿속에 가득했다. 하지만 직접 손과 발을 부딪치고 몸통을 부딪쳐 보지 않았던가. 류의 몸뚱이는 금강불괴지신이 아니었다.

그가 어떻게 자신의 금황강기를 받아냈는지 믿어지지 않았다.

상목기에게는 이제 더 이상 싸울 힘이 남아 있지 않았다.

사문의 소류신공을 극성까지 익혔다면 금황강기를 세 번 연속해서 사용할 수 있으나 그는 신공을 팔성까지밖에 익히지 못했으므로 한 번 이상 사용할 수 없었던 것이다.

일시에 쏟아내 버린 내력을 보충하려면 사흘 동안 꼬박 연공을 해야 한다.

결국 류를 죽이지 못했다는 게 상목기를 이가 갈리도록 분하게 했다. 하지만 눈앞의 현실을 부정할 수는 없는 일이다.

그가 이글거리는 눈으로 류를 노려보았다. 류는 핏발 선 눈을 부릅뜨고 있었는데, 악다문 이 사이로 붉은 선혈이 천천히 흘러내렸다.

꼼짝하지 않는 것이 그 또한 운신할 수 없을 만큼 큰 타격을 받은 게 틀림없었다.

상목기는 그것으로 만족해야 했다. 분하지만 다음을 기약할 수밖에 없다.

"컥!"

한 모금의 피를 토해낸 류가 비틀거렸다. 그러면서도 여전히 상목기를 노려보는 눈길에 살기가 남아 있었다.

그가 어눌한 음성으로 겨우 말했다.

"과, 과연…… 대단했다. 하지만…… 아직 끝나지 않았어. 자, 마저…… 싸우자. 끝장을…… 봐야지. 흐흐흐……."

말이 끝났을 때 그는 완전히 중심을 잃고 무너지기 시작했다.

상목기 또한 들끓는 기혈로 인해 가슴에 맺혀 있던 선혈을
왈칵 토해내고 꺼져 들어가는 음성으로 말했다.

"지독한 놈. 분하지만…… 다음으로 미루자."

노려보며 이를 간 그가 미련없이 돌아섰다.

류는 엉덩방아를 찧듯 주저앉았다. 돔이 허공에 뜬 것 같았
다. 제대로 가누고 있을 수가 없다.

자꾸만 흐려지는 그의 시야에 천천히, 비틀거리며 떠나가
고 있는 상목기의 뒷모습이 보였다.

"기, 기다려. 아직…… 안 끝났잖아……."

그를 움켜쥐려는 듯, 손을 뻗어 휘젓던 그가 기어이 풀썩,
모로 쓰러졌다.

차가운 땅에 얼굴이 처박혔지만 알지 못한다. 여전히 눈을
부릅뜬 채였다.

신당의 돌계단 위에서 넋이 나간 모습으로 그러한 광경을
모두 지켜보던 염가연이 한숨을 쉬었다.

멀어지는 상목기를 보고, 잡풀 속에 쓰러져 누운 류를 본
다.

잠시 망설이던 그녀가 천천히 계단을 내려왔다.

"가겠어."

류를 내려다보며 떨리는 음성으로 그렇게 말했다.

"나에게 기회는 지금뿐이야. 이걸 놓칠 수가 없어."

류가 거친 숨을 몰아쉬었다. 그녀의 말을 알아들은 것 같기

도 하고, 자꾸만 꺼져 들어가는 의식을 필사적으로 붙들고 있는 것 같기도 했다.

"미안해. 너를 돌봐주지 못해서."

"끄으으―"

"내가 원하는 건 바로 지금 이 순간이었어. 네가 여기까지 나를 데리고 와주었지."

떠나야 하는 시간을 스스로 결정할 수 있고 그때가 되었다는 것. 지금은 그게 그 무엇보다 그녀에게 소중한 것이었다.

그녀는 지존보를, 조작량을 떠나려는 것이다. 류가 말해준 것처럼 제 의지로 그렇게 결정했고, 그런 결정을 할 수 있는 상황이 되었다.

류가 그렇게 해준 것이라고 생각했다. 그가 없었다면 여기까지 오지 못했을 것이고, 그랬으면 영영 이러한 상황은 찾아오지 않았을지도 모른다.

"고마워."

몸을 굽혀 류의 차가워지는 뺨에 입맞춤을 해준 염가연이 빠른 걸음으로 떠나갔다. 상목기가 사라진 방향이었다.

*　　　*　　　*

깊고 깊은 어둠이, 끝없이 가라앉기만 하던 무기력함이 조금씩 물러갔다.

욱신거리는 가슴의 상처가 류의 의식을 두드려 깨웠다.

"으으으―"

그의 입에서 낮은 신음이 흘러나왔다.

"지독하군. 그 지경이 되었으면서도 죽지 않고 깨어나다니."

어디에서인가 음울한 음성이 그렇게 중얼거렸다.

'여기가 어디인가? 내가 아직 살아 있는 건가?

류의 의식이 어리둥절해서 그렇게 속삭였다.

바르르 떨리던 눈까풀이 힘겹게 올라간다. 하지만 보이는 건 여전히 깜깜한 어둠뿐이었다. 손가락 하나 까딱일 수가 없다. 그 지독한 무력감.

류가 조금씩 조심스럽게 숨을 내쉬고 들이마셨다. 가슴의 통증이 더욱 커진다.

희미한 빛. 붉게 일렁이는 그것이 어렴풋이 보였다. 끊어졌던 시신경의 한 가닥이 이어져 겨우 볼 수 있게 된 것처럼 몽롱하고 비현실적으로 보이는 빛이다.

류의 눈동자가 그 불빛에 반응했다. 그쪽으로 움직인다. 헐떡이는 숨소리가 조금씩 꺼져 갔고, 눈에 잡히는 사물의 형상도 조금씩 뚜렷해져 갔다.

모닥불이었다.

활활 타오르고 있는 그것과 함께 타닥거리는 소리도 들려왔다.

끈질긴 의식이 되살아나자 맨 처음 눈이 떠졌고 이제 귀도 뚫렸다.

제 숨소리를 제 귀로 들을 수 있다는 게 이처럼 고맙고 기쁜 일인 줄 처음 알았다. 하지만 여전히 몸은 천근만근의 바위에 짓눌린 것처럼 꼼짝할 수 없었다. 조금의 힘도 모아지지 않는다.

"애쓸 것 없어. 아무렇지도 않으니까."

음울한 음성이 다시 말을 건넸다.

"너는 정말 지독한 놈이다. 그 지경이 되었으면서도 여전히 숨이 붙어 있으니 말이야."

류의 눈동자가 그자를 찾아냈다. 활활 타오르는 불길 건너편에 앉아 있는 시커먼 자.

귀령이었다.

그의 얼굴이, 몸이 모닥불에 붉게 물들어 있다.

"그냥 죽는 게 나았을지도 모르는데 참 안된 일이다."

"뭐, 뭐라고……?"

이제 류의 입술도 살아났다. 낮고 떨리는 음성을 흘려낸다.

귀령의 불빛으로 번들거리는 눈이 류에게 향했다.

"나는 네 목만 들고 돌아갈 수도 있어. 보주께서 상을 내려 주실 거다."

저놈은 정말 그렇게 하고 싶어한다는 게 느껴진다. 귀령이

더욱 번들거리는 눈으로 류를 노려보며 음울하게 중얼거렸
다.

"지금과 같은 기회가 또 오지 않을지도 모르지."

"그럼, 그렇게…… 해."

웃어주고 싶은데 그건 아직 되지 않았다. 건조하고 맥 빠진
음성으로 겨우 그 말을 중얼거리는 데도 힘이 들었다.

불길을 담은 귀령의 눈이 요기마저 띠어갔다.

이제 좀 더 뚜렷해진 류의 시각은 그 눈 속에서 갈등을 읽
었다. 살기와 다른 복잡한 감정이 수시로 교차하고 있다.

"휴―"

한참 만에야 귀령이 한숨을 쉬고 눈길을 돌렸다.

타닥거리며 모닥불 타는 소리만 들려올 뿐, 괴괴한 적막이
밀려왔다.

"아무래도 나는 너를 죽일 수 없겠어."

"어째서?"

"한(恨) 때문이다."

"한……."

"사부의 한, 그 전대의 한, 그리고 나의 한 때문이지. 너는
지금 그걸 고맙게 여겨야 한다. 너를 살려주는 건 누구도 아
닌 바로 내 한이니까."

"너에게…… 부탁한 적…… 없다."

"호호호, 아무도 나에게 부탁 같은 건 하지 않아. 명령을

하거나 애원을 할 뿐이다. 그리고 나는 어느덧 명령의 말을 듣는 데에 더 익숙해져 있어. 그게 지금의 나라는 게 우스워진다."

귀령의 말은 이제 넋두리가 되었다. 절로 한이 느껴지고, 초라해진 자기 자신에 대한 원망이 느껴진다.

"너는 돌아가야 해."

그의 음울한 말을 들으며 류는 그 이유 때문에 귀령이 자기를 죽이지 않는 것이라고 이해했다.

'그래야 할까?'

그런 의문이 들었다. 그의 의식이 조금 더 명료해진 것이다.

'너는 돌아가야 해.'

그 말에서 류는 지존보로의 귀환을 생각하고 있었는데 귀령이 말한 참뜻은 그렇지 않았다.

"네 본류로 돌아가야 한다. 그게 네가 세상에 나온 이유이고, 그게 네가 이 적막한 땅에서 여러 사람들과 인연을 맺게 된 원인일 거야."

"뭐라고…… 하는…… 거냐?"

"차차 알게 될 거다, 운명이 너를 그렇게 이끌 테니까."

"나는 그런 걸 믿지 않아."

"네가 믿든 믿지 않든 상관없어. 운명은 그냥 있을 뿐이니까."

피곤하다.

귀령의 알 수 없는 말들이, 그것을 이해하기 위해 노력하고 있는 지금이 모두 피곤하기만 했다.

류가 눈을 감았다. 편해진다. 차가운 땅의 기운이 그를 어루만져 주었다. 그래서 류는 곧 깊고 깊은 잠에 빠져들었다.

다시 눈을 떴다.

내가 꿈을 꾸었던 건가? 하는 의문이 든다. 분명히 귀령이 앞에 있었고, 그와 대화를 나누지 않았던가. 그의 살기를 느끼기도 했었다.

그런데 없다.

이글거리며 타오르고 있는 모닥불은 그대로인데, 귀령의 음침한 그림자 대신 은은한 향기가 떠돌고 있었다. 낯익은 사람의 향기.

왈칵, 반가움에 목이 메어왔다.

"너, 너……."

류는 비로소 제 머리가 따뜻하고 부드러운 무엇에 올려져 있다는 걸 느꼈다. 그녀다. 그녀의 무릎을 베고 잠들어 있었던 것이다.

이제는 이게 꿈인 것처럼 여겨졌다. 깰까 봐 조심스럽다.

류가 조금씩, 아주 조금씩 손을 움직여 제 머리를 괴고 있는 다리를 만졌다. 살아 있는 것의 따뜻한 감촉, 그리고 여체의 부드러운 질감이 손바닥을 뜨겁게 달군다.

"가만히 누워 있어."

이마 위에서 낮게 꾸짖는 소리. 그녀가 고개를 숙여 류의 얼굴을 마주 보았다.

"너는…… 떠나지 않았어?"

가겠다고 무정하게 말하고 볼에 마지막 입맞춤을 해주었던 걸 기억한다. 이 기회를 놓칠 수 없다는 그녀의 말을 마지막으로 기억한다.

'가는구나.'

그런 쓸쓸한 마음을 품고 의식을 잃지 않았던가. 그런데 그녀가 지금 이렇게 저를 내려다보고 있었다.

류의 눈가에 잔경련이 지나갔다.

"가지 않았던 거지?"

떨리는 음성으로 거듭 물었다.

염가연이 가볍게 한숨을 쉬었다. 그녀의 달콤한 숨결이 코를 간질인다. 류는 자꾸만 눈자위가 뜨거워졌다. 억지로 참는다.

"아무래도 발이 안 떨어져. 너는 무정하게도 나에게 가버리라고 소리쳤지. 그 말만 생각하려고 했었는데 잘 안 되었어."

"내가…… 그랬었지……."

"무정한 놈이니까 죽든지 말든지 상관할 것 없다고, 그 말만 자꾸 생각하려고 했는데, 그러니까 더 걸음이 안 떨어지는 거야. 왜 그럴까?"

“네가 바보라서 그렇지.”

“흥.”

염가연이 가볍게 류의 코를 튕겼다.

류가 그녀를 똑바로 바라보지 못하고 고개를 돌려 무릎 깊숙이 얼굴을 묻었다. 눈물이 비치는 걸 보이고 싶지 않았던 것이다.

그녀는 움직이지 않았고, 류드 그랬다. 타닥거리며 타오르는 모닥불만 살아 있는 것 같은 적막감.

류는 사람들이 말하는 행복이란 게 바로 이렇게 생긴 적막인지도 모른다고 생각했다. 가슴의 통증이 절로 잊혀진다.

“자꾸 그 바다가 생각났어.”

“……”

“혼자서 캄캄한 언덕을 넘어가려는데 눈물이 나지 뭐야.”

“……”

“넌 아니? 눈물이 나는데 왜 바다가 생각나는 건지…… 눈물과 바다가 어떤 관련이 있는지 …….”

“짜잖아.”

“멍청이.”

류의 귀를 비튼다. 류는 웃었다. 자꾸만 웃음이 삐져 나와서 참기 힘들었다.

“바다는 너와 이어져 있기 때문에 그래. 바다를 생각하면 네가 함께 떠오르거든.”

“그래도 그냥 가지 그랬어.”

“그럴 수 없었어. 바다 때문이야.”

그녀가 가만히 고개를 저었다.

“네가 죽어버리면 바다도 죽어버릴 것 같았거든. 네가 죽어가고 있다고 생각하니까 더 갈 수가 없었어.”

“나 같았으면 죽거나 말거나 그냥 갔을 거야. 괘씸하잖아.”

“너 때문에 못 간 게 아니라니까 그러네.”

“알아, 바다 때문이라는 거지?”

“응.”

“쳇!”

류가 저의 까칠한 얼굴을 그녀의 허벅지 안쪽 부드러운 살에 마구 비벼댔다.

“하지 마. 간지럽잖아.”

그녀가 얼굴을 찡그리고 류의 머리를 마구 때렸다.

두 사람.

어둠 속에서 붉은 모닥불빛에 젖어 행복해 보이는 그들을 바라보는 두 사람이 있었다.

“나쁜 놈.”

어눌하게 중얼거리는 음성에 울음이 배어 있었다. 표양신이다.

그 곁에서 귀령은 말없이 류와 염가연을 노려보기만 했다.

‘죽여 버려야 해.’

그런 충동을 참기 힘들었다.

여태까지 그래 오지 않았던가. 염가연을 탐내는 놈들은 모두 제 손으로 죽여서 묻었다. 난향원에는 늘 그들의 원혼이 떠돌고, 그곳의 꽃과 나무와 풀 한 포기마다 죽음의 음산함이 감추어져 있다.

‘죽여 버리겠어.’

절로 주먹에 힘이 들어갔다. 염가연은 제 주인의 여자다. 주인만이 그녀를 바라보고, 그녀의 달콤한 음성을 들어야 한다. 그녀의 어리광 섞인 투정을 받아야 한다.

그걸 빼앗아가려는 놈들은 모두 죽여야 했다.

‘하지만…….’

귀령은 치솟는 살의와 그것과는 다른 또 하나의 마음 사이에서 갈등했다.

류가 어디에서 나왔는지, 그의 뿌리를 확실히 알 수 있게 된 때문이다.

‘나는 그를 죽일 수 없다.’

자기 자신에게 그렇게 속삭이자 조작량에 대한 미안함을 떨칠 수 없었다.

처음으로 제 주인의 뜻에 반한 것이다. 그건 용서받을 수 없는 죄이기도 했다.

‘나는 신의를 깨뜨렸다.’

이제는 살기 대신 그런 자책감이 귀령을 괴롭게 했다. 사부의 대에서부터 맺어왔던 신의. 맹세를 스스로 저버린 꼴이 되었다는 것.

귀령은 그걸 견딜 수 없었다.

표양신의 절망과 귀령의 절망이 그렇게 나란히 섰다. 붉게 타오르는 저 모닥불 가의 두 사람을 바라보면서 그들의 존재는 더욱 어둡고 우울해지기만 했다.

*   *   *

덜컹거리는 마차 바퀴 소리가 한적한 산길의 적막을 깨뜨렸다.

짐을 싣는 마차 한 대가 솔바람과 새들의 지저귐 속을 나아가고 있었다.

노새가 머리를 끄덕이며 터벅터벅 걷고, 흔들리는 마차 위에는 짐 대신 류가 누워 있다. 몸에 기운이 하나도 남아 있지 않았지만 마음은 더없이 편했다.

마부석에는 염가연이 고개를 숙이고 묵묵히 앉아 있었다. 가끔씩 고삐를 흔들어 노새의 걸음을 재촉할 뿐, 말하지 않는다.

그녀의 마음은 무거운 납덩이를 매단 것 같았다. 깜깜한 어둠 속으로 끝없이 가라앉기만 한다.

지존보에 가까워질수록 그런 절망감은 더욱 커졌다.

여태까지 수차례 지존보를 떠났고, 그때마다 다시 돌아가곤 했다. 지금도 그렇지만 그때와는 확연히 다른 한 가지가 있다.

이번에는 저를 위해서가 아니라 류를 위해서 돌아가는 길인 것이다. 류를 위해서 처음으로 무엇인가를 해줄 수 있다는 게 기뻤지만, 제 신세를 생각하면 우울해기만 했다.

'지존보에서의 삶이라니……'

그녀는 사랑하고 사랑받는 한 사람의 여인이고 싶었다. 하지만 지존보에서는 여인이기 전에 아름답게 꾸며진 인형일 뿐이다.

그를 위해서 거짓 웃음을 지어야 하고, 그의 끈적거리는 시선을 말없이 참아내야 한다. 가끔 그의 손길이 몸을 스치기라도 할 때면 얼마나 소름이 돋았던가.

자유가 없는 곳. 사랑이 없고 내가 없는 곳.

그러므로 염가연에게 지존보는 누구나 동경하는 무림의 성지가 아니었다. 그것은 그 자체로 커다란 뇌옥이고, 제 존재의 무덤에 지나지 않았던 것이다.

그 지존보가 있는 와호산을 향해 노새는 아무 생각 없이 머리를 끄덕거리며 터벅터벅 다가가고 있다. 그것이 접어가는 거리가, 그것을 떠밀고 있는 시간이 원망스러웠다.

하지만 돌아가지 않으면 류가 죽는다. 지금은 내가 그를 지켜줘야 할 때라는 생각으로 염가연은 저의 그런 절망을 이겨

내기 위해 몸부림치고 있는 중이었다.

류는 지금 제가 할 수 있는 게 아무것도 없다는 걸 받아들였다. 그러자 마음이 편해졌다. 명료하게 깨어 있는 의식과 감각들을 다 놓아버렸다.

나무토막처럼 누워서 푸른 하늘과 한가롭게 떠 흘러가는 흰 구름을 뜻없이 바라볼 뿐이다.

상목기의 금황기는 지독하기 짝이 없어서 그의 몸 안에 있던 기운들을 남김없이 날려 버렸다. 유허비결로 이끌고 받아들였던 바다와 산과 하늘의 기운들. 그것이 먼지처럼 흩어져 버린 것이다.

그래서 류는 지금 껍데기만 남아 있는 인형처럼 흉한 몰골로 변해 있었다.

그 흉한 인형이 염가연의 뒷모습을 바라본다. 입가에 따뜻한 미소가 떠올랐다. 그리고 말했다.

"내가 너를 가게 해줄게."

"……."

염가연이 움찔, 어깨를 떨었다.

"결심했어. 너를 가두고 있는 울타리를 깨뜨려 주겠다. 네 마음대로 훨훨 날아갈 수 있도록 해줄게."

"뭘, 어떻게?"

"나를 믿어."

"……."

믿는다. 그의 말을 믿고 그의 능력을 이제는 누구보다 믿는 염가연이었다. 하지만 지존보는 그가 상대할 수 없는 곳이라는 것도 잘 안다.

무신 조작량은 더욱 그렇다.

"바보."

그녀가 한숨을 쉬고 그렇게 말했다.

류는 제 생각에 취해 있는 중이었다. 이렇게 그녀의 보호를 받고 있다는 것이 기쁘고 행복한 일인 즐 처음 알았고, 그래서 술에 취한 듯 들떠 있기도 했다.

아기가 어머니의 품에 안겨 있을 때의 마음 같을 것이다.

누군가 나에게 관심을 가져 주고, 나를 보호하고 돌봐준다는 것. 그것이 사랑하는 여인이라면 더 갈할 것 없이 행복할 것이다.

류는 지존보로 이어지는 이 길이 영원히 계속되기만 했으면 좋겠다고 생각했다.

"네가 무엇 때문에 그렇게 지존보를 떠나려고 하는지는 몰라. 하지만 이제는 상관없어. 네가 원하는 일이니까."

"바보."

"네가 원하는 걸 나도 원하게 된 거야. 그런데 바보라니?"

"멍청이."

"뭐라고 해도 좋아. 나는 너를 사랑하게 된 것 같다. 그러

니 더 욕해도 상관없어. 네가 하는 말이라면 무엇이든 다 듣
기 좋아."

사랑.

류는 제가 그 말을 이처럼 자연스럽게 할 수 있다는 사실에
놀랐다.

'사랑이라니?'

말을 해놓고 스스로 어리둥절해졌다. 내가 정말 그 말을 한
건가? 하는 의심마저 든다.

생전 처음 입 밖에 꺼내놓은 단어인 것이다.

"……!"

염가연의 어깨가 떨렸다. 그녀는 입을 꼭 다물었다. 돌아
보지 않았다. 제가 울고 있다는 걸 보이고 싶지 않은 것이다.
입술을 악물고 흐느낌을 참았다. 그래서 그녀의 뒷모습이 굳
어 보였고, 그래서 화가 난 사람처럼 보였다.

"왜? 싫어? 내가 사랑하는 게 싫어?"

"……."

염가연은 많은 사람들에게서 사랑한다는 말을 들어보았
다. 그들 중 그 말 때문에 목숨을 잃은 사람들도 있다.

하지만 지금 이 순간, 이렇게 귀에 남아 있는 이 말보다 달
콤하고 행복한 말은 없었다. 그래서 그녀는 더욱 슬퍼졌다.
가슴이 미어지는 것 같았다.

아니라고 소리치고 싶었다. 왜 이제야 그 말을 하는 거냐고

악을 쓰며 마구 때려주고 싶다.

하지만 염가연은 끝내 류를 돌아보지 못했다. 눈물이 뚝뚝 떨어져 손등을 적셨다.

'우리는 죽을 거야.'

불쑥 그런 생각이 들었다. 행복이 갈기갈기 찢어진다.

'하지만 그래도 좋아.'

류와 함께 죽을 수 있다면, 그렇게 해준다면 그것만큼은 조작량을 원망하지 않을 수 있다는 마음.

이왕이면 그와 나란히 앉아 처음 바다를 보았던 그 모래 언덕 위에서 죽고 싶다는 엉뚱한 생각이 들었다.

그때처럼 그의 가슴에 안겨 파도 소리를 들으며 죽을 수 있다면 영혼이 곧장 천국으로 날아오를 것이라고 생각했다.

그러면 거기서 내가 본 타다 이야기를 지치지 않고 할 수 있으리라.

'그래, 죽어도 좋아.'

염가연은 입술을 악물었다.

그날 저녁 무렵에 마차는 지존보가 있는 와호산 아래에 이르렀다.

보를 지키고 있던 무사들이 말을 달려 다가왔고, 마부석에 앉아 있는 굳은 얼굴의 염가연을 보고 기겁을 했다.

마차 위에 번듯하게 누워 눈을 끔벅이고 있는 류를 보고 더욱 놀란다.

*　　　*　　　*

류와 염가연. 그들이 지존보에 돌아온 즉시 한바탕 소란이
벌어졌다.

보주의 총애를 받고 있는 옥봉각주가 마부석에 앉아 노새
를 몰았다.

류라는 자를 위해 그녀가 그런 일을 한 것이다.

그녀를 구하기 위해 나갔던 류는 송장이나 다름없는 몸이
되어 돌아왔고, 그를 데리고 온 게 옥봉각주라니, 대체 이게
어찌 된 일이냐.

그런 수군거림들이 종일 사라지지 않았다.

그리고 보에 들어온 즉시 그들 두 사람은 서로 헤어져야 했
다.

염가연은 난향원에 갇혔고, 보주의 명에 의해 봉문되었다.
누구도 들어갈 수 없고 나올 수 없다. 창살 없는 감옥이 된 것
이다.

류는 형당의 수옥에 갇히는 신세가 되었다. 차가운 돌 바닥
위에 누워서 신음했지만 아무도 들여다보지 않았다.

사흘 동안을 그렇게 꼼짝하지 않고 누워만 있었다.

천천히 기력이 되살아났는데, 사흘 뒤에는 몸을 움직이고

조심스럽게 걸을 수 있을 만큼 되었다. 그것뿐이다.

류는 한 올의 힘도 끌어올릴 수 없었다. 주먹 하나 들어올리는 일도 힘겹다.

그러나 그는 죽지 않고 살아났다. 그게 중요했다. 그러자 분한 마음이 되살아났다.

상목기에게 당해서 이렇게 꼼짝하지 못하고 죽은 거나 다름없이 지내야 한다는 걸 받아들일 수 없었다.

그리고 염가연에 대한 간절한 생각이 그의 분한 마음에 더욱 불을 질렀다.

처음 가져 보는 보주에 대한 원망의 마음이기도 하다.

사흘 뒤, 류는 보주 조작량 앞에 섰다. 창백한 안색이 밀랍 같고, 핏기없는 입술에 잔경련이 흘러갔다.

상목기의 일장은 지독하기 짝이 없어서 아직까지 목숨이 붙어 있다는 게 기적과도 같은 일이었다.

그의 끈질긴 자생력에 의해 조금씩 회복되어 가고 있는 중이었지만 언제 다시 원래의 활기를 되찾을 수 있게 될지는 아무도 알지 못했다.

류는 그저 숨만 쉬고 있는 나무토막 같았던 것이다.

第七章

뇌옥(牢獄)의
수인(囚人)들

第七章

"너는 나를 실망시키고 있다."

조작량의 음성에 엄격함이 깃들어 있었다.

류는 그 앞에서 고개를 숙였다. 변명할 말이 없고, 그럴 생각도 없다.

"정말 말하지 않겠느냐?"

"그렇습니다."

"나의 명을 거역하고, 적을 감싸는 그런 태도는 반역과 같다."

"제 개인적인 일일 뿐, 지존보와 상관없기 때문에 말씀드리지 않는 것뿐입니다."

“판단은 네가 아니라 내가 한다.”

그래도 류는 입을 고집스럽게 다물었다. 그를 노려보던 조작량이 다시 말했다.

“나는 너의 무공에 대해서 계속 의문을 품어왔지. 어디에서 누구에게 어떤 것을 배웠는지 말이다. 하지만 여태까지 너에게 한 번도 묻지 않았다. 왜인지 아느냐?”

“모릅니다.”

“그거야말로 네 개인적인 일이기 때문이다. 너에 대한 믿음이기도 하지. 내가 너를 택했으니까 그건 당연한 일이었다.”

“……”

“하지만 이번 일은 다르다. 명백히 지존보에 도전하는 마교의 무리에 대한 일이기 때문이다.”

“제가 말씀드리지 않는 이유는 그들이 지존보에 대적하는 무리가 아니기 때문입니다.”

“그럼?”

“마교의 무리는 저 또한 흔적을 찾지 못했고, 제가 겪은 자들은 모두 개인적인 원한이나 사정을 가지고 있었을 뿐, 화천비룡대와 검기령의 공격에 개입한 사람들이 아니었습니다.”

조작량은 류가 약속대로 보름 안에 염가연을 데리고 돌아왔다는 데에 기쁘면서도 내심 실망했다.

염가연의 복귀는 다행스런 일이지만 류가 그녀의 보호를

받으며 마차에 실려 돌아온 일은 불만이었던 것이다.

그를 바라보던 그녀의 다정하고 따듯한 눈길이 내내 머릿속에서 떠나지 않는다.

그는 분노를 억누르고 류어지 그동안의 경과를 보고할 것을 명했다. 그런데 류가 그것을 거부하고 있는 것이다.

조작량은 분노하는 한편 기쁘기도 했다. 류를 징계할 명분이 생겼기 때문이다.

"다시 한 번 묻겠다. 끝내 불복할 작정인 게냐?"

"제가 만난 사람들에 대하여 말하라는 명령에는 따를 수가 없습니다."

"으음―"

조작량의 눈이 이글이글 타오르기 시작했다.

그의 뒤에는 전왕 섭철곤고 병제갈 가운악, 백의검선 장유학과 남궁선 등이 서 있었다. 그들 속에서 낮은 한숨 소리가 들렸다.

누가 감히 무신 조작량의 명령을 저와 같이 당당하고 뻣뻣하게 거부할 수 있단 말인가. 그것도 지존보 안에서의 일이라는 게 더 놀랍다.

그래서 그들은 고집이라고 해야 할 류의 저와 같은 의지가 부러운 한편 안타깝기만 했다. 결과가 어떻게 될지 뻔하기 때문이다.

류는 동가촌과 동백의 존재에 대하여 말하고 싶지 않았다.

동백에게서 받았던 인상이 강렬했고, 그가 이번 일과 아무 상관이 없다는 걸 알기 때문이다.

만약 그에 대하여 말한다면 보주는 당장 동가촌을 시산혈해로 만들어 버릴 게 뻔했다. 류는 그것을 원치 않았다.

상목기에 대한 일도 그랬다.

그는 개인적인 원한 때문에 찾아왔을 뿐이고, 그것이 류 자신이 저지른 일 때문이라는 걸 부정할 수 없다.

그는 당당히 겨루기를 원했다. 그래서 일장을 맞고 졌을 뿐이다. 그 일과 지존보의 치욕과는 아무 상관이 없지 않은가.

그리고 마교라는 말 자체에 대한 거부감이 고개를 들었다. 밖에서 보고 들은 일들이 그런 생각을 갖게 한 것이다.

류가 굴하지 않고 또박또박 말했다.

"저는 지존보의 사람이고, 보주의 수하입니다. 보주께서 다른 일을 명하시면 복명하겠으나 제 개인적인 일에 대한 추궁에는 복명할 수 없습니다."

"항명은 곧 반역이라고 말했다. 그 대가가 어떤 건지 모르지는 않겠지?"

"제가 옳다고 믿는 일에 대하여 굽히고 싶지 않을 뿐입니다. 제 의지는 죽음보다 강하고 굳셉니다."

"으음—"

조작량이 다시 침음성을 발하고 의자에 깊이 몸을 묻었다.

내가 내 감정에 자유로울 수 없다는 게 지금처럼 불쾌하고 불편한 적이 없었다.

당장 눈앞의 류를 죽이고 싶었지만 그럴 수 없다는 것 때문이다. 왜 내 마음대로 할 수 없단 말인가? 하는 불만이 점점 커진다.

'내가 세운 지존보이고, 내가 지배하는 무림이다. 그런데 내 마음대로 할 수가 없다. 내 감정에 충실할 수가 없다. 대체 왜?

조작량은 자기 자신에 대해서, 그리고 지존보의 보주이자 무림의 패자라는 그 신분에 대해서 짜증이 났다.

절대자의 위치에 올랐을 때는 모든 걸 다 얻은 줄 알았는데 가장 크고 소중한 나의 자유를 잃어버렸다는 게 한스럽다.

이럴 줄 알았다면 한 명의 여인으로 강호를 떠도는 삶을 택했을 것이라고 생각하지만 이제는 그런 내색마저 할 수가 없는 몸인 것이다.

가장 사랑하는 한 사람. 늦은 나이에 청춘의 즐거움과 고통을 함께 가르쳐 준 한 사람. 옥봉각주 얀가연.

그녀가 류에게 애틋한 정을 품고 있는 게 분명했다. 류를 마차에 싣고 돌아오던 그 모습이, 그를 바라보던 따뜻하던 눈길이 불같은 질투를 불러일으켰다.

그녀에게 그런 눈길과 관심을 받을 수 있는 자는 세상에서 나 하나뿐이어야 한다는 생각 때문에 더 그렇다.

당장 의자를 박차고 뛰어내려 가 저놈을 한주먹에 때려죽이고 싶다.

그런데 자신이 할 수 있는 일이라는 게 저놈을 이렇게 앞에 놓고 문책하는 것일 뿐이라니 허망하기도 했다.

"네가 말하지 않더라도 결국에는 알아낼 것이다. 시간이 조금 더 걸린다는 것뿐이지."

"제가 말하는 것과 보주께서 알아내시는 것과는 결과가 같을지라도 그 의미마저 같을 수는 없습니다."

"그렇겠지."

류가 마지막 기회마저 박차 버리는 걸 보며 조작량은 내심 안도의 숨을 내쉬었다. 이제 저놈을 당당하게, 아무 거리낌 없이 죽일 수가 있기 때문이다.

그가 성난 눈길을 형당의 당주인 유명판관(幽冥判官) 최흘(崔屹)에게 던졌다.

"어떤 형이 적합한가?"

최흘이 깊이 궁신하고 카랑카랑한 음성으로 대답한다.

"보주의 명을 거역하고 적의 동정에 대해 함구함으로써 결과적으로 이적 행위를 했습니다. 지존보의 명예에 커다란 오점을 남겼으면서 뉘우치고 반성하는 기색도 없습니다. 중죄로 다스려야 보의 기강이 설 것입니다. 항명의 죄는 사형입니다."

조작량의 입가에 보일 듯 말 듯 회심의 미소가 떠올랐다.

"보주!"

뒤에서 내내 침묵하고 있던 설철곤이 크게 소리치고 나섰다.

"비록 저놈이 입을 굳게 다물고 있다고 하지만 그걸 항명이라고 하기에는 무리가 없지 않소. 그가 맡은 임무는 옥봉각주를 찾아오는 것이었지 적정에 대한 염탐이 아니지 않았소이까? 사형이라는 처분은 너무 과한 듯하오!"

조작량의 검미가 꿈틀했다. 제 마음을 알아주지 못하는 이 고지식한 의제에 대하여 실망과 노여움이 싹튼다.

"그 말은?"

"나는 그가 최선을 다했다고 믿소이다. 결과적으로 옥봉각주를 무사히 찾아왔으므로 임무를 완수했고, 또한 흑룡장의 토벌에서 세운 공도 있소. 사형은 면하게 해주어야 한다고 생각하오!"

묵묵히 서 있던 백의검선 장유학도 조용히 말했다.

"소생도 전왕의 의견에 동의합니다. 지존보의 총관이 가지고 있는 특권으로 면책을 요구하는 바입니다."

"면책?"

조작량의 볼에 경련이 스쳐 갔다.

사대천주와 총관. 그들 다섯 사람은 중죄인에 대하여 면책을 건의할 특권이 있었다.

조작량이 천천히 그들을 돌아보았다. 제자이자 백천수호대의 천주인 남궁선은 굳은 얼굴로 서 있을 뿐 말이 없었다.

조작량은 그 또한 류의 사형에 대해서 내심 동의하지 않고 있다는 걸 짐작했다.

다섯 사람 중 두 명이 류에 대한 면책을 건의했고 한 명은 방관하고 있다.

이의가 들어왔으므로 따로 날을 잡아 다시 심사를 해야 하는데, 그때는 각주 급 이상의 모든 중진이 모이는 전체 회의가 된다.

오십여 명이나 되는 사람이 논쟁을 할 것이니 결론이 날 때까지 며칠이 더 걸릴지도 알 수 없는 일이었다.

조작량은 그 과정이 짜증스럽고 지겹기만 했다. 이 자리에서 결말을 짓고 싶다.

잠시 무거운 침묵을 지키던 그가 단호하게 말했다.

"뇌옥에 가두도록!"

그 한마디로 인해 류는 사형은 면했으나 평생 뇌옥 속에 갇혀 살아야 하는 신세가 되었다. 대사면이 있기 전에는 나올 수 없다.

섭철곤과 장유학의 얼굴에 불만이 어렸지만 그것에 대해서 또다시 면책을 요구할 수는 없는 일이었다.

조작량의 내심을 알지 못하는 그들은 보주가 이번 일에 관한 한 너무 서두르는 데다가 가혹하다고 생각했다.

귀령이 복귀하지 않았다.

그 사실이 조작량을 더욱 불쾌하고 초조하게 했다. 여태까지 한 번도 곁을 떠난 적이 없는 자 아니던가. 자신의 그림자처럼 여기던 존재인데 그가 아무 말도 없이 사라졌다는 걸 받아들이기 힘들었다.

'이제는 누구를 믿고 의지해야 할지 모르겠다.'

갑자기 모든 사람이 다 저를 떠나 버린 것 같은 허전함이 밀려들었다. 지존보가 텅 빈 것처럼 느껴진다.

'그놈 때문이다.'

류에 대한 노여움이 불처럼 솟구쳤다.

그놈이 지존보에 오고 나서부터 일들이 모두 엉망으로 꼬이기 시작했다.

'대체 왜?

그 이유를 알 수 없었다.

대체 그놈의 무엇이 사람들을 그렇게 끌어들이는 건지 궁금해졌다.

그가 지니고 있는 무서운 솜씨 때문만은 아닐 것이다. 거기에 생각이 미치자 다시 의문이 생겼다.

대체 그놈은 어디에서 무엇을 배웠기에 그처럼 사나울 수 있는 걸까? 하는 것이다.

사부도 없다고 했다. 조사해 본 바로는 우성촌의 어부였다고 하지 않았던가.

당고한의 막내 제자인 표양신과 교분이 두텁고, 그의 천거

로 황룡문에 들어간 게 강호에 처음 발을 들여놓게 된 일이었
다.

　은밀히 알아본 바로는 당고한 또한 그놈의 내력에 대해서
알지 못하고 있는 게 틀림없었다. 그러면서도 그놈을 단단히
신임하고 있다.

　조작량은 오랜 지기이자 심복인 당고한이 결코 자기를 속
이지 않았을 것이라고 믿었다.

　'내가 나를 속일지언정 당고한은 나를 속일 사람이 아니
다.'

　그가 흑심을 품고 류를 키워냈다고는 여겨지지 않는다.

　'혹시……'

　마교에서 내보낸 자가 아닐까? 하는 의혹이 불쑥 들었다.
그렇지 않고서는 그만한 나이에, 그처럼 무서운 무공을 지니
기 힘들 것이다.

　조작량은 아직 한 번도 류가 싸우는 모습을 지켜보거나, 직
접 손을 써보지 않았다. 때문에 그는 류의 무공이 어떤 건지
알지 못했다. 하지만 이 사람 저 사람이 전해주는 말들을 종
합해 보면 그가 갈수록 더 강해지고 있다는 걸 충분히 짐작할
수 있었다.

　패도전왕 섭철곤. 자기 다음으로 강한 자이고, 그래서 지존
보의 이인자라고 해도 과하지 않을 그마저 류의 무공을 말할
때면 신이 나서 어깨를 들썩이지 않았던가.

그런 생각들이 조작량을 더욱 어둡게 했다.

염가연의 마음이 저를 떠나고, 귀령다저 지존보로 돌아오지 않았다는 것이 류에 대한 미움을 더 크게 해준다.

그 일들에 대해서 조작량은 드러내 놓고 제 감정을 말할 수가 없었다. 염가연에 대한 저의 마음이 비밀이듯, 귀령이라는 존재에 대한 것 또한 그렇기 때둔이다.

묵묵히 깊은 생각에 잠겨 있는 조작량을 바라보는 눈들이 점점 긴장을 띠어갔다.

그가 이처럼 오랜 생각에 잠기고 난 뒤에는 반드시 한바탕 폭풍이 휘몰아쳐 오기 때문이다.

식은 찻잔을 만지작거리고 있던 조작량의 손이 뚝, 멎었다. 긴장이 무섭게 증폭된다.

조작량의 시선이 천천히 옮겨가 병제갈 가운악에게 멎었다.

"동가촌이라고 했나?"

"그렇습니다."

"곽빙호라는 아이가 그곳 출신이란 말이지?"

"밀천에서 알아낸 바로는 틀림없습니다."

"동가촌은 어떤 곳이지?"

"팔십여 호가 모여 사는 제법 큰 부락입니다."

"지주는?"

"그게 좀 모호합니다."

“모호하다라……..”

“각자가 제 농토를 가지고 있는 자작농들의 집단입니다. 지주가 따로 있지 않습니다.”

그런 형태의 농촌 마을은 드문 중에서도 드물었다. 대부분의 촌락이 소수의 자작농과 대부분의 소작농들로 이루어지기 때문이다.

한 마을에 한 사람, 또는 몇 사람의 지주가 있을 수 있으나 결국 그 마을을 지배하는 사람은 대지주 한 사람이게 마련이었다.

그런데 동가촌은 모든 가구가 자작농으로 이루어져 있다니 기이한 느낌이 든다.

“촌장이라도 있을 것 아닌가?”

“그들이 어르신이라고 부르는 노인이 한 사람 있기는 합니다.”

“어떤 자인가?”

“옛날 서당 훈장 노릇을 했다고 하는데, 성품이 곧고 풍채가 좋아서 마을 사람 모두의 존경을 받고 있습지요.”

“수상한 점은?”

가운악이 눈살을 찌푸렸다.

“없습니다.”

“없다고?”

“모두가 농사에 매달려 사는 농투성이들일 뿐, 강호의 일에 관계되어 있다는 증거는 어디에서도 찾을 수 없었습니다."

"그렇다면 곽빙호라는 그놈은 혼자 유별난 별종이란 말인가?"

조작량의 안색이 어두워졌다.

아무리 복수를 위한 것이라지만 강호와 상관없는 민간의 백성들을 해칠 수는 없다.

백도라고 흔히 불리는 정파와 흑도 사파 간의 뿌리 깊은 다툼도 강호의 일이지 민간과는 상관없었다. 협의지도를 내세우며 백도를 걷는 자가 의심만으로 민간의 백성을 해칠 수는 더욱 없지 않은가.

"결국 단서는 아무것도 없다는 것이로군."

화천비룡대 일백 기마전사의 전멸과 검기령주 단목향의 실종, 그리고 검기령의 청년 고수 오십 인의 몰살. 염가연의 납치…….

마교의 잔당들이 저지른 짓이라는 심증은 있지만 어느 것 하나 명확하게 손에 쥔 단서가 없었다.

가운악이 부끄러움으로 검게 변한 얼굴을 푹 숙였다. 조작량의 질책이 아니더라도 그와 같은 일은 밀천유운대의 자부심과 명예에 가해지는 뼈아픈 채찍질이나 다름없었던 것이다.

가운악은 보주의 탄식이 결국 저의 무능함에 대한 질타라는 걸 심각하게 느끼지 않을 수 없었다.

조작량이 손을 내저어 그를 물러가게 했다. 그리고 다시 무거운 침묵에 잠긴다.

그의 집무전에는 이제 전왕 섭철곤 한 사람만 남아 있었다. 그가 무료한 얼굴을 감출 생각도 없이 하품을 했다.

한동안 더 침묵을 지키던 조작량이 굳어진 얼굴을 들었다.

“아우님.”

“말씀하시우.”

“그가 돌아오지 않았구려.”

“응?”

섭철곤의 얼굴에서 지루해하던 기색이 갑자기 사라졌다. 긴장마저 한 채 눈을 번쩍인다.

“귀령 말씀이오?”

“그렇소.”

“아니, 그놈이 왜?”

“염가연과 류는 돌아왔는데 그놈은 돌아오지 않았어.”

“이런 죽일 놈 같으니!”

“나는 혹시 그의 신변에 부득이한 일이 생긴 건 아닌지 격정된다오.”

“……!”

섭철곤은 조작량의 말뜻을 짐작했다.

마교에 관한 것이다.

그래서 그는 침묵했고, 조작량도 더 말하지 않았다. 누구도 그 얘기만큼은 꺼내고 싶지 않은 것이다.

섭철곤은 귀령의 뿌리가 마교에 있다는 걸 알고 있는 한 사람이었다. 조작량은 그가 마교로 돌아간 게 아닌지 의심하는 것이다.

그게 사실이라면 그것의 의미는 심각했다. 여태까지 어둠 속에 숨죽이고 있던 사마(邪魔)의 무리들이 다시 준동하기 시작했다는 것이기 때문이다.

그들이 예전처럼 마교의 깃발 아래 뭉친다면 또 한 차례의 정사대전이 불가피하게 된다. 강호에 피의 강이 흐르고 주검의 산이 쌓이는 것이다. 강호의 원기가 크게 훼손되리라.

섭철곤의 검은 얼굴이 더욱 어두워졌다. 믿고 싶지 않았지만 최근에 갑자기 벌어진 불행한 일들이 모두 마교의 부활을 뜻하는 징후로밖에는 여겨지지 않는다는 걸 그도 잘 알기 때문이다.

"아우님, 또 한 가지 곤란한 일이 있소."

조작량의 말에 섭철곤이 말없이 그를 바라보았다.

"류라는 놈의 부상을 살펴보았소?"

"직접 보지는 못했지요."

"나는 봤소."

"……?"

"무엇이 그놈을 그렇게 무기력하게 만들었는지 아시오?"

"……?"

"금황기였소."

"억! 금황기!"

조작량의 그 한마디는 섭철곤에게 마치 청천벽력처럼 들렸다. 그가 놀라 소리쳤다.

"방금 금황기라고 말씀하셨소? 그게 정말이오?"

"그렇소. 그놈의 몸에 가해진 것은 소류신공에 의한 금황기가 틀림없었소."

"이런, 이런……!"

섭철곤은 한 사람을 떠올리지 않을 수 없었다. 안색이 밀랍처럼 창백해진다.

소요유자(逍遙幽子) 관일청(關一靑).

그는 소류신공의 창시자이자 금황기의 주인이고, 마교의 좌신장(左神將)이었던 절정고수였다.

섭철곤은 이차 정사대전 중에 그와 마주쳐 싸운 적이 있었다. 사흘 밤낮 동안 쉬지 않고 싸운 끝에 결국 관일청의 금황강기를 연달아 석 대나 맞고 주저앉았다.

그것이 그가 숨기고 있는 유일한 패배였다.

마교와 함께 영영 사라져 버린 줄 알았던 그 금황기가 류의 몸을 통해 다시 나타났다는 데에 경악하지 않을 수 없었다.

섭철곤과 조작량의 이글거리는 눈길이 허공에서 딱, 마주쳤다.

                    *   *   *

　'내가 왜 이 꼴이 되어 있지?

　한심하다.

　제 몰골이 이처럼 한심하게 보인 적이 없었다.

　움직일 때마다 두 손과 발목에 채워져 있는 족쇄가 쩔그렁거렸다. 불과 한 자 길이의 쇠사슬로 이어져 있어서 종종걸음을 걸어야 하고, 무엇을 하든 두 손이 함께 움직여야 한다.

　여간 불편한 게 아니었다.

　그것보다 더 불편한 건 침침한 어둠과 습기였다.

　뇌옥은 지하 깊숙한 곳에 뚫려 있는 동굴이었다.

　천연의 동굴에 손을 가해서 밖에 있는 자가 들어갈 수 없고, 안에 있는 자는 나올 수 없게 했다.

　굴의 깊이가 얼마나 되는지, 얼마나 길게 뻗어 있고 몇 개나 갈래가 졌는지 알 수가 없었다.

　하루에 한 번. 입구에 있는 광장에서 징이 울린다.

　천둥 소리 같은 그것이 굴 곳곳에 울려 퍼지면 꾸역꾸역 수인들이 모여들었다. 어두운 구석에 숨어 있는 벌레처럼 꼼짝하지 않고 있다가 징 소리에 반응하여 모여드는 것이다.

　모두 단전이 파괴된 채 견정혈이 뚫렸고, 그리로 빠져나온 쇠사슬에 비파골과 손발이 묶인 자들이었다.

아무리 극강한 무공을 지녔던 자라고 해도 단전이 파괴되었으니 내공을 모을 수 없고, 견정혈이 뚫려 쇠사슬로 묶인 이상 힘을 쓸 수가 없다.

햇빛을 보지 못해 밀랍처럼 새하얗게 변해 버린 자들. 그런 자들이 발목의 쇠사슬을 끌며 느릿느릿 움직여 모여들고 있는 모습은 끔찍한 악몽과 같았다.

그들이 만찬의 광장이라고 부르는 그곳에는 뇌옥을 지키는 무사들이 도열해 있고, 한가운데 커다란 솥이 놓여 있었다.

모여든 수인들은 그 속에 손을 넣어 한 움큼의 마구 버무려진 음식을 집어갔다. 더 이상은 절대로 허락되지 않았다.

하루 동안 그것을 조금씩 떼어 먹으며 사는 것이다. 징 소리를 듣지 못했거나, 오지 않은 자들은 굶어야 한다. 그러므로 아무리 동굴 깊숙한 곳에 들어가 있던 자라고 해도 징이 울릴 때쯤이면 기어나와 근처에 몸을 웅크리고 있었다.

그들은 사람이되 사람이 아니었다. 살아 있는 것도 아니고 죽은 것도 아닌 괴물들이 되어버렸다. 아무도 말하는 자가 없고, 반항하는 자도 없었다.

헝클어진 장발, 긴 수염, 회색빛 눈동자와 함께 깊은 바다 속에 가라앉은 것 같은 무기력이 그들의 특징이었다.

그런 자들이 수백 명이다.

류는 미끈거리는 축축한 벽에 등을 기댄 채 팔짱을 끼고 서서 그렇게 모여든 자들이 음식 덩어리를 움켜쥐고 하나둘 흩어지는 걸 지켜보고 있었다.

쩔그렁거리는 쇳소리만 들릴 뿐 숨 쉬는 소리도 들리지 않는다. 모두 유령처럼 변해 버린 것이다.

"쳇."

자기 자신의 몰골도 머지않아 저렇게 되리라는 생각에 절로 한심해졌다.

다른 수인들과 마찬가지로 류 또한 견정혈을 뚫리고 그곳을 묶은 쇠사슬에 손과 발의 즉쇄가 이어져 있었다.

다른 점이라면 여타의 죄수들과 달리 단전이 파괴되지 않았다는 것이다. 그에게는 원래 내공 같은 게 없었으니 그럴 필요가 없다고 여긴 건지도 모른다.

내공이라는 것이 일이 년의 수련으로 쌓이는 게 아니라 수십 년의 연공을 필요로 하는 것 아니던가. 그가 뇌옥 속에서 마인들에게 내공심법을 배운다 해도 그걸 걱정할 필요가 없었던 것이다.

류는 내공심법을 익힌 적이 없고, 연기(練氣)한 적도 없었다. 유허의 비결을 통해 사물의 기운을 받아들이고 흘려보낼 뿐인데, 그것은 내공의 수련과는 큰 차이가 있었다.

스스로의 몸 안에 기운을 축적해 두고 있을 필요가 없다는 점에서 그렇다.

그래서 단전의 파괴는 면했다고 해도 그가 처해 있는 처지는 다른 죄수들과 다를 바 없었다.

조금만 동작을 크게 해도 쇠사슬이 비파골을 당겨서 칼로 저미고 망치로 부수는 듯한 고통이 온몸에 전해졌다. 겨우 조금씩 움직일 수 있을 뿐, 아무것도 할 수 없는 몸이 된 것이다.

죄수들의 행렬이 끝나갈 즈음, 마지막으로 류가 쇠사슬을 끌며 천천히 걸어 쇠솥에 다가갔다. 그를 바라보는 위사들의 눈 가득 경멸의 비웃음이 떠올랐다.

"저놈이 검기령주였다지?"

"홍, 검기령주는 무슨. 근본도 알 수 없는 놈이었는데 어쩌다 보주님의 눈에 들었던 것뿐이지."

"그래도 대단했다고 하던데?"

"보지 않았으니 누가 알아?"

"하긴, 대단했으면 이런 데에서 저렇게 말라 죽어가겠어?"

그들의 속삭임과 비웃음이 생생하게 귀에 들리지만 류는 반응하지 않았다.

벌써 열흘. 그는 어느덧 이러한 상황에 적응해 가고 있었다.

누구보다 빠른 적응력은 타고난 것이어서, 그는 어떤 상황에 처하든지 완벽히 동화되곤 했다. 그것이 오늘날까지 그가 수많은 역경을 딛고 끈질기게 살아남을 수 있었던 비결인지도 모른다.

한 덩이의 밥을 손에 쥐고 천천히 돌아서는 그의 입술이 파르르 떨렸다.

먹어야 한다. 살아남기 위한 절대의 조건이다.

류는 축축한 벽에 기대고 앉아 조금씩 밥을 떼어 씹었다. 오래오래, 죽처럼 될 때까지 씹는다.

'내가 왜 이곳에 있어야 하는 거지?'

그런 의문과 불만을 그렇게 씹어 삭이는 것이다.

보주의 명령을 거부했다는 것. 거기에 대해서는 변명의 여지가 없다.

지존보의 일원으로서 보 내의 형률에 의해 취해진 이와 같은 형벌을 탓할 수가 없는 것이다.

하지만 자신은 지금 이런 몰골이 되어서 이런 곳에 처박혀 있을 처지가 아니라는 생각을 떨쳐 버릴 수 없었다.

이런 꼴이 되어서야 어떻게 사부와 사형, 사저의 원수를 찾을 수 있고, 복수를 할 수 있을 것인가. 사부의 유지를 어떻게 받들 수 있단 말인가.

그리고 염가연…….

그녀를 난향원에 홀로 남겨두었다는 게 류를 불안하고 두렵게 했다.

'내가 지켜주어야 할 사람.'

이제 류는 그녀의 존재를 그렇게 받아들였다. 그녀에게 한 약속을 이곳에서는 조금도 지켜줄 수가 없다.

그게 류를 더욱 고통스럽게 했다.

하지만 방법이 없었다.

이곳에서 나갈 방법이 없고, 지금과 같이 이렇게 무기력해진 몸뚱이로는 당장 원수를 만난다고 해도 할 수 있는 게 아무것도 없다.

밥알을 씹는 류의 볼을 타고 억울함과 분함의 눈물이 흘러내렸다.

고작 이 꼴이 되기 위해서 십 년 동안 무인도에 숨어 살았으며, 그 지옥 같은 수련을 거듭해 왔단 말인가. 내 몸뚱이를 그렇게 괴롭히며 단련해 왔단 말인가.

"나는 나간다."

류가 음울하게 중얼거렸다. 그러자 의지가 활활 불타올랐다.

몸은 나락해 짐승과 같이 되어버렸고, 처지가 절망적이지만 의지마저 잃어버려서는 안 된다는 생각이 그를 다시 독해지게 했다.

나는 나간다.

그 마음이 중요하지, '어떻게? 라는 의문은 아무것도 아니다. 염두에 둘 필요도 없다.

第八章

구양진결(九陽眞訣)의 내력

第八章

"나간다고?"

불쑥 음침한 음성이 들려왔다.

류가 손가락에 붙어 있는 밥알을 핥으며 천천히 돌아보았
다.

동굴이 꺾어지는 곳에서 한 사람이 류를 빤히 바라보고 있
었다. 사람이라기보다 괴물이라고 해야 할 그런 몰골이다.

땅에 끌리는 흰 머리카락과 수염 때문에 얼굴은커녕 손발
이 제대로 붙어 있는 자인지, 옷은 입고 있는 건지조차 알 수
가 없다.

괴인이 천천히 다가왔다. 절그렁거리며 쇠사슬 끌리는 소

리가 귀에 거슬린다.

류는 그가 나이를 짐작할 수 없는 노인이라는 걸 알았다. 가까이에서 보자 얼굴 가득 깊은 주름들이 골처럼 파여 있었던 것이다. 머리카락과 수염도 눈처럼 희다.

역겨운 냄새가 코를 찔렀다.

이곳에 있는 자들에게서는 모두 그런 냄새가 난다.

류는 자신의 몸뚱이에도 점점 이 역겨운 악취가 배어가고 있을 거라는 생각에 암울해졌다.

"나가겠다고 했느냐?"

괴인이 불쑥 류의 손목을 잡았다. 차갑고 단단한 갈퀴 같은 손이다. 그것이 손목에 달라붙어 떨어지지 않았다.

류는 징그럽고 끔찍해서 소름이 돋았지만 뿌리칠 수가 없었다.

한동안 그렇게 류의 손목을 쥐고 무엇인가를 생각하던 괴노인이 '음' 하고 낮은 침음성을 흘렸다.

놀람과 노여움, 그리고 기쁨으로 눈빛이 여러 차례 변했지만 류는 미처 눈치 채지 못했다.

괴노인이 장난스럽게 낄낄거리며 다른 손을 뻗어 류의 손가락에 붙어 있는 밥풀들을 떼어 먹으며 물었다.

"여기서 나가고 싶은 게냐?"

류는 외면했다.

"어려운 일이 아니지. 암."

다시 괴인을 바라본다.

"죽으면 돼. 죽으면 그놈들이 끌어간다."

다시 외면했다.

그러거나 말거나 괴인은 욷심히 류의 손가락에서 밥풀들을 떼어 입에 넣고 있었다.

그러면서 계속 중얼거렸다.

"하긴, 이렇게 살아가는 것보다 죽어서라도 밖에 나가는 게 훨씬 낫지. 축복받는 것과 같을 거야."

"그러는 당신은 왜 그렇게 하지 않았소?"

"뭐라고?"

괴노인이 어리둥절한 눈으로 류를 이리저리 바라보았다. 그러더니 버럭 소리친다.

"이런, 후레자식 같으니! 네놈은 이 어르신께서 천수를 포기하고 일찍 뒈지기를 바란단 말이냐?"

쾅!

그가 수갑에 늘어져 있는 쇠사슬을 휘둘러 류의 등짝을 후려쳤다.

"으헉!"

뼈가 부수어지는 듯한 고통에 류가 비명을 지르며 나뒹굴었다.

"히히히, 지푸라기 같은 놈이었구나? 이놈아, 새파랗게 젊은 놈이 그렇게 시원찮아 가지고 무슨 일을 하겠어?"

괴노인이 재미있다는 듯 낄낄 웃었다.

류는 축축한 바닥에 쓰러진 채 꼼짝하지 않았다. 이대로 죽어버리고 싶다는 충동이 불쑥 인다.

"살아서 나가고 싶지? 히히, 그러자면 우선 힘을 길러야지."

'힘…….'

류의 머릿속에 가득 차 오르는 그것에 대한 갈망.

그러나 제 처지를 생각하면 그것은 절망으로 다가올 뿐이다.

괴노인이 류를 손가락질하며 낄낄 웃었다.

"네놈 같아서야 지금 당장 내보내 준다고 해도 몇 걸음 걷지 못하고 제풀에 쓰러져 뒈져 버릴 거다."

장난스럽게 류의 옆구리를 툭툭 차고 느릿느릿 멀어져 갔다.

류는 차가운 바닥에 볼을 대고 그 한기를 빨아들이며 움직이지 않았다. 그리고 괴노인의 말이 옳다고 생각했다. 사라져 버린 나의 힘을 먼저 되찾아야 하는 것이다. 그런 다음에 천천히 생각해 볼 일이다.

'하지만 어떻게?

류의 얼굴이 다시 절망으로 일그러졌다.

그로부터 며칠이 더 지났는지 알 수 없다.

온통 어둠과 축축하게 가라앉은 공기뿐이니 뇌옥에서는 시간도 정지해 버린 듯하다.

류의 얼굴에도 어느덧 수염이 가득 자라 본래의 모습을 찾아볼 수 없게 되었다.

그는 숨을 쉬고 있었다. 동굴 안쪽, 음침하고 고요한 구석에 앉아 지그시 눈을 감고 구양진결상의 요결을 되새김질하고 있는 것이다.

그는 제가 살았던 그 무인도, 고산도(高山島)를 생각했다.

지금 제가 앉아 있는 곳은 그곳의 천 길 벼랑 위라고 생각했다. 그러자 머릿속에 짙푸른 바다가 활짝 펼쳐졌고, 해조음(海潮音)이 들려왔다.

갈매기가 끼룩거리며 나는 푸른 하늘이 보인다. 상쾌하고 청량한 바람과 공기와 기운.

바다의 기운을 떠올리고 기억 속에서 되살리자 그것이 현실이 되어 다가왔다.

유허의 비결.

류는 그것이 가르쳐 주었던 더로 제 기억과 상상이 만들어 낸 그 바다를 흡입해 들였다.

청량한 바람을 들이마시고 대신 내 믐 안의 눅눅한 악취를 꺼내준다.

바다가 그것을 가져갔다.

그리고 저 깊은 곳에서 일렁이는 커다란 웅얼거림을 돌려

주었다.

류는 그것을 받아들였다.

마른 솜이 물을 빨아들이듯, 어린 아기가 엄마의 젖을 빨아들이듯 악착같이 빨아들이는 것이다.

그래서 그가 숨 쉬고 있는 공간은 전혀 다른 곳이 되었다.

뇌옥의 어둡고 음침한 사기(邪氣)가 회오리치며 물러간다. 그곳에 바다의 청명함이 너울거렸다.

그 한가운데 앉아서 류는 그런 저의 상상이 키워가는 힘을 느끼고 있었다.

얼마 동안이나 그렇게 했는지 모른다. 웅웅거리며 다가오던 징 소리를 몇 번이나 놓아 보냈는지 기억나지 않았다.

이제 그는 아무 소리도 듣지 않았다. 오직 제가 만들어낸 파도 소리와 갈매기 끼룩거리는 소리, 그리고 소나무 숲을 떠도는 바람 소리를 듣고 기억할 뿐이다.

그의 몸은 점점 말라갔다. 처음 고산도를 떠나올 때의 그것처럼 깡말랐다. 대나무를 떠올리게 한다.

하지만 그럴수록 그의 정신은 맑아지고 점점 더 깊이 자기의 상상 속으로 몰입해 들어갈 수 있었다.

가슴속에, 온몸과 영혼 속에 무한히 넓은 바다와 하늘이 옮겨들었을 때, 류는 비로소 충만함을 느꼈다.

희열이 그의 처지를 잊게 했다.

"후우—"

그가 긴 숨을 내뱉었다. 허연 기운이 뿜어지더니 허공에 엷게 흩어져 안개처럼 머문다.

번쩍, 하고 한줄기 푸른 빛이 그것을 갈랐다. 류가 눈을 뜬 것이다.

그의 눈빛은 예전의 그것처럼 차갑고 깊어졌다. 그것이 천천히 동공 속으로 스며들더니 드디어 감쪽같이 사라졌다.

류는 제 몸 안에 다시 살아난 힘찬 기운을 느꼈다.

조작량은 그가 영영 회복하지 못할 것이라고 생각했다. 그래서 굳이 단전을 파괴할 필요도 느끼지 못하고 뇌옥에 처넣었다.

그런데 지금, 류는 금황기의 여력을 스스로 몰아낸 것이다. 아무도 믿지 못할 일을 그렇게 저 혼자서 거뜬히 해냈다.

류가 벌떡 일어났다. 쩔그렁거리는 쇠사슬 소리가 공허한 동굴 안에 울려 퍼진다. 그것이 현실감을 되돌려주었다.

기운을 되찾았지만 견정혈을 뚫고 나와 있는 쇠사슬만은 어쩔 수가 없었다.

그것이 허락하는 한 자 범위의 공간에서만 몸을 움직일 수 있다는 게 또 다른 절망으로 그를 휘감았다.

하지만 류는 그 현실에 적응해야 한다고 생각했다. 그리고 그렇게 되어갔다.

"히히, 처음 봤을 때 보통내기가 아닐 것이라고 여겼는데 이제 보니 과연 그렇구만."

류가 제가 있던 작은 동혈을 벗어나 한 통로 속으로 들어섰을 때 거기 등을 기대고 앉아 있던 괴노인이 그렇게 말했다.

불쑥 내미는 손 안에 반쯤 남아 있는 밥 덩어리가 있다.

"처먹어라."

류는 아무 말 없이 그것을 받았다. 냄새나고 더러운 손때가 범벅되어 있는 그것을 거리낌없이 뜯어 먹는다.

입 안에 단맛이 느껴지자 그동안 굶주려 있던 그의 식충들이 아우성을 쳐댔다. 그래서 그는 걸신들린 사람처럼 게걸스럽게 반 덩이의 밥을 씹어댔다.

손가락에 붙어 있는 밥알들마저 남김없이 뜯어 먹고 났을 때, 저만큼 앞에서 기다리고 있던 괴노인이 손가락을 까닥거렸다.

"따라와."

뇌옥 깊숙한 곳에 있는 어두운 굴 속. 그곳이 괴인이 거처하는 곳이었다.

류와 마주 앉은 그가 한동안 뜸을 들이다가 비로소 말했다.

"여기서 나가게 해줄까?"

뜬금없는 말.

류가 눈을 부릅뜨고 괴노인을 노려보았다.

"금황기를 맞고도 멀쩡히 살아난 놈이니 그만한 자격이 있지."

"엇!"

괴노인의 갑작스런 말에 류가 깜짝 늘라 외마디 소리를 냈다.

"당신이 어떻게?"

괴노인이 히히, 웃고 나서 다시 말했다.

"게다가 기특하게도 유허비결에 능통하고 있으니 더 잘됐지 뭐냐."

"으헉!"

"모두가 그렇게 찾아 헤매던 제칠결을 네놈이 훔쳐 간 게 틀림없어. 그렇지?"

"……!"

류는 할 말을 잃었다. 부릅뜬 눈으로 괴노인을 노려볼 뿐이다.

"이놈아, 솔직히 털어놔라. 유허비결을 운용한 거지? 그랬기에 금황기를 털어낼 수 있었던 거야. 흘흘……."

"당신이, 당신이 그것을 어떻게 알았습니까?"

"히히, 세상에서 내 눈을 속일 수 있는 건 아무것도 없어."

류는 비로소 처음 괴노인을 만났을 대를 기억해 냈다. 그가 대뜸 제 손목을 움켜쥐고 한동안 있었던 것을 떠올렸다.

"그렇군. 당신은 바로 그때 나의 기혈을 살펴보았던 것이었어."

"흐흐흐, 그렇다. 그때 네늠이 금황기에 당했다는 걸 알아챘지. 그리고 그것을 극복할 수 있는 건 오직 유허비결뿐이다.”

“…….”

“네놈은 과연 놀랍더군. 금황기에 맞았으면서도 멀쩡하게 살아 있다는 게 그렇고, 무상경에 곧장 빠져들 만큼 유허비결에 익숙해져 있다는 게 그렇고, 며칠 만에 거뜬히 내상을 극복할 수 있다는 게 그렇다.”

류의 얼굴이 심각해졌다.

노인이 낄낄거리고 웃었다.

“잘됐어. 네놈이 천지자연의 기운을 어느 정도 되찾았으니 말이다.”

“무슨 말씀입니까?”

“나갈 준비를 할 수 있게 되었단 말이다, 이 빌어먹을 곳에서.”

“……?”

“공력이 필요한 일이거든.”

여전히 알아들을 수 없다.

“그래서 다른 놈들은 나갈 엄두도 낼 수가 없는 거야. 왜냐? 공력이 없으니까. 빌어먹을 단전이 파괴되었잖아. 염병할.”

류는 노인이 제가 유허비결을 운용해서 금황기를 몰아내고 기운을 되살리기만 기다렸다는 걸 짐작할 수 있었다.

　류가 그렇게 할 수 있으리라고 믿었던 건 괴노인 또한 패왕칠결에 대하여 깊이 아는 사람이 분명했기 때문이다.

　"노선배는 마교의 사람이었군요?"

　"흐흐흐, 마교라고? 뭐, 그렇다면 그렇겠지. 마교면 어떻고 아니면 어떨 것이냐? 누가 너를 원숭이라고 부른다 해서 네가 정말 원숭이가 되는 게 아닌데 말이다. 안 그러냐, 꼬마 놈아?"

　"……."

　"자, 네가 무엇 때문에 그 꼴이 되어서 이곳에 왔는지, 어디에서 금황기를 맞았는지, 그렇게 한 자가 누구인지 숨기지 말고 말해보아라."

　"왜 그래야 하지요?"

　"여기서 나가겠다면서? 왜? 마음이 바뀐 거냐?"

　"……!"

　"그새 정이 들어서 떠나기 싫다면 그냥 눌러 살아도 된다."

　"먼저 노선배가 누구인지 가르쳐 주십시오."

　"나도 내가 누구인지 잊었는데, 새삼스럽게 그건 알아서 뭐 하려고?"

　"노선배께서 말하지 않으면 나도 말하지 않겠습니다."

　"여기서 나가기 싫어?"

　"노선배에게 방법이 있다면 나도 방법을 찾을 수 있겠지요."

“흘흘, 그놈 고집머리 하고는 참……."

낄낄거리고 웃던 괴노인이 갑자기 멍한 얼굴이 되어서 허공을 물끄러미 바라보다가 천천히 말했다.

“그러고 보니 내 이름이…… 엄수량이었던 것 같다. 동천일괴라고 했던가? 뭐, 대충 그랬을 거야. 흘흘, 과거 홍화교에서는 수석호법이라는 어마어마한 자리에 있으면서 갖은 영화를 다 누렸지.”

“수석호법!"

“에휴, 그래 봐야 다 지난 일인데 뭐 하겠느냐? 그때의 영화가 나에게 지금 이 모양 이 꼴을 가져다줄지 누가 알았겠느냐?”

동천일괴(東天一怪) 엄수량(嚴水量).

그는 지금 구십을 바라보는 노인이었다.

이차 정사대전 이후 지난 삼십여 년 동안 이 뇌옥 안에서 조금씩 죽음을 맞이하고 있었지만 그는 과거, 홍화교의 수석호법으로서 교주 다음으로 큰 권세를 지닌 존재였다.

교주가 교 내에 머물며 교리를 설파하고 연구하는 데 전념한다면 엄수량은 교도들을 지휘하며 안팎의 크고 작은 일들을 관리, 감독했으니, 실제적으로 그가 홍화교의 힘을 이끌었던 셈이다.

그가 바로 흑룡장주였던 강동산의 사부이고, 강동산은 제 사부를 뇌옥에서 구해내기 위해 황룡문에 와 있던 염가연을 납치할 생각을 했던 적이 있다.

그래서 류와 전왕 섭철곤에게 오히려 흑룡장이 멸문당하는 화를 입었지만, 지금 류는 눈앞의 괴노인과 강동산의 관계를 알 리 없었다.

류는 더 망설이지 않고 제가 살아왔고 겪었던 일들을 엄수량에게 모두 말해주었다.

결국 여기서 죽을 사람인데 말한다고 해서 탈이 날 염려는 없을 것이다. 또 괴노인이 자신의 장담처럼 저를 밖으로 내보내 줄 수 있을지 어떻게 알겠는가? 하는 한 가닥 기대 때문이기도 했다.

사문의 한과 사부로부터 물려받은 구양진결, 그리고 고산도에서의 외로운 생활, 황룡문을 거쳐 지존보에 오게 된 일과 곽빙호와의 싸움 등…….

흑룡장의 일을 이야기했을 대 엄수량은 무섭게 이글거리는 눈으로 류를 노려보았다. 그리고 무엇을 말할 듯 말 듯하더니 한숨을 쉬고 머리를 설레설레 저었다.

"휴, 닭 한 마리 잡을 힘도 없는 늙은 놈이 자꾸 지난 일들에 연연해서 어쩌자는 말인고. 다 쓸데없구나, 쓸데없어."

그의 탄식이 처연하다. 그래서 류마저 처연한 감회에 사로잡혔다.

"옛일들은 꿈결같이 지나가 버렸고, 지금의 한은 풀 길이 없는데 무엇을 괴로워할 것이냐? 한 가닥 희망의 끈이라도 붙잡고 매달리는 게 현명한 일이지.”

탄식하고 푸념하던 노인이 언제 그랬느냐는 듯한 얼굴로 다시 류에게 지난 일들을 말할 것을 재촉했다.

“히히, 그건 그렇고, 그래서 어떻게 되었느냐?”

옛날이야기를 재촉하는 아이 같다.

류가 이야기를 계속했다. 조금의 거짓도, 과장도 없는 자기 고백 같은 것이다. 그것을 통해 류가 무엇을 하려는지 알게 된 엄수량은 더욱 기뻐했다.

때로는 안타까워하는 눈길로, 때로는 분노하고, 때로는 기뻐하는 눈길로 내내 바라보며 귀 기울이고 있던 엄수량이 불쑥 물었다.

“그러니까 네 사부가 너에게 구양진결을 전해주었다는 거지? 너는 그게 뭔지도 모르고 무작정 외웠고.”

“그렇습니다.”

“네 사부의 이름이 뭐라고?”

류의 눈이 반짝였다. 눈앞의 노인이 홍화교에서도 높은 지위에 있던 사람이었다니 제 사부를 알고 있을지 모른다는 생각이 들었던 것이다.

“탈혼비검(奪魂秘劍) 기철목(奇鐵木)이라는 분이십니다.”

“탈혼비검 기철목?”

엄수량이 머리를 갸웃거렸다.

간절한 눈빛으로 그를 바라보던 류가 다시 말했다.

"천목산에 오운장을 세우고 칠거하셨던 분입니다. 십여 년 동안 강호를 뒤져서 기어이 구양진결을 찾아내신 분이고, 그것이 화가 되어서 멸문당하는 액겁을 갖으셨다고 조금 전에다 말씀드렸잖습니까?"

"에구에구, 그랬었나? 이제 늙어서 죽을 때가 되니 자꾸 기억력이 떨어지는구나. 금방 들은 말도 잊어버리곤 하니……에잉."

엄수량이 신경질과 한탄을 섞어 투덜거리더니 다시 말했다.

"애석하게도 교에 있는 동안 나는 그런 이름을 들어보지 못했다. 확실해. 하지만 그가 이차 정사대전의 화를 피했고, 십여 년 동안이나 아무 탈 없이 강호를 활보하면서 구양진결을 찾아다녔다니 짐작이 가기는 한다."

"그것이 무엇입니까?"

"본 교에는 아무에게도 알려지지 않은 은밀한 세 사람이 있다. 암중에서 본 교의 뿌리를 수호하는 수호자의 역할을 맡은 사람들이지."

"……!"

"우리는 그들을 밀법사자(密法使者)라고 했는데, 천지인 세 명의 밀법사자가 있었다. 그들의 정체를 아는 사람은 오직 교주뿐이었지. 아마도 네가 말한 그자는 그들 중 한 명인 것 같구나."

‘역시 그랬어!’

류의 머릿속이 환하게 밝아졌다.

사부는 마교의 핵심 인물 중 한 명이었던 것이다.

세상에서 그 사실을 알고 있는 사람은 오직 교주뿐, 철저히 신분과 정체가 감추어졌다. 그래서 그는 이차 정사대전의 와중에서도 살아남아 홍화교의 뿌리를 지킬 수 있었던 것이다. 그러다가…….

류의 얼굴이 순간적으로 굳어졌다.

‘그렇다면 사문의 멸문지화와 무존 사이에 어떤 관련이 있단 말인가?’

그런 의문이 불쑥 들었던 것이다.

삼십 년 전, 무존이 백도의 무리를 이끌고 종횡천하한 건 마교를 뿌리 뽑기 위해서였다.

류는 이제 저의 사부가 그들이 말하는 마교의 숨어 있는 수뇌 급 인물이었다는 걸 알았다. 그렇다면 오룡장에 닥친 참화도 무존과 관련이 있지 않을까? 하는 의심이 생겼다.

‘아닐 것이다.’

하지만 류는 강하게 저의 그런 생각을 부정했다.

그날, 장원에 난입해 들어온 자들은 모두 복면을 했고, 오직 사부가 얻은 구양진결을 탐했을 뿐이었다.

‘무존 조작량이 그런 짓을 할 리가 없다. 강호의 정기를 수호하는 그가, 비록 수하들을 시켰다고 하더라도, 야비한 강도

들처럼 복면을 하고 살육을 하게 했을 리가 없다.'

그리고 무엇보다 지금도 똑똑히 기억하고 있는 우두머리 복면인의 음성은 지존보에 있는 누구의 것도 아니었다.

그 생각이 류를 안심시켜 주었다. 그자들은 결코 무존과 관련된 자들이 아닐 것이라는 안도감이다.

그렇다면 대체 어떤 자들이 있어서 구양진결의 존재를 알아챘단 말인가? 하는 의심이 뒤따랐다.

'혹시 홍화교의 무리 중에서?'

그런 의심도 들었다. 구양진결의 존재를 알고, 그것의 가치를 아는 자라면 홍화교의 무리를 제일 먼저 떠올릴 수밖에 없다.

어쩌면 홍화교가 몰락하자 제 욕심을 채우려는 배신자가 생겨난 건지도 모른다. 그들이라면 충분히 자신을 복면으로 감출 이유가 있고 구양진결을 탐낼 수 있다.

어쨌거나 아무것도 알지 못하던 상태에서 이제 비로소 실낱같은 단서라도 잡았다.

류의 가슴이 답답해졌다. 지옥 같은 이곳에서 이렇게 무기력하게 시간을 보내고 있을 때가 아니라는 초조함 때문이다.

류가 간절한 눈으로 엄수량을 바라보았다. 이제 오직 믿을 데라고는 눈앞의 이 노인밖에 없는 것이다.

그런 류를 물끄러미 바라보던 엄수량이 무슨 생각에서인지 홍화교에 대한 말들을 장황하게 늘어놓기 시작했다.

류가 간절하게 원하는 탈출에 대한 말은 일언반구도 없다.

속이 탔지만 류는 꾹 참고 노인이 말을 끝낼 때까지 들어줄 수밖에 없었다.

"우리 홍화교는 세상을 널리 이롭게 한다는 큰 뜻을 세웠다. 밝고 이로운 도리를 사람들에게 널리 전파하여 다툼과 시기, 질투를 없애려 했지. 그렇게 된다면 이 땅이 바로 신선들이 사는 선계가 될 것 아니겠느냐?"

이제 류의 귀에는 홍화라는 말이 그리 큰 놀라움이 아니었다.

"네가 익힌 구양진결은 홍화의 정수가 담겨 있는 무공서이면서 교전이다."

"……."

"하지만 내가 듣기로 그것은 다른 육결과 달리 구양무존의 절세적인 무공을 기술해 놓은 비급이 아니다. 오직 유허비결 하나만이 육결에는 없는 독특한 것이지."

"저는 구양무존이 누구인지 아직도 알지 못하고 있습니다."

류가 안타까운 얼굴로 말하자 엄수량이 손을 모으고 숙연한 얼굴로 말했다.

"홍화교를 창시한 교조이시지."

"아!"

류가 감탄성을 터뜨렸다. 홍화교가 구양무존으로부터 시

작되었다는 걸 처음 안 것이다. 그렇다면 과연 자신의 뿌리는 홍화교라고 해야 옳다는 것도 절실히 느꼈다.

동가촌에 갔을 때, 귀수활선 동백의 묘당에서 보았던 목상이 떠올랐다. 그때 동백은 그것을 가리키며 교조님이시라고 하지 않았던가.

이제 바로 그 목상이 구양무존 곽부성의 형상이었다는 것을 알게 되자 감회가 새로웠다.

동백은 홍화교가 무너지자 세상의 눈을 속이고 숨어 살면서도 교도로서의 임무를 버리지 않았던 것이다.

충직하고 온화하던 그에 대한 그리움이 새삼 샘솟았다. 그런 동백이 왜 곽빙호 같은 무뢰한 자를 제자로 삼았는지 모를 일이기만 하다.

류의 가슴속에도 어느덧 홍화라는 말이 아무 거부감 없이 자리했다. 사부님으로부터 들었던 그 달에 대한 자부심마저 생긴다.

"조사께서는 무존이시면서 활선이셨다."

"활선……."

살아 있는 신선이라는 말 아닌가. 아무에게나 함부로 그와 같은 호칭을 붙여주지 않는다.

"흐흐흐. 놈, 이제 알았느냐? 하지만 네놈이 구양진결 안의 것들을 모두 익혔다고 해도 조사님의 진전을 모두 이어받았다고 할 순 없는 것이다. 그러니 자만하지 마라."

엄수량의 말처럼 구양진결에는 앞선 육결의 무공들이 모두 담겨 있으나, 그것을 대성한들 육결의 무공을 모두 대성하게 되는 건 아니었다.

"하지만 육결 중 하나를 얻은 자가 구양진결을 취해 그 안의 뜻을 익힌다면 자신의 절기를 초월하여 새로운 경지로 나아갈 수 있게 되지."

"아!"

"그러한 것이야말로 무공에 뜻을 둔 강호의 고수라면 누구나 꿈에서도 그리는 일이 아니겠느냐?"

엄수량의 말에 류는 절실히 공감했다.

그의 말대로 구양진결은 육결의 무공들을 총체적으로 요약하고 정리해 놓은 일종의 주해서 같은 것이었다.

아직 소년이었던 시절, 처음 그가 구양진결을 읽고 의아하게 여긴 게 바로 그와 같은 이유 때문이었다.

절세의 무공기서로 알았던 그것에 무공 초식에 대해서는 한 줄의 기록도 없고, 그 대신 경구(警句)처럼 알쏭달쏭한 말들만 가득 차 있었다.

사부에게 그 까닭을 물어보았지만 사부는 명확하게 대답해 주지 않았다. 오직 그것을 글자 한 자 틀리지 않고 외울 수 있도록 채근했을 뿐이다.

아무것도 알지 못하고 책을 달달 외우면서 류는 특히 그중에 있는 유허비결에 흥미를 느꼈다. 그것만이 온전한 비결이었기 때문이다.

그러나 그것도 무공에 대한 것은 아니었다. 천지자연의 기운과 동화되는 비법을 적어놓은 것이었으니, 신선이 되는 양생법이나 다름없었던 것이다.

고산도에 들어와서 류가 미달릴 데라고는 오직 제 머릿속에 뿌리 박혀 있는 구양진결 하나밖에 없었다. 사부와 사형들, 사저의 한이 바로 그것에 담겨 있기 때문이었다.

류는 유허비결 속의 경구들이 뜻하는 바가 무엇인지 깨달으려고 심력을 기울이는 한편, 제 몸을 무식하게 단련함으로써 스스로 강해지려는 노력을 했다.

그 결과 그의 육체는 철근장골로 변해갔다. 그리고 외우고 또 외운 구양진결 속의 그 오묘한 경구들에 대한 깨달음도 하나씩 얻었다.

그것 하나하나가 지극한 무공의 도리라는 걸 알게 된 것은 그의 공부가 어느 정도 수준에 이르렀을 때이니, 고산도에 들어와서도 한참 후의 일이었다.

세상에 나와서 류는 제가 진결 속에서 깨달은 바의 원리들을 박투의 원리로 삼았다. 그리고 그것들이 가르쳐 준 대로 움직였고, 싸웠다.

묘법에는 통했으나 법문에는 무식한 것과 다름없었던 것이다.

류의 싸움에 일정한 초식이 없고 형식이 없었던 게 그런 이

유다. 그는 자유로웠던 것이다.

마음이 시키는 대로 주먹을 뻗고, 본능이 이끄는 대로 몸을 움직였다. 때문에 상대는 오히려 혼란에 빠졌다. 류의 다음 공격을 예측할 수 없고, 그의 움직임을 읽을 수 없었기 때문이다.

그리고 그것을 느꼈을 때는 죽었다.

류는 문득 사부가 죽기 전 사형들 앞에서 해주었던 말이 떠올랐다. 그때 사부는 당신과 다른 제자들은 이미 무공을 익혔으므로 구양진결을 수련할 수 없다고 하지 않았던가.

류가 그 의문을 물었다.

"제가 듣기로 다른 무공을 익힌 사람은 구양진결을 익힐 수 없다던데 왜 그렇습니까?"

"미련한 놈. 나무를 봐라. 수많은 가지가 뻗어 있지만 그것들은 모두 줄기로부터 물을 공급받아 살아간다."

"……?"

"패왕육결이 가지라면 구양진결은 그 줄기인 게야. 소나무 줄기에 버드나무 가지를 붙여놓으면 그게 제대로 자라겠느냐?"

다른 무공과 구양진결이 하나가 되기는 어렵지만 패왕육결과 구양진결은 쉽게 동화될 수 있었던 것이다.

"과연 그렇군요. 하지만 여전히 무공을 익힌 자가 어째서 유허비결을 익힐 수 없는 건지는 모르겠습니다. 그건 초식이 아니지 않습니까? 단지 심법구결 같은 것인데 말입니다.”

“본 교에 전해지던 말로 미루어보았을 때 그것은 천지자연의 기운을 빌려 쓰는 일종의 흡성법(吸星法)일 것이라고 짐작한다.”

“흡성법…….”

“조사의 어록에 전해지기를, ‘지극한 경지에 이르면 앉아서 천지간의 기운을 마음대로 빨아들이고, 그것을 빌어 숨을 쉬니 신선이 되고 싶지 않아도 되지 않을 수가 없다’라고 했지.”

“……?”

“외문무공이든 내가무공이든, 대저 오랫동안 힘써 무공을 수련한 자에게는 내공이라는 게 생기게 마련이다. 제 놈들은 그게 커질수록 대단한 것처럼 으스대지만, 조사께서 보시기에는 몸을 더욱 혼탁하게 하는 미련한 짓일 뿐이다.”

“……?”

“가장 완벽한 신체는 갓 태어난 아기의 신체인 것이야. 자연과 가장 가깝기 때문이지. 내공이 생기고, 그래서 몸이 자연의 이법을 따르지 않게 된 자는 유허비결을 아무리 외고 수련한들 천지자연의 기운을 끌어 쓸 수 없는 게다.”

내공심법을 수련하여 이미 내공을 지니게 된 자에게 유허비결은 아무 소용이 없었던 것이다.

“호호호, 그것이야말로 구양 조사께서 말년에 터득한 지극

한 도의 법문이고, 그래서 조사께서는 인간의 껍질을 벗고 선
계로 드신 것이다."

류가 머리를 끄덕였다. 비로소 어떤 까닭인지 명확하게 알
수 있었다.

유허비결은 강호의 일반 내공심법과는 그 토대부터가 달
랐다. 류는 그래서 사부가 저에게 일초반식의 무공도 가르쳐
주지 않았다는 걸 깨달았다.

그 깊은 뜻을 알지 못하고 투정만 부렸으니 사부가 얼마나
속상했을지. 그 생각을 하자 가슴이 뭉클해지며 목이 메었다.

엄수량이 눈을 흘겼다.

"그런데 네놈은 그 높은 경지의 공부를 고작 치고받는 데
사용할 뿐이니, 조사께서 아신다면 한심해서 당장 네놈의 목
을 비틀어 버리려고 하실 것이다."

류가 멋쩍은 얼굴을 하고 목을 움츠렸다.

第九章

탈옥(脫獄)의 조건

第九章

엄수량은 한 가지라도 더 루게게 가르쳐 주기 위해 애쓰고 있었다. 구양진결에 대해 자신이 알고 있는 것을 전해주는 것 또한 홍화교의 뿌리를 전해주는 것과 다름없기 때문이다.

잠시 생각하던 엄수량이 불쑥 물었다.

"너는 박투를 주로 한다고 했지?"

"그렇습니다."

"곽빙호라는 놈과 싸워보았는데, 그놈은 귀수활선 동백의 제자라고 했지?"

"그렇습니다."

"그놈과 싸웠을 때 무언가 느낀 게 없었느냐?"

“동류라는 느낌을 받았습니다.”

“흘흘, 그럴 수밖에. 가만, 내가 동백이 패왕칠결 중 박투 제일인 제삼결 뇌정신결(雷精神訣)을 가진 자라는 걸 말해주었던가?”

“헛!”

류가 깜짝 놀라 헛숨을 들이켰다.

“흘흘, 또한 그는 본 교의 사대호법(四大護法) 중 한 명이었지. 제이호법이었다.”

류는 역시 동백이 홍화교 내에서도 높은 신분이었다는 걸 알았다. 그만한 자격이 충분한 사람이라고 생각했다.

“네놈이 구양진결을 통해 익힌 박투의 비법이 어디에서 나온 건지 이제 짐작하겠지?”

“동 노선배의 뇌정신결이었군요?”

“그렇다. 그래서 곽빙호의 솜씨를 보고는 동류라는 느낌을 받았던 게야. 초식과 수법은 알지 못하겠지만, 손과 발을 관통하고 있는 박투의 원리는 하나였으니까.”

“그렇습니다.”

류가 제 무릎을 치며 감탄했다.

“곽빙호 그놈이 동백의 제삼결을 과연 얼마나 배웠고, 얼마만큼이나 깨우쳤는지는 모르지만 적어도 흉내는 냈을 테니 쉽게 알아보았겠지.”

류가 문득 깨달아지는 바가 있어서 말했다.

"그렇다면 제가 검법을 펼친다면 그것은 제일결인 패왕검결이겠군요?"

엄수량이 눈을 흘긴다.

"좋아할 것 없다. 수박을 겉만 핥고서야 어디 속의 맛을 알 수 있겠느냐?"

"으음—"

"히히, 왜? 실망스러운 게냐? 하긴, 그럴 만도 하지. 여태까지는 네놈의 그 알량한 재간이 천하제일의 절기인 줄 알고 우쭐댔을 테니 말이다. 그게 다 수박 겉 핥기에 지나지 않았다는 걸 깨달았으니 한심할 게야."

"노선배님께서도 패왕육결 중 하나를 익히셨나요?"

"왜? 가르쳐 달라고?"

"그렇습니다."

"흐흐흐, 솔직한 놈이로구나. 나는 그런 놈을 좋아하지. 하지만 삼십 년 전에 만나지 못했으니 이를 어쩌랴. 그때 만났더라면 네놈을 제자로 삼아서 아낌없이 나의 모든 걸 전해주었을 텐데 말이다."

"지금은 왜 안 된다는 말씀입니까?"

"히히, 내가 익힌 건 제이결인 선부광결(仙府廣訣)이거든. 그게 뭔지 아니?"

"모릅니다."

"그건 본 교의 내공 비결이야. 조사께서 이미 무공을 익힌 본 교의 제자들을 위해 남겨놓으신 비결이다. 그러니 유허비결을 익히고 있는 네놈에게는 해가 될 뿐 아무 소용 없는 것이지.”

류의 얼굴에 실망의 그늘이 스쳐 갔다. 엄수량이 혀를 찼다.

“쯧쯧. 이놈아, 네가 배워 지닌 유허비결이야말로 조사님이 남기신 것들 중 정수라고 할 수 있는 것이야. 나의 내공심법 따위에 군침을 흘릴 필요가 없다.”

“잘 알겠습니다.”

류가 비로소 빙긋 웃었다.

전화위복이라는 말이 있다. 지금의 류에게 바로 그랬다.

하지만 류는 또 하나의 의문을 갖지 않을 수 없었다. 황룡문의 수련관에서 교두들에게 무공을 배울 때의 일을 떠올렸기 때문이다.

그때 류는 아무리 애를 써도 그들의 무공을 배울 수가 없었다. 구양진결 속의 원리들이 몸에 익으면서 자유롭게 된 그의 움직임과 맞지 않았기 때문이다.

그 말을 하자 엄수량이 껄껄, 웃었다.

“너의 유허비결이 더 높은 경지에 이른다면 그런 구속에서마저 벗어나게 될 것이다.”

“다른 무공을 배울 수 있다는 건가요?”

“다른 건 배워서 뭐 하게? 구양진결 속의 가르침만 완전히 깨우치는 것만으로도 너는 어떤 무공이 되었든 모두 네 것으로 만들어 버릴 수가 있다."

"……."

"네 틀을 깨뜨리면 천하의 그 어떤 무공이든 척척 소화해낼 수 있고, 오히려 그것을 대성한 자보다 더 뛰어난 경지를 보여줄 수가 있지."

"그 말씀은……?"

"구양진결을 통해서 네놈만의 무공을 얼마든지 재창조해낼 수 있게 된다는 말이다."

"……!"

"네가 구양진결에서 익힌 비결들은 무학(武學)이라 할 만한 것이다. 조사의 평생의 심득인 게야."

엄수량의 얼굴이 엄숙하고 장엄해졌다. 조사에 대한 공경심이 절로 느껴진다.

"그 어떤 무공이든 조사께서 밝혀놓은 원리에서 벗어날 수 없을 것이다. 그러니 네가 그들의 절기를 배워 조사의 원리를 접합시킨다면 너만의 새로운 무공으로 만들어낼 수가 있다."

"나만의 것……."

류는 가슴이 뛰었다. 그렇다면 그도 종사의 반열에 들게 될 것이기 때문이다. 생각만 해도 흥분되는 일이 아닐 수 없다.

"네가 그 경지에 이르게 된다면 비로소 구양무존의 모든 것을 이어받았다고 할 수 있겠지."

“아!”

불쑥, 류의 머릿속에 스쳐 가는 깨달음이 있었다.

구양진결을 통해 몸에 익은 자유로움이 실은 그것이 만들어준 제약이었다는 걸 깨달았다.

엄수량은 그 틀마저 깨뜨려 버려야 한다고 말해준 것이다. 그렇게 되어야 진정으로 진결의 원리에 통했다고 할 수 있으리라.

그런 류의 생각을 읽은 엄수량이 흐뭇한 웃음을 띠고 비로소 그토록 기다리던 말을 했다.

“나가겠느냐?”

류가 망설임없이 대답했다.

“그렇습니다. 이제 제게 그 방법을 가르쳐 주십시오.”

“그전에 먼저 해야 할 게 있다.”

“무엇이든 하겠습니다.”

“네가 원했든 원하지 않았든 그건 상관없다. 중요한 건 네 뿌리가 본 교에 있다는 것이지.”

“인정합니다.”

“그렇다면 너는 나에게 한 가지 약속을 해야 한다.”

“…….”

“나가거든 반드시 조작량을 죽이고 지존보를 무너뜨려라.”

“엇!”

류가 깜짝 놀라 몸을 사렸다.

엄수량의 요구는 그에게 너무 가혹하게만 여겨졌다.

"본 교를 마교로 몰아 괴멸시킨 원흉이 바로 그놈이다. 그 대가로 무림제일존의 보좌에 올라 거만하게 천하를 굽어보고 있다."

"……."

"너도 보고 느꼈으니 알겠지? 이 지옥 같은 곳의 삶을 말이다. 차라리 죽어버리는 게 더 나을 이 지겨운 삶을 그래도 악착같이 이어가고 있는 수백 명의 수인을 생각해 보았느냐?"

"……."

"그들은 오직 한 가지의 염원을 품고 있을 뿐이다. 바로 조작량과 지존보의 몰락을 제 눈으로 지켜보겠다는 지독한 한이지. 그것을 볼 때까지는 죽을 수 없는 것이다."

류는 가슴이 아파졌다. 눈에 뜨거운 눈물이 고인다.

그들은 모두 홍화교의 사람들이었다. 류는 이제 자기 자신도 그 홍화교의 사람이라는 걸 부정하지 않았다. 사문이 결국 홍화교 아니었던가.

밝은 하늘 아래에서 만났다면 서로가 얼싸안고 반가워해야 할 동지이자 동료들인 것이다. 그런데 지금은 짐승 같은 몰골을 하고서 지옥 속에서의 삶을 꾸역꾸역 살아가고 있다.

분노가 절로 치솟았다.

'사문의 복수…….'

제가 오직 가슴에 품고 있는 한 가지 목표.

그것을 떠올리자 이가 갈린다.

류는 이제 사문의 복수를 한다는 게 곧 홍화교의 복수를 한다는 것과 마찬가지라는 것을 깨달았다. 그렇다면 최후의 대상은 결국 무신 조작량이다.

하지만 그 생각에 이르러서 류는 여전히 갈등하지 않을 수 없었다.

사부와 사형들, 사저를 잔혹하게 죽인 복면의 괴한들. 그들을 찾아서 복수하는 게 내가 해야 할 일이라고 생각했다.

'그들과 조작량이 관계없다면 내가 굳이 그분을 원수로 삼아야 할 필요가 있을까?

저를 이렇게 만든 데 대한 원망은 있지만 아직 류의 마음속에는 조작량에 대한 믿음과 존경이 남아 있었다.

그런 갈등을 외면한 채 무작정 엄수량의 말에 대답해 줄 수는 없었다.

그의 망설임과 침묵이 오래갈수록 엄수량의 눈빛이 냉랭해졌다.

기다린다. 류의 마음에 한 가지 선택에 대한 결심이 설 때까지 기다리는 시간이 그가 지금까지 살아온 시간보다 길게 느껴지지만 한마디도 재촉하지 않았다.

엄수량은 자신과 이곳에 있는 자들 모두의 삶을 류의 결정에 걸 수밖에 없다는 걸 인정해야 했던 것이다.

지루한 침묵 끝에 류가 드디어 마음을 정한 듯 입을 열었다.

"나는 사문의 원수를 갚고자 할 뿐입니다."

"무엇이?"

"그것 때문에 고산도를 떠나 강호에 나왔고, 이곳까지 왔습니다."

"에잇, 바보 같은 놈!"

엄수량이 쇠사슬을 휘둘러 류의 머리통을 후려쳤다. 류는 피하지 않았다.

꽝!

강렬한 충격. 머리가 깨져 뜨거운 피를 콸콸 뿜어냈지만 류는 움직이지 않았다. 차라리 죽을지언정 내 믿음과 신념을 스스로 저버릴 수 없다는 마음이었다.

엄수량이 동굴이 떠나갈 듯 큰 소리로 외쳤다.

"이놈아, 정신 차려!"

그 소리가 웅웅거리며 한참 동안이나 동굴 안에 울려 퍼졌다.

그를 노려보기만 하던 류가 느릿느릿, 그러나 단호하게 말했다.

"내 정신은 멀쩡합니다."

"그런 놈이 아직도 사태를 파악하지 못하고 있단 말이냐?"

"……"

"네 사문의 원수는 곧 조작량이다!"

"믿을 수 없습니다."

"패왕진결의 존재를 아는 자는 극소수다. 그것을 탐낼 자는 더욱 적지. 조작량이 그중 한 사람이다."

"그가 왜? 무엇 때문에?"

"잊었느냐, 놈이 패왕칠결 중 제일결인 패왕검결을 익혔다는 걸?"

"그 말은 그분 또한 홍화교와 관련이 있다는 것입니까?"

"그건 모르지. 하지만 그럴 가능성이 있다."

혼란스러워진다. 류는 제 믿음의 뿌리가 조금씩 흔들리는 걸 느꼈다. 그게 싫다.

"패왕칠결을 알고 있고, 구양진결이 구양무존의 모든 것을 함축하고 있는 보전이라는 걸 안다면 누구든 그것을 탐내지 않을 수 없을 것이다."

"가능성이 있을 뿐, 그것만으로는 보주가 제 사문의 원수라고 단정할 수 없습니다."

류의 고집은 완고했다. 이번에는 엄수량이 침묵했다. 그의 얼굴에도 많은 갈등과 번뇌가 스쳐 간다.

이제는 류가 기다렸다. 자신의 운명이 지금 이 순간 엄수량의 결정에 달려 있다는 걸 생각하자 저도 모르게 손에 땀이 밴다.

깨진 머리통에서 천천히 흘러내리던 피가 뺨을 적시고 가슴에 끈적끈적하게 달라붙었다. 현기증이 났다. 더 이상 피를 흘리면 목숨이 위태롭게 될지드 모른다. 하지만 류는 꼼짝하지 않았다.

살고 죽는 걸 이 순간에 모두 건 거나 가찬가지였다.

흘러내리던 피가 서서히 멈추었다. 딱딱한 피딱지로 굳어갈 때쯤에야 엄수량이 숙이고 있던 머리를 들었다.

"그럼 이렇게 하자."

"……."

"만약 네 사문의 원수가 조작량이라는 게 드러난다면 그를 죽이겠느냐?"

"죽여야지요."

이번에는 머뭇거리지 않고 대답했다. 조작량에 대한 존경심이 크지만, 가슴에 품고 살아온 사문의 한을 생각하면 모든 걸 다 포기할 수 있었다.

그에게 복수보다 더 큰 가치는 없는 것이다. 사랑도, 우정도, 의리와 정의도 그것을 희석시킬 수는 없다.

"좋다. 나는 반드시 네가 그렇게 할 것이라고 믿는다."

엄수량은 확신에 차 있었다. 조작량이 바로 류의 원수라는 걸 확신하는 것이다.

그자는 홍화교의 원수이면서 동시에 류의 원수가 분명하다. 그렇다면 이 문제를 가지고 더 이상 고민할 필요가 없다고 판단한 것이다.

“네 약속을 믿고 나는 반드시 너를 내보내 주겠다.”

어떻게 하려는 건지는 아직 모른다. 하지만 류는 궁금해하지 않았다. 엄수량에 대한 믿음이다.

“너는 우리 모두의 삶을 짊어지고 이곳에서 나가는 것이다. 명심해라, 이곳에 있는 수백 명 원귀들의 한을.”

무섭게 류를 노려보던 엄수량이 천천히 눈빛을 부드럽게 하고 말했다.

“나의 모든 것을 가르쳐 주고 싶다만, 네가 이미 몸으로 터득한 것만으로도 너의 무공은 다른 게 필요없을 만큼 높아졌다고 해야 할 것이다.”

무공에 관한 한 그가 그렇게 촌평했다면 그게 곧 강호의 진리다.

하지만 이 지옥 같은 곳에 있어서야 무슨 소용인가.

류가 재촉하듯 다시 물었다.

“저는 과연 이곳에서 나갈 수 있을까요?”

“달이 차면 기울고, 낮과 밤의 바람이 바뀌어 불듯 하늘의 뜻도 그렇게 되풀이되는 것이다. 조작량의 운이 앞으로도 계속될 것이라고 보지 않는다. 그러니 가능할지도 몰라.”

“저는 운을 믿지 않습니다.”

“한 번은 믿어야 할 거다. 누구에게나 그러고 싶을 때가 있지. 가장 절실한 그런 때 말이다.”

서늘한 그의 눈길을 받으며 류는 어쩌면 지금이야말로 내가 단 한 번 운이라는 것을 믿고 염원해야 할 그때인지도 모른다고 생각했다.

빙긋 웃은 엄수량이 비로소 본론을 꺼내놓았다.

"따라서 나는 너에게 다른 건 가르쳐 주지 않겠다. 하지만 이것 한 가지만은 가르쳐 주지 않을 수 없지."

그는 류에게 한 가지 심법구결을 전해주었다.

오래전에 실전되어 강호에는 전설로만 알려진 것이었는데, 태음전유(太陰轉幽)라는 괴이한 이름의 심법이었다.

그것을 전해주고 나서 엄수량이 덧붙였다.

"괴이해서 사파의 사악한 술수 같은 것이라 외면하고 있었다. 위험하기만 할 뿐 얻는 게 없기 때문이지. 그러니 이것은 아무짝에도 쓸모없는 심법구결에 지나지 않다. 그래서 세상에서 사라져 버린 거야. 그런게 지금은 반드시 필요한 것이 되었으니 세상에 쓸모없는 건 없다는 말이 맞는 말일 게다."

"대체 어떤 효능이 있기에 그렇습니까?"

"죽는 거지."

"예?"

류가 어리둥절해서 바라보자 엄수량이 기괴한 얼굴을 하고 낄낄 웃었다.

"히히히, 너는 죽어야 이곳에서 나갈 수 있어."

태음전유의 심법은 일종의 귀식대법(龜息大法) 같은 것이었다. 귀식대법이 오랫동안 숨을 쉬지 않고도 생존할 수 있게 해주는 것인 데 비해 태음전유의 심법은 시전자를 완전히 죽은 사람처럼 만들어주었다.

그는 이틀 동안 심법의 지배를 받게 된다. 죽어버린 몸의 기관과 조직과 혈맥들. 귀신도 감쪽같이 속을 수밖에 없는 가사(假死)의 상태가 되는 것이다.

하지만 한 가닥 원기는 꺼지지 않고 남아 있었다. 태음전유의 심법에 의해 발동된 음기가 한 줌의 원양지기를 단단히 감싸고 숨겨주고 있기 때문이다.

그러나 겉으로 보았을 때 그자는 완전히 죽은 자였다. 아무리 고명한 명의가 검안을 한다고 해도 시전자의 몸에서는 한 올의 양기도 찾아내지 못한다.

죽은 것과 아무 차이가 없게 되는 것이다.

엄수량이 지켜보는 가운데 류는 차가운 돌 바닥 위에 반듯하게 누웠다.

엄수량이 말했다.

"운이 좋아야 할 것이다."

"고작 운에 내 목숨을 맡기는 겁니까?"

"흘흘. 이놈아, 그것만 해도 어디냐? 살 가능성이 반이라는 것. 이 빌어먹을 곳에서 그만하면 충분히 모험해 볼 가치가 있지."

그렇게 싫어하는 운명에 제 목숨을 맡기고 있어야 한다는
게 불만스럽지만 어쩔 수 없는 일이었다.

"여기서 죽어나가는 것들은 죄다 화장을 당한다."

엄수량이 툭, 던지듯 한 말에 류가 깜짝 놀라 소리쳤다.

"뭐라고요? 아니, 그럼 이 짓을 할 필요가 없잖습니까?"

"히히, 우리가 괜히 너를 택한 줄 아느냐? 너는 여태까지
죽어나간 다른 놈들과 달리 적어도 화장을 당하지는 않을 거
야."

"……?"

"네가 조작량 밑에서 백천수호대의 영주 노릇을 한 적이
있다면서? 흘흘, 그러니 그놈들은 차마 네 몸뚱이를 불에 태
워 버리지는 않을 것이다."

"추측하는 것뿐이잖습니까?"

"확률은 반반이라니까 그러네. 불에 태워 버릴 확률이 반,
태우지 않을 확률이 반."

미칠 노릇이다. 하지만 이지 류에게는 달리 선택할 권리가
없었다.

"땅에 파묻지도 않을 거야."

"그것도 반반의 확률이겠지요?"

"어쩌면 네놈의 족쇄를 풀어줄지도 모른다."

"그것 역시 반반의 확률이군요."

"잘 아는구나."

“남의 일이라고 그렇게 한가롭게 말씀하셔도 되는 겁니까?”

류가 화가 나서 따지지만 엄수량은 눈썹 하나 까딱하지 않았다.

“화장하지 않을 확률 반을 빼고, 나머지 반에서 매장하지 않을 확률 반을 또 빼면 이제는 사분지 일만큼의 생존 확률이 남는 거로군요.”

“계산이 빠른 놈일세그려.”

“그중에서 족쇄를 풀어줄 확률이 다시 반이면 결국 무사히 살아 나갈 확률은 십분의 일을 조금 넘을 뿐이라는 건데……이게 무슨 반반의 확률이라는 겁니까?”

속아도 단단히 속은 것 같아서 분하고 억울한데 엄수량은 태평하기만 했다.

“히히, 그게 어디냐? 실낱같지만 가능성이 있잖아. 여기서는 오직 너밖에는 그 가능성에 도전해 볼 자가 없다. 그러니 자부심을 가져.”

“제기랄, 자부심은 무슨…….”

“어쨌든 죽기 아니면 살기인 게야. 인생이라는 게 달리 뭐가 또 있냐?”

하긴 그렇다. 죽는 것 아니면 사는 것. 이기는 것 아니면 지는 것. 얻는 것 아니면 빼앗기는 것.

모든 게 다 그렇다.

그렇게 생각하면 반반의 확률이라는 게 아주 틀린 말도 아닌 셈이었다. 죽거나 살거나, 둘 중의 하나이기 때문이다.

"그렇습니다. 가능성이 아주 없는 것보다는 그나마 쥐꼬리만큼이라도 있는 게 나은 편이겠지요."

류가 한숨을 쉬고 맥 빠진 얼굴로 말했다.

이제 제가 할 일이라고는 간절히 기원하는 것밖에 없다는 걸 알았다.

그들이 화장하지 않기를 빌어야 하고, 땅에 파묻지 않기를 빌어야 한다. 땅에 파묻어 버린다면 죽음에서 깨어난들 무슨 소용이 있을 것인가.

다음으로는 그들이 자신을 묶고 있는 이 수갑과 족쇄를 풀어주기를 빌어야 했다.

다시 살아났을 때에도 지금처럼 견정혈을 통해 이어진 쇠사슬로 손발이 묶여 있어서는 아무것도 할 수 없으니 그렇다.

그래서는 결국 산을 벗어나지 못하고그 굶어 죽거나 짐승에게 물어 뜯겨 죽을 것이다.

"나와의 약속을 잊지 마라."

마지막으로 엄수량이 그렇게 다짐해 주었고, 류는 눈으로 그와 작별 인사를 나누었다. 류와 눈을 맞추는 엄수량의 얼굴에 기쁨과 슬픔이 공존했다.

'다시는 보지 못할 사람.'

그런 생각에 류의 마음도 애틋해졌다. 하지만 어쩔 수 없다.

류는 눈을 감고 온 정신을 기울여 태음전유의 심법을 운용
했다. 그리고 얼마 지나지 않아 그의 몸에서 생기가 점점 사
라지기 시작했다.

*   *   *

징—
어김없이 징 소리가 울렸다.
류가 이곳에 들어온 지 석 달이 지났고, 구십 번째의 징 소
리인 것이다.
하지만 변한 건 아무것도 없었다.
그 소리가 들리면 수인들은 벌레들처럼 꾸역꾸역 기어나
온다.
쩔그렁거리며 쇠사슬 끌리는 소리가 들릴 뿐 모두 입을 굳
게 다물고 있었으므로 그 행렬은 음산하기 짝이 없었다.
귀기마저 느껴진다.
그런데 오늘은 조금 달랐다.
위사들 사이에 수군거림이 물결쳤다.
수인들이 좌우로 늘어섰고, 그 복판으로 몇 사람이 걸어왔
다.
축 늘어진 수인 하나를 머리에 이듯 하고 있는 네 사람.
그들이 떠메고 온 자를 솥 앞에 내려놓자 엄수량이 천천히

걸어나와 위사장을 똑바로 바라보았다.

"죽었어."

위사장 나곤명이 눈살을 찌푸렸다.

가끔 이런 일이 발생하곤 했다. 늙어서 죽는 자도 생겼고, 병에 걸려 죽는 자도 생겼으며, 드물게는 스스로 목숨을 끊는 자도 생긴다.

그러면 그들을 밖으로 끌어내 화장을 하는 게 관례였다.

나곤명이 헝겊을 들추었다. 피투성기가 되어 있는 얼굴이 드러났다.

류였다.

그의 끔찍한 몰골에 다들 눈살을 찌푸리고 외면했다.

류가 죽었다.

그 소문은 빠르게 지존보 전체로 퍼져 나갔다.

"죽었다고?"

거처인 지존각(至尊閣)에서 그 의외의 소식을 들은 조작량이 흠칫 놀랐다.

"그가 죽었어?"

같은 시각.

복호산 서쪽, 화천비룡대의 전왕각(戰王閣) 안에서도 화통 같은 외침이 찌르릉 울렸다. 전왕 섭철곤이다.

"아니, 정말 그놈이 죽었단 말이냐?"

"그렇습니다. 지금 뇌옥의 위사단에서 그 일로 논의 중이라고 합니다."

"허—"

섭철곤이 기가 막힌다는 얼굴을 하고 수하를 멍하니 바라보았다.

그 악착같던 놈이, 악귀처럼 싸워대던 놈이 그렇게 맥없이 죽어 나오다니 믿을 수 없었다.

"어떻게 죽었다더냐?"

"자살했다고 합니다."

"자살⋯⋯."

"벽에 제 머리를 찧었다는군요."

"허—"

하긴, 그럴 수 있다는 마음이 되었다.

사로잡힌 맹수가 분을 이기지 못하고 스스로 창살에 머리를 부딪쳐 죽는 일이야 흔하지 않던가. 새도 처음 잡혀와 갇혔을 때는 우리에 몸을 부딪쳐 부상을 입기 일쑤다.

류는 그런 맹수 같은 자였다. 그런 자가 뇌옥에 갇혔으니 답답함을 이길 수 없었을 것이다. 게다가 망가진 몸뚱이 아니던가.

"하긴, 나 같았어도 그렇게 했을 거야."

전왕이 한숨을 섞어 그렇게 중얼거렸다. 가엽다는 생각과 함께 아깝다는 안타까움이 들었다.

뇌옥을 지키는 위사단의 넓은 뜰이 사람들로 가득 차 웅성거렸다.

나무판자 위에 반듯하게 누워 있는 한 사람의 주검이 모두를 의아하고 당황하게 했다.

그래도 사천(四天) 중 하나인 백천수호대의 영주라는 자리에 있던 자 아닌가.

죄인의 처지가 되어 형당에 의해 뇌옥에 갇혔지만 그의 죽음을 일반 죄수들과 같이 대하기에는 껄끄러운 감이 있었다.

류가 나무판에 실려 나온 지 일각이 못 되어 형당에서 당주와 두 명의 집행사령이 달려왔고, 다시 일각 뒤에는 백천수호대의 천주인 남궁선이 직접 왔다.

전왕 섭철곤과 보주도 관심을 갖고 사령을 대신 보내 확인하도록 했으니 수옥대(守獄隊)의 위사들은 더욱 어리둥절할 뿐이었다.

죄수 한 사람의 죽음이 이와 같이 지존보 전체의 관심을 끌게 된 일은 일찍이 없었다.

곧 검시관이 왔고, 무려 반 시진에 걸쳐서 꼼꼼하게 류의 몸뚱이를 살펴보았다.

사망.

검시관이 내린 결론은 결국 그것이었다.

류의 숨은 이미 끊어져서 몸이 차가워져 있었다. 심장과 맥박이 뛰지 않았던 것이다. 다른 외상이나 내상은 없었다. 누가 보든 머리가 깨져 많은 피를 흘린 게 유일한 사인(死因)으로 여겨졌다.

그렇게 악착같던 자가 결국 제 화를 이기지 못하고 자살한 것으로 결론이 났다.

사람의 팔자란 참 알 수 없는 거라고 다들 수군거렸지만 달리 어떻게 해볼 수 있는 문제가 아니었다.

第十章

부활(復活)

류의 주검에 대한 처리 문제를 두고 수뇌부 몇 사람이 머리를 맞댔다.

"관례대로 화장을 해야 합니다."

수옥대주인 사령 이장엄의 말에 몇 사람이 머리를 끄덕였고, 몇 사람은 못마땅한 얼굴을 했다.

눈살을 찌푸린 제사천의 천즈 남궁선이 엄숙하게 말했다.

"그는 본 보의 사람이었고 내 수하였소. 비록 짧은 기간이었지만 검기령주라는 지위에 있던 사람이오. 일반 죄수들의 주검과 같이 화장을 해버리는 일에 나는 찬성할 수 없소."

"전왕의 뜻도 그와 같습니다. 양지 바른 곳에 묻어주기를 바란다고 하셨습니다.”

전왕 섭철곤의 사령으로 결과를 지켜보기 위해 온 편규옥도 그 말에 동의했고, 더 나아가 매장해 줄 것을 요청했다. 보주 대신 온 사령 염관철은 침묵했다.

섭철곤과 남궁선의 의견을 무시할 수 없는 일이다. 고민하던 형당주 유명판관 최흘이 절충안을 내놓았다.

“좋습니다. 그렇다면 화장을 하지 않기로 하지요. 하지만 뇌옥에 갇혔던 죄인을 매장해 줄 수는 없습니다.”

죽어서 무덤을 갖는 호사를 누리게 해줄 순 없다는 강경한 말이다. 죽은 자에게는 너무 가혹한 처사가 아닐 수 없다.

“어떻게 하겠다는 것이오?”

남궁선이 못마땅한 얼굴로 물었다.

“북망곡에 던져 버리도록 합시다.”

“북망곡?”

“양지바른 곳에 매장되지는 못했지만 화장은 면했으니 죽은 자도 그만하면 만족할 것입니다.”

“그건 너무 몰인정한 처사 아니겠소?”

“화장을 면하게 해준 것만으로도 지나친 특혜를 준 것이지요.”

더 이상 양보하려 하지 않는 최흘 앞에서 남궁선은 고집을 부릴 수 없었다. 이 일은 형당주의 소관이고, 그가 이미 한차례 양보했다는 걸 알기 때문이다.

전왕의 사령으로 온 편규옥이 다시 형당주에게 말했다. 매장해 주라는 전왕의 뜻을 전했건만 받아들여지지 않아 불쾌한 얼굴이었다.

"좋습니다. 하지만 이것만은 들어주셔야 저도 전왕께 보고할 염치가 있겠습니다."

"또 무엇이오?"

"전왕께서는 저승 가는 길에 돌이라도 가볍게 해주라고 당부하셨습니다."

"가볍게?"

최흘이 눈살을 찌푸렸다.

"족쇄와 수갑을 풀어주라고 하셨습니다."

"곤란하군."

최흘이 난색을 표하자 남궁선이 편규옥을 거들고 나선다.

"이미 죽은 사람 아니겠소? 족쇄와 수갑을 벗겨준들 누가 뭐라고 하겠소? 제 무덤도 갖지 못하는 신세인데, 전왕의 말씀처럼 저승 가는 길이나마 홀가분하게 갈 수 있도록 해주는 게 공덕을 베푸는 일이 될 것이오."

"형률에 어긋나는 일입니다."

"이자는 그래도 한때 본 보의 식구였소. 영주의 신분이기도 했지. 몇 가지 공을 세운 적도 있소. 비록 뇌옥에 갇히는 신세가 되었지만, 그만한 특혜는 받을 자격이 있다고 생각하오."

이런 일에 남궁선이나 전왕 등이 나서서 의견을 내놓는 건 월권이나 마찬가지였다.

최흘의 얼굴에 불쾌한 기색이 역력했지만 남궁선은 물러서려 하지 않았다.

하지만 최흘도 그 문제에 대해서만은 고집을 꺾으려 하지 않았다. 이미 한 번 양보한 것만으로도 제 자존심이 많이 상했다고 여기는 탓이다.

모두의 눈길이 그때까지 아무 말도 하지 않고 있던 염관철에게 모였다.

그는 보주 대신 참관하기 위해 온 사람이다. 이 자리에서는 그의 말이 곧 보주의 말이나 같다.

"염 사령, 보주께서 이 일에 대하여 달리 지시하신 일이 없다면 그대로 시행하겠소이다."

최흘의 말에 염관철이 비로소 입을 열었다.

"보주님께서는 아무 말씀도 없었습니다. 하지만 한 가닥 연민을 느끼셨지요."

그랬기에 사령을 보내 대신 참관하도록 했으리라.

죄수 한 사람의 사후 처리에 보주가 신경을 쓰고 있다는 것 자체가 파격이었다.

염관철이 머뭇거리다가 다시 말했다.

"그래서 제 생각에는…… 보주님의 마음도 전왕이나 남궁 천주님의 마음과 같을 것이라고 봅니다."

"이런……."

최흘이 잔뜩 낯을 찌푸렸다.

결국 제 체면이 말이 아니게 되었으니 그렇다. 하지만 이제
는 더 제 고집대로 할 수가 없었다. 류의 주검을 노려보는 그
의 눈길이 곱지 않았다.

죽어서까지 저를 귀찮게 하는 놈이라는 원망이 절로 든다.

그는 이제 이 일이 모두 귀찮기만 했다. 죽은 놈 하나를 어
떻게 처리하든 무슨 의미가 있을 것인가, 하는 마음까지 된
다.

그가 손을 털고 짐짓 대범한 것처럼 껄껄 웃었다.

"하하하, 모두의 마음이 이와 같으니 제가 어찌 따르지 않
겠습니까? 죽은 자에게 공덕을 베푸는 일이니 나쁠 것 없겠지
요."

*　　　*　　　*

북망곡(北亡谷)은 복호산 북쪽에 있는 깊고 음침한 골짜기
였다. 절벽이나 다름없이 가파르고 높은 비탈 아래 길게 파여
있는데, 일 년 내내 햇빛이 들지 않았고 물도 없어서 풀과 나
무도 제대로 자라지 못했다.

지존보에서는 보 내의 인물 중 죄를 지어 사형을 당한 자의
처리를 두고 별도로 사후 심사를 했다. 그래서 생전에 뚜렷한

공이 있던 자는 매장해 주고 그렇지 않은 자는 북망곡에 던져 버린다. 그러면 까마귀가 눈을 파먹고 짐승들이 살을 뜯어 먹었다.

그러므로 북망곡은 산 자에게는 지옥이나 다름없는 곳이었다. 하지만 죽은 자에게야 어디인들 무슨 차이가 있을 것인가.

다음날 아침.

수옥 위사대의 마당에서 형당으로 옮겨져 밤새 찬이슬을 맞은 류의 주검이 거적에 둘둘 말렸다.

형리 두 명이 그것을 마차에 싣고 형당을 나섰다. 북쪽으로 나 있는 작은 길을 덜거덕거리며 나아간다.

저승으로 가는 길인 셈인데, 유소보장(流蘇寶帳)은커녕 요령을 흔들며 인도하는 자도 없고 곡하며 뒤따르는 자도 없었다. 쓸쓸하고 적막한 것이 류의 지나온 삶과 같다.

두 개의 관문을 나선 마차는 힘겹게 북쪽 산비탈을 타고 올라갔다. 거기서 잠시 쉬었다가 다시 두어 식경 동안 울퉁불퉁한 길을 가자 앞이 탁 트였다.

북망곡 위의 가파른 벼랑 끝에 이른 것이다.

"이놈의 신세도 참 기구하지 뭐야."

형리 한 명이 품에서 술병을 꺼내 몇 모금 들이켜고 나서 그렇게 말했다.

다른 한 명이 술병을 넘겨받으며 거든다.

"한때는 잘 나갔다지? 그래 봐야 뭐 해? 결국 이 모양이 되고 말걸."

"못이 튀어나오면 망치를 맞듯이, 사람이 두드러지면 이 꼴이 되는 거야."

"어, 춥다. 등짝이 으스스해지는걸?"

골짜기 아래에서 불어오는 바람이 음랭하다. 지옥의 동혈 속에서 불어오는 것처럼 귀기마저 실려 있다.

"빨리 처리하고 가자."

술병을 내던진 두 사람이 마차 위에서 거적에 싸인 류를 들어 내렸다.

"한 번 더 묶어줘."

"귀찮게 뭘 그래? 그냥 굴려 버리면 되지."

"그래도 불쌍하잖아. 오죽 견디기 힘들었으면 자살을 했겠어? 사지육신이나 멀쩡하게 떨어지도록 해줘야지."

북망곡으로 떨어지는 비탈은 경사가 심해서 절벽이라 해도 과하지 않을 정도였다.

삐죽삐죽 바위가 솟아나와 있고, 간간이 억센 나무들이 자라고 있지만 대부분 푸석거리는 석회질로 뒤덮여 있었다. 조금만 힘을 주어 쥐거나 밟아도 모래처럼 부서져 흘러내린다. 때문에 제아무리 날랜 원숭이라고 해도 북망곡에서 이 벼랑을 기어올라 온다는 건 불가능했다.

그 벼랑으로 시체가 굴러 떨어지면 대부분 중간에서 거적이 풀어져 몸 따로 거적 따로 떨어지게 마련이었다. 그러면 몸뚱이가 이리저리 부딪치고 깨져서 온전한 사지를 보존하지 못했다.

두 사람은 최대한의 자비심을 발휘해서 류의 몸뚱이가 그 꼴이 되는 걸 면하게 해주고 싶었던 것이다. 온전한 몸뚱이로 썩는 게 죽은 자의 바람 아닐 것인가.

넓적한 얼굴의 형리가 뾰족 턱의 말에 동의했다.

"그러지 뭐. 이런 때 선덕을 쌓지 않으면 언제 쌓겠어?"

그들은 새끼줄을 꺼내 거적을 몇 번 더 둘렀다. 비탈을 굴러 내려갈 때 풀어지지 않도록 해준 것이다.

"됐다. 이제 굴려."

비탈 끝에 류를 내려놓은 두 사람이 셋을 세고 발로 걸어찼다.

우르르르―

거적에 둘둘 말린 류의 몸뚱이가 요란한 소리를 내며 깊은 골짜기 아래로 무섭게 굴러 떨어졌다. 흙먼지가 피어오르고 돌 부스러기가 우수수 쏟아진다.

바윗덩이에 부딪쳐 튕겨지고 나뭇가지에 쓸리기를 몇 차례. 그의 몸뚱이를 감싸고 있던 거적이 너덜너덜해졌다. 하지만 다행히도 두 사내가 몇 번 더 꽁꽁 묶어주었던 덕에 완전히 풀어지지는 않아서, 류는 온전한 제 몸을 지니고 북망곡의 음침한 바닥에 떨어질 수 있었다.

깜깜하다. 그러나 거적 속에 들어 있는 자는 이미 오감을 잃어버린 싸늘한 주검이니 아두 상관 없으리라.

얼마나 시간이 지났는지 모른다.

까마득한 곳에 겨우 올려다 보이는 손바닥만 한 하늘에 별들이 촘촘했다.

부스럭거리는 소리가 주변을 맴돌았다. 주검의 음습한 냄새를 맡은 짐승들이 어디에서인가 하나둘 찾아온 것이다.

한 사람의 주검은 그것들에게 단지 배고픔을 면하게 해줄 고깃덩이에 지나지 않을 것이다. 그 몸뚱이가 과거에 얼마나 영화롭게 살았고, 얼마나 위엄을 떨쳤는지 따위는 상관없다.

어둠 속을 푸른 인광이 이리 저리 날아다니고, 썩은 인골이 짐승의 발에 밟혀 퍼석거리며 부서지는 소리가 들렸다.

세 마리의 커다란 늑대가 킁킁거리며 다가오자 주위에 몰려들었던 작은 짐승들이 숨을 죽이고 엎드렸다.

늑대는 류의 거적 주위를 맴돌며 냄새를 맡았다. 거적 밖으로 삐죽 삐져 나와 있는 머리카락과 발목이 어둠 속에서 그것들의 굶주림을 자극한다.

밤 까마귀 몇 마리가 맴돌더니 겁도 없이 거적 위에 내려앉았다.

그것들은 늑대가 거적을 물어뜯기만을 기다리고 있었다. 그러면 드러난 얼굴에 달라붙어 눈알을 파먹을 것이다. 늑대들이 살을 찢어놓으면 서로 다투며 내장을 파먹을 것이다.

한동안 쿵쿵거리고 냄새를 맡던 늑대들이 드디어 비수 같
은 이빨을 드러냈다. 막 거적을 물어뜯으려는데, 아래쪽에서
덜그럭거리는 소리가 났다. 밖으로 삐져 나와 있던 류의 발목
이 꿈틀, 하고 움직인 것이다.

늑대들이 깜짝 놀라 두어 걸음 물러선다.

류의 발목이 잠잠해지더니 다시 움직였는데, 그때는 처음
보다 크고 뚜렷하게 꿈틀거렸다. 귀신이라도 되어 깨어나려
는 것 같다.

늑대들이 적의를 드러냈다. 털을 곤두세우고 몸을 낮춘 채
낮게 으르렁거린다.

이제는 거적 전체에 꿈틀거리는 움직임이 전해졌다. 까마
귀들도 놀라 깃털을 떨어뜨리며 까옥거리며 날아올랐다.

부스럭거리는 소리.

거적이 흔들리고 뿌드득거리는 소리가 났다. 갓 부화된 새
가 단단한 알 껍질을 깨뜨릴 때처럼 힘들어하는 움직임이다.

놀란 늑대들이 몇 걸음 더 물러섰고, 몸을 잔뜩 웅크린 채
으르렁거렸다.

뿌드득—

드디어 거적을 칭칭 동이고 있던 새끼줄 한 토막이 끊어졌
다. 거적 속의 몸뚱이가 아직도 답답한지 더욱 꿈틀거린다.

뿌드득—

이번에는 두어 토막의 새끼줄이 끊어졌고, 헐렁해진 거적

틈을 벌리며 손 하나가 빠져나왔다. 그것이 허공을 더듬는다.

그 괴이하고 섬뜩한 모습에 놀랐던지, 늑대들은 더 이상 달려들 엄두를 내지 못했다. 더욱 물러나서 땅바닥에 주저앉아 호기심을 가지고 지켜본다.

뚜둑―

다른 손 하나가 마저 빠져나왔다. 서끼줄이 연이어 끊어져 나가고, 둘둘 말렸던 거적이 풀어졌다.

푸른 인광이 이리저리 날고 있는 음산한 어둠 속에서 시체가 천천히 상체를 일으켰다. 달라붙은 피딱지가 떨어지더니 번쩍, 눈을 뜬다.

죽은 자가 살아난 것이다.

심장이 멎고 맥박이 끊어진 지 이틀. 그는 마치 죽음 속에서 부활하기라도 하는 것처럼 살아나 몸을 움직였다.

손발을 묶고 있던 족쇄와 쇠사슬은 벗겨지고 없었다. 하지만 견정혈에 뚫려 있는 구멍만큼은 어쩔 수가 없어서 퀭하게 드러난 그것이 더욱 끔찍해 보였다.

"후우―"

죽어 있던 자가 길게 숨을 내쉬었다.

쿵, 쿵, 하며 심장 뛰는 소리가 어둠을 흔든다.

그가 팔을 이리저리 움직일 때마다 굳어 있던 뼈마디들이 자리를 잡아가며 뿌드득거리는 소리를 냈다.

"끄응―"

류가 낮은 신음을 흘렸다.

뻣뻣하게 굳어 있던 근육과 힘줄이 풀어지고, 멈추었던 기혈이 다시 운행하는 일은 고통스럽다. 혈관에 멎어 있던 피가 콸콸거리며 다시 달려가는 일 또한 고통스럽다.

하지만 류는 그런 고통 속에서 제가 죽지 않고 살아 있다는 걸 실감할 수 있었다. 믿어지지 않는다.

두 눈이 어둠 속에서 빠르게 초점을 찾아갔다. 그것이 사방을 두리번거린다.

"아!"

류가 짧은 감탄성을 터뜨렸다. 비로소 호흡을 통해 폐 속 가득히 밀려드는 차가운 공기가 느껴진 것이다. 일제히 멈추었던 신체의 조직들이 활기차게 움직이기 시작하는 소리가 쿵, 쿵, 하고 들리는 것 같았다.

"살아난 건가?"

아직도 믿어지지 않아서 자기 자신에게 물어본다.

하지만 그의 원기는 꺼진 거나 다름없었다.

기운을 끌어 쓸 수 없고, 격렬하게 움직일 수도 없다.

뇌옥 안에서 유허비결을 통해 다시 끌어들였던 기운마저 태음전유의 심법을 운용하면서 안개처럼 흩어져 버렸기 때문이다. 그러므로 그는 지금 무방비 상태에 노출된 거나 마찬가지였다.

"깨어난 뒤 적어도 일 년 동안은 죽은 듯 정양해야 한다. 육체적으로나 심리적으로 큰 충격을 받으면 그나마 숨겨두고 있던 원기가 흩어져 버려. 그러면 정말 죽는다. 그때는 대라신선이 강림한다고 해도 살아날 수가 없다."

엄수량의 말이 떠올랐다. 몇 번이나 신신당부하지 않았던가.

한 번의 죽음과 한 번의 부활. 그 대가라고 여기면 그다지 과한 일도 아니지만 제가 해야 할 일들을 생각하면 한숨이 나왔다.

'일생 중에서 일 년은 그리 긴 세월도 아니야. 다시 얻은 삶에 대한 대가치고는 아주 싼 거지.'

그렇게 스스로를 위로하는 수밖에 지금은 아무것도 할 수 있는 게 없다.

죽지 않고 이렇게 살아 있으며, 뇌옥이 아닌 자유로운 세상 속에 나와 있다는 것. 그게 중요했다.

우선 지존보로부터 멀리 떨어져야 한다고 생각했다. 다른 사람의 눈에 띄기라도 했다가는 여태까지의 공이 허사가 될 것이다.

그는 이제 죽고 없는 사람이었다. 또 다른 삶을 살아야 하는데, 그러기에 북망곡은 너무 삭막했고, 와호산은 너무 위험하다.

돌멩이를 집어 던져 늑대와 짐승들을 쫓고 천천히 골짜기를 따라 걸으며 염가연을 생각했다. 가슴이 아파왔다.

'내가 죽었다는 소식을 들었을까?'

들었을 것이다. 모두가 다 아는 소식을 그녀 혼자 듣지 못했을 리가 없다.

류는 그녀에게 반드시 네 자유를 찾아주겠다고 단단히 약속했던 일을 떠올렸다.

그런데 맥없이 죽어버렸다니…….

그녀가 낙심하고 절망했을 것을 생각하자 가슴이 더욱 아파졌다.

하지만 지금은 그녀에게 제가 살아 있다는 걸 알릴 방법이 없었다. 알려서도 안 된다.

'조금만 참고 기다려. 반드시 너에게 돌아간다. 반드시 내가 한 약속을 지킬 테다. 그때까지만 아무 내색하지 말고 버티고 있어줘.'

마음속으로 간절히 염원할 뿐이다.

지치고 피곤한 몸을 이끌고 터벅터벅 걷기를 얼마나 했을까. 구절양장처럼 구불구불 이어져 있는 북망곡의 끝이 보였다.

죽음에서 살아나 세상으로 나가는 관문이다.

류가 죽었다.

그 일은 세상에서 곧 잊혀지고 말았다. 이웃집 장씨가 죽었다는 것과 다름없다. 며칠은 그를 기억하겠지만 곧 잊어버리고 만다.

그와 같이, 류의 존재는 그를 아는 몇몇 사람들에게 기억될 뿐 아무것도 아니었다. 그리고 점점 그들의 기억 속에서도 희미해져 갔다. 그리하여 세상에서 완전히 사라지는 존재가 되는 데에는 많은 날들이 필요하지 않았다.

누구의 죽음인들 그와 다를 바 없을 것이다.

염가연의 눈에서는 다시 눈물이 흘러내렸다.

그녀를 사랑하던 사람들이 한두 번 죽은 게 아니었고, 그때마다 잠시 가슴 아파하고 분노하기도 했다. 하지만 잠시였을 뿐인데 이번에는 그렇지 않았다.

류의 존재는 그녀의 가슴속에도 깊이 새겨져 있었던 것이다. 그래서 지금 세상에서 그의 죽음을 끝까지 기억하고 슬퍼하는 사람은 오직 그녀뿐이게 되었다.

지존보는 조금도 달라지지 않았다. 루 한 명이 들어왔다고 해서 달라질 일 없었듯이, 그가 사라졌다고 해서 달라질 일도 아니었던 것이다.

조작량은 전쟁을 준비하고 있었고, 다들 그 일에 바쁘게 매달렸다. 가장 바쁜 사람들은 밀천유운대의 밀자들이었지만 그들의 움직임은 아무의 눈에도 띄지 않았으므로 세상은 그들이 바쁜 걸 알지 못했다.

그들은 그 어느 때보다 은밀하고 분주하게 움직였다. 수풀 속을 기어가는 뱀처럼 소리없이 세상 곳곳을 뒤지고 다니며 마교의 단서를 찾기 위해 혈안이 되었다.

하지만 한바탕 살육을 벌이고 난 정체불명의 무리들은 신 룡이 꼬리를 감추듯 좀체 드러나지 않았다. 그들은 다시 어둠 속에 숨어서 쥐새끼처럼 눈을 반짝이며 지존보의 움직임을 훔쳐보고 있는 것이다.

조금의 틈만 보이면 언제라도 아귀처럼 달려들어 한바탕 피바람을 불러일으킬 작정이 분명했다.

지존보는 드러나 있고, 그들은 숨어 있다. 숨은 자는 드러 난 자를 볼 수 있지만 드러난 자는 그럴 수 없다는 게 조작량 과 지존보의 고민이었다.

그래서 그들은 숨어 있는 자를 끌어내기 위해 머리를 짜내 느라고 류의 죽음을 까맣게 잊었다.

난향원 안에 있는 옥봉각의 문이 안에서 굳게 잠긴 지 보름 이 지났다. 조작량이 몇 차례 찾아왔지만 문은 결코 열리지 않았다.

그래서 조작량도 류의 존재를 아직 기억하는 한 사람이 되 었다.

그녀의 가슴속에 남아 있는 류라는 자에 대한 원망과 증오 가 사라지지 않았기 때문이다.

적막하게 버려져 있는 난향원과 굳게 닫혀 있는 옥봉각의

문을 볼 때마다 죽은 자에 대한 증오가 더 깊어져 가기만 했다.

'대체 그놈의 무엇이 나보다 나았단 말인가?'

제가 가진 것의 백분의 일, 천분의 일에도 미치지 못할 것이다. 무공과 위엄과 명성과 부. 그 어떤 것이 비교될 것인가.

하지만 염가연이 택한 건 루라는 애송이였다. 조작량은 그것을 이해할 수 없고 받아들일 수 없었다.

죽은 자에 대한 그런 질투가 스스로 생각해도 어이없는 일이지만, 닫혀 있는 옥봉각의 문을 보고, 그 안에 홀로 있을 염가연을 생각하면 증오는 더욱 커져만 갔다.

이제 그녀의 마음이 영영 자신에게서 떠날 것 같다는 불길한 생각.

그러면 조작량은 류를 너무 쉽게 처리했다는 후회를 하곤 했다. 좀 더 충격적인 죽음을 그녀에게 보여주는 게 나았을지도 모른다는 잔인한 생각을 하게 된 것이다.

마음속에 염가연에 대한 서운함이 커져 갈수록 그녀에 대한 집념도 더욱 커져 갔다. 그리고 그것의 그늘 속에는 애정만큼 커다란 증오도 자랐지만 조작량은 아직 그것을 인정하지는 않았다.

증오라니, 내가 그녀를 증오하고 미워하는 마음을 가질 수 있다니, 하고 머리를 흔들 뿐이다.

*   *   *

　석 달이 지났다. 강호는 여전히 평화로웠고, 난향각의 문은 여전히 굳게 닫혀 있기만 했다.

　그리고 수천 리 떨어진 먼 동쪽 바닷가.

　평화로운 어촌 마을, 우성촌에 새벽빛이 비쳐들었다.

　철썩이는 파도 소리가 커지고, 밤새 몹시 불어왔던 바람은 잠잠해졌다. 우, 우, 하고 울던 언덕 위의 소나무들이 하얗게 내린 서리를 인 채 침묵한다.

　그래서 더욱 고요하고 적막한 곳.

　마을 사람들이 '매화나무집'이라고 부르는 그곳의 억새 지붕도 하얀 서리에 뒤덮여 있었다.

　덜컹!

　부엌 쪽의 문이 왈칵 열리더니 꼬질꼬질한 소년이 튀어나왔다. 얼어서 버석거리는 모래를 함부로 밟으며 헛간으로 달려간다.

　"일어나! 해 뜬단 말이야!"

　꽝, 꽝!

　헛간의 낡은 문짝을 심술 사납게 걷어차는 아이.

　"이 게으름뱅이! 얼른 일어나! 맥량산에 간다고 했잖아!"

　아직도 코를 흘리고 있는 더벅머리 꼬마, 해왕이.

　아이의 짱짱한 음성이 그 새벽을 흔들었다.

“좀 조용히 못하니? 아저씨는 더 자야 해.”

부엌에서 소녀가 불빛에 익은 얼굴을 내밀고 주먹질을 해 보였다.

“핏!”

낼름 혀를 내민 해왕이가 더 크게 소리쳤다.

“안 일어날 거야? 문 부수고 들어간다.”

누나가 이렇게 저 잠꾸러기의 편을 들 때마다 더욱 심통이 나는 꼬마였다.

덜컹.

낡은 문짝이 열렸다. 안에 담겨 있던 따스한 온기가 밤새 켜켜이 쌓여 있던 어둠과 함께 밀려나오고, 그것을 두른 한 사람이 눈을 비비며 걸어나왔다.

류다.

“왜 이렇게 소란이야? 아직 날도 다 안 밝았잖아.”

“덫 만들어서 맥량산에 사냥하러 간다고 했잖아!”

“오늘은 너무 추운 것 같다. 다음에 가자.”

“쳇, 거짓말쟁이! 사나이에게 다음은 없어. 오늘 간다고 했으면 하늘이 두 쪽 나도 가는 거야!”

비록 아직도 코를 흘리는 꼬마였지만 그새 이런 말을 할 줄 알 정도로 해왕이가 컸다는 게 루에게는 신기하게 여겨졌다.

고작 이 년 남짓 보지 못했을 뿐인데 해왕이는 머리통이 커졌고, 수아는……

류가 해왕이의 머리카락을 마구 헝클며 웃었다.

"도대체 뭐가 되려고 이렇게 고집이 셀까?"

"뭐가 되긴? 아저씨같이 멋진 어른이 되어야지."

"내가?"

해왕이가 히, 하고 웃었다.

"아저씨같이 쌈도 잘하고, 아주 센 어른이 될 거야. 그래서 누나를 괴롭히는 나쁜 놈들을 죄다 때려줄 테야."

그러면서 류를 매섭게 노려본다. 류는 어이가 없었다.

"내가? 수아를 괴롭힌다고?"

제 코를 가리키며 묻자 해왕이가 '응' 하고 대답했다.

"허! 아니, 언제 그랬단 말이냐?"

"매일매일 그러잖아."

"뭐라고?"

"안 그러면 왜 누나가 매일매일 울겠어?"

"울어? 왜?"

"흥! 시치미 떼려고 해도 다 알아. 나도 이제 총각이란 말이야."

"허―"

류는 기가 막혔다. 기어이 부엌에서 수아가 부지깽이를 들고 뛰어나왔다.

"해왕이 너, 이 개구쟁이! 거기 꼼짝 말고 있어!"

"히히, 저 봐. 아저씨 때문에 누나가 화났잖아. 괜히 나까지 혼나게 생겼는걸?"

모든 게 다 류 때문이다. 류는 기가 막혀 할 말을 잃었다.

해왕이가 너풀너풀한 옷자락을 땅에 끌며 달아났고, 수아는 잔뜩 화가 나서 소리쳤다.

"너, 오늘 아침밥은 없을 줄 알아! 국물도 없어!"

대체 새벽부터 이게 무슨 소란인지 영문을 모를 일이다. 그래서 류는 멍하니 수아를 보기만 했고, 안채에서도 장소삼의 헛기침 소리가 났다.

"핏!"

수아가 류에게 잔뜩 눈을 흘겨주고 쌀쌀맞게 돌아섰다. 그래서 류는 그녀의 두 볼이 새벽 하늘처럼 붉어진 걸 보지 못했다.

"오늘은 하루 쉴 걸세. 그러니 자네도 푹 쉬어둬."

"배를 안 낸다고요?"

"바람이 심상치 않아."

장소삼이 밖을 기웃거리며 말했다.

류는 이해할 수 없었다. 간밤에 심하게 바람이 불기는 했지만 지금은 이처럼 고요하지 않은가.

"어젯밤의 그 소란이 오늘 큰바람이 불어올 거라는 징후란 말씀이지요?"

"그렇지. 그런 바람이 불고 다음날 잠잠해지면 반드시 며칠 내로 큰바람이 불어온다네. 먼 바다에서는 벌써 바람이 생겼는지도 모르지."

바다에서 나고 자란 사람. 장소삼의 오랜 경험에서 나오는 말이니 틀릴 리가 없다.

"바람은 언제나 예고를 해준다네. 아무 기척도 없이 도둑처럼 몰아쳐 오지는 않아."

"정직하다는 말씀이군요."

"사물은 모두 정직하지. 사람만 정직하지 못할 뿐이야."

'어쩌면 사람의 일도 다르지 않을지 모른다.'

류는 그렇게 생각했다.

강호에도 언제나 조짐이라는 건 있다. 지존보가 불의의 일격을 당해 많은 사람들을 잃은 것도 그런 조짐의 하나인지 모른다.

사람의 운명이라는 것도 그럴 것이다. 나쁜 일이 찾아오기 전에는 반드시 징후가 먼저 나타나는데, 그걸 알아채는 사람과 알아채지 못하는 사람이 있을 뿐이다.

류는 저에게 닥친 이 불행도 어쩌면 그런 징후일지도 모른다고 생각했다.

하지만 두렵지는 않았다. 장소삼의 무심한 말속에서 그 기미를 깨달을 수 있었으니, 그가 바람을 피해 쉬겠다고 했듯이 불행을 피해 쉬면서 대비할 수 있을 것이기 때문이다.

'쉴 때.'

류는 그렇게 믿었다.

장소삼이 배를 쉬게 하는 것처럼, 지금은 제 인생의 바다에서 며칠쯤 쉬어갈 때인 것이다 그게 더 활기찬 앞길을 열어줄 것이라고 믿자 절로 가슴이 따뜻해지고 의욕이 솟았다.

第十一章

추억을 찾아오는
사람들

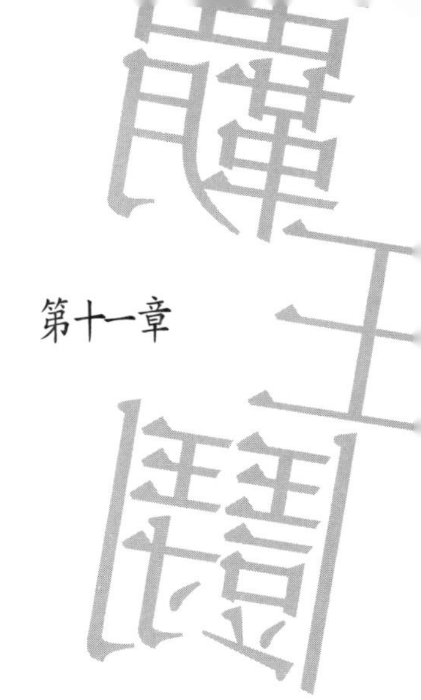

第十一章

　해풍에 젖은 바위 위에 홀로 앉아 잔잔하고 맑은 바다를 멀리 바라보며 류는 지난 석 달의 세월을 돌아보았다.

　와룡산에서 내려온 뒤 한 달은 이곳 우성촌까지 오느라고 길 위에서 버린 세월이었다. 그는 거지 행세를 하며 이 마을 저 마을을 떠돌았고, 수천 리 길을 조금씩 이동해 왔다.

　류의 행색과 몰골은 거지 중에서도 상거지 같았으므로 아무도 의심하지 않았다. 젊은 사람이 어쩌다가 몹쓸 병에 걸려 저 꼴이 되었는지 모르겠다며 동정했을 뿐이다.

　그가 생각해 낸 곳은 우성촌이었다. 고산도에서 나와 맨 처음 발을 디뎠던 곳이고, 신세를 졌던 곳이다.

그곳을 떠나 강호를 활보할 때는 몰랐는데, 이렇게 망가진 몸이 되어 오갈 데가 없어지자 비로소 그곳이 못 견디게 그리워졌다.

'내 마음의 고향 같은 곳.'

류는 그렇게 정의했다. 우성촌으로 가자. 그 사람들은 아직도 나를 따뜻하게 맞아줄 것이다. 그 일념으로 그는 곧장 동쪽 길을 잡아 거지 행세를 해가며 쉬지 않고 왔던 것이다.

"아저씨, 다 됐어. 어서 가자!"

저 아래, 하얀 마당에서 해왕이가 팔짝팔짝 뛰며 손짓했다.

부엌에서 앞치마에 손을 닦으며 나오는 수아가 보였다. 해왕이는 대나무 바구니 한 개를 들고 있었는데, 그녀가 만들어준 음식이 들어 있을 것이다.

류가 해왕이와 맥량산으로 놀러 간다고 하자 아침 설거지를 할 새도 없이 점심거리를 만들어준 것이다.

류가 곁에 놓아두었던 올무와 죽창을 들고 일어섰다.

짐승이 다닐 만한 길목 다섯 군데에 올무를 놓고 세 군데에 덫을 쳐놓았지만 서툰 그 솜씨에 걸려들 짐승은 없었다.

그래도 해왕이는 신이 나서 잠시도 가만히 있지 못하고 이 수풀 저 수풀을 부지런히 드나들며 덫을 살폈다. 그 통에 다가왔던 짐승도 놀라 달아날 것이니 소득이 있을 리 없다.

삼패왕 장견두가 제 소굴로 삼았던 그곳에서 불을 피우고 점심을 먹었다.

해왕이는 피곤했던지 곧 잠에 곯아떨어졌다. 모닥불에 나뭇가지를 더 던져 넣은 류도 그 곁에 팔베개를 하고 누워 모처럼 느긋한 낮잠을 즐겼다.

겨우 토끼 두 마리를 잡아 돌아오는 길이지만 해왕이는 마냥 즐거워했고, 류도 오랜만에 운동을 한 셈이라 기분이 상쾌했다. 비록 몸은 피곤했지만 원기가 조금씩 되살아나고 있다는 걸 느낄 수 있어서 행복한 하루였던 것이다.

다음날부터 과연 장소삼의 예견대로 심한 바람이 불고 파도가 무섭게 일어섰다. 배를 띄우기는커녕 밖으로 나돌아다니는 것도 힘든 날이 찾아온 것이다.

류는 새벽이 되기 전에 일어나 바닷가에 우뚝 솟아 있는 범바위 위로 올라갔다. 그 무서운 바람을 온몸으로 맞고, 으르렁거리는 파도 소리를 들으며 고산도에서의 새벽을 떠올렸다.

이보다 더한 풍랑이 치는 날도 새벽 바다 앞에 나와 앉아 유허비결을 연마하지 않았던가.

류에게 바다는 무한한 기의 보고와 같았다. 이와 같이 무서운 날은 물론, 잔잔하고 평화로운 날도 바다는 그에게 생기를 불어넣어 주었다.

파도가 분노한 날에는 그것의 노여움을 받아들였다.

태양처럼 뜨거워지는 양기가 몸 안 가득 느껴지고, 커다랗고 강렬한 바다의 출렁거림을 가슴에 채울 수 있었다. 그렇게 하고 나면 그 자신이 바다가 된 듯, 그것의 노여워하는 마음을 절로 느끼고 흥분하지 않았던가.

맑고 잔잔한 날은 바다의 음기를 받아들일 수가 있다. 그런 날의 마음은 하늘처럼 차갑게 가라앉았으며, 의식이 닿지 않는 저 깊은 어둠 속에 은밀하게 흐르는 두터운 기운을 느끼곤 했다.

그것이 바다와 바람이 고산도에서의 십 년 동안 류에게 준 가장 큰 선물이었다. 유허비결이 그와 바다, 바람을 이어주는 통로가 되었던 것이다.

류는 어제 해왕이와의 산행 이후 드디어 때가 되었다는 걸 깨달았다. 태음전유의 심법이 감추고 있던 한 가닥 원양지기가 발동하기 시작했던 것이다.

무려 석 달이나 지나서야 겨우 그것을 둘러싸고 있던 음기의 껍질이 깨지기 시작했으니 과연 지독한 심법이었다.

류는 온몸으로 바람을 맞고 파도의 비말에 젖으며 필사적으로 의식을 그 한 가닥의 양기에 집중했다. 유허의 비결로 바다와 바람의 기운을 끌어들여 세포 하나하나에 채워 넣는다.

이와 같은 폭풍은 한겨울에 보기 드문 것으로, 류를 위해 해신(海神)이 보내준 것 같았다.

지금 그에게 필요한 것은 원양지기를 증폭시키고 흥분시킬 수 있는 바다의 노여움이었기 때문이다.

그런 날들이 사흘 동안 계속되었다.

그 거친 바람과 파도는 류에게 집중되는 것 같았다.

새벽과 한낮, 그리고 밤중 이렇게 세 차례씩 범바위에 앉아 으르렁대는 파도와 마주하면서 류는 자신의 원양지기가 꿈틀대는 것을 느꼈다.

한 달 걸려야 가능했을 일을 바다는 그에게 사흘 만에 가능하도록 해주었던 것이다.

자신의 노여움과 열기를 아낌없이 전해주는 바다.

류는 그것을 사랑하지 않을 수 없었다.

노여워하면 노여워하는 대로, 평화로우면 평화로운 대로 바다는 사랑과 고마움의 대상일 뿐 두려움이나 미움의 대상이 아니다.

류가 왜 그렇게 미친 것처럼 바람을 맞고 파도와 싸우는지 장소삼은 물론 수아나 해왕이는 알지 못했다. 하지만 그가 지금 그렇게 할 수밖에 없다는 어떤 형편이 어렴풋이 느껴지는 것이어서 그들은 걱정스런 얼굴로 류를 지켜볼 뿐이었다.

류의 원양지기는 드디어 제 스스로 혈맥을 따라 움직이며 그곳에 채워져 있던 태음전유의 음기들을 몰아내기 시작했다.

동천일괴 엄수량은 일 년을 이야기했는데, 이대로라면 반 년도 채 되기 전에 류의 원양지기는 완전해지고, 그전보다 더욱 왕성해질 것만 같았다. 어쩌면 유허비결에 대한 그의 경지가 더욱 높아졌기 때문인지도 모른다.

"또 떠나려는 거지요?"

바람이 잔잔해진 다음날, 범바위에서 내려오는 류 앞에 불쑥 나타난 수아가 그렇게 말했다.

"그래야 할 것 같아."

그녀의 쓸쓸해진 얼굴을 물끄러미 바라보던 류는 그 말밖에 달리 할 수가 없었다.

수아의 두 눈에 눈물이 어렸다. 그것이 막 떠오르는 아침 해를 담고 반짝인다.

류가 그녀의 작은 어깨를 가만히 끌어당겼다. 겁먹은 토끼처럼 그녀가 류의 가슴에 안겨 파르르 떤다.

"나는 아직 저 바깥 세상에 남겨두고 온 일들이 있거든."

"알아요."

"……."

"당신이 처음 이곳에 떠밀려왔을 때도 알았고, 지금도 알아요. 당신이 뿌리내릴 곳은 이 작은 마을이 아니고, 내 작은 가슴속이 아니라는 걸 말이에요."

"……."

"당신은 언제나 먼 곳을 바라보지요. 그럴 때마다 나는 내

발밑을 바라볼 수밖에 없었어요. 내가 아는 세상은 발아래의 그것밖에 없는데, 당신이 바라보는 세상은 어쩌면 저 바다보다 더 클지도 모른다는 것. 그걸 느낄 때마다 가슴이 미어져요.”

“수아야, 나는…….”

“말하지 않아도 알아요. 당신이 곧 떠나리라는 걸. 그럴 수밖에 없다는 걸.”

“…….”

“하지만 내가 아는 건 또 있답니다. 당신이 언젠가는 다시 돌아오리라는 걸.”

그녀의 눈이 저 바다처럼 반짝였다.

“지금처럼 지치고 병든 몸으로 돌아온다고 해도 저는 여전히 당신이 돌아왔다는 그걸 기뻐하고 고마워하리라는 걸 제 스스로 잘 알고 있어요.”

“미안해…….”

눈물을 훔친 수아의 얼굴이 햇빛을 받아 밝게 빛났다. 그녀가 활짝 웃으며 류의 차가운 손을 이끌었다.

“가요, 오늘은 아버지가 모처럼 배를 띄우신다고 했어요. 아침을 든든히 먹어둬야 힘을 쓸 거 아니겠어요?”

류는 참으로 오랜만에 장소삼과 함께 배를 탔다. 이곳에 온 지도 벌써 석 달이 되어가지만 그동안은 배를 탈 수 있을 만큼 건강이 좋아지지 않았던 탓이다.

장소삼은 류의 상태에 대해서 제 손바닥을 들여다보듯 잘 아는 것 같았다. 류가 이제는 좋아졌다고 생각했을 때, 장소삼도 '이제는 배를 타도 되겠는걸' 하고 말한 것이다.

장소삼은 차가운 바다 한가운데에서 흔들리는 작은 배에 대한 굳건한 믿음으로 묵묵히 그물을 내릴 준비를 했다.

숙연하고 엄숙한 그의 마음이 보이고, 바다에 대한 경건함이 보인다.

류는 그의 의연한 모습을 보면서 사람이 한 가지 일에 오래 전념하면 저와 같이 깊은 곳에 도달하게 되는 모양이라고 생각했다.

어부는 바다를 알고 대장장이는 쇠를 알며 선비는 글을 알게 된다는 것.

그가 자신의 일에 깊이 통달하면 그것을 통해 깨달은 것은 도(道)라고 해도 좋을 것이다.

제 일을 통해서 세상과 운명과 하늘과 땅의 원리에 저절로 통하게 되니 득도한 것과 무슨 차이가 있을 것인가.

사물을 두루 관통하는 원리.

그것에 통한다는 건 굳이 산중에서 도를 닦는 사람에게만 주어진 특권은 아닐 것이다. 누구나 저의 일상 속에서 그렇게 될 수 있는 것이다.

"오늘은 많은 고기가 잡힐 거야. 힘쓸 준비를 단단히 해

두게.”

장소삼이 밝은 얼굴로 말했다.

“한 번 거친 풍랑이 지나가고 나면 바다가 뒤집히거든. 새 물이 되고, 숨어 있던 먹이들도 각 드러나 많아지니 고기들은 정신이 없지.”

“세상일도 그와 같을까요?”

“모르긴 하지만 크게 다르지 않을 거야. 큰 전란이 한 번 휩쓸고 지나가면 새로운 문물이 탄생하지 않던가. 고초를 이기고 살아남은 사람들은 새로운 세상을 맞이하는 기쁨을 누리게 되지.”

“저에게도 그와 같을까요?”

“나는 자네가 어디에서 무엇을 했는지 모르네. 하지만 그동안 몇 번 자네를 찾아왔던 사람들을 통해서 자네가 위험하고 거친 삶을 살아가고 있다는 건 짐작했지.”

“그렇습니다. 저는 강호의 밑바닥에서 살았지요. 많은 주검을 보았고, 제 손에도 많은 피를 묻혔습니다.”

“그랬었군. 그러다가 사정이 있어서 이리로 도망쳐 온 게야.”

“세상은 제가 죽은 줄로 알 것입니다.”

장소삼이 빙긋 웃었다. 그는 류에게 아무것도 묻지 않았다. 믿음과 애정이 그렇게 했다.

“그렇다면 자네에게도 아주 사납고 무서운 폭풍이 지나간 것일세. 분명 자네의 앞에는 새로운 기쁨이 기다리고 있을 거야."

"……."

"이 바다의 순환이나 사람의 일이 다르다고는 보지 않네."

"다시 떠나야 할 일이 두렵습니다."

"하지만 그럴 수밖에 없다면 떠나야겠지. 내가 처음에 말하지 않았던가? 자네는 이곳에서 나처럼 그물질이나 하며 살 사람이 아니라고."

"수아에게도 정말 미안하고요."

"그 아이에게는 그 아이대로의 삶이 있다네. 어려서는 부모에게 의지하지만 커서는 스스로에게 의지할 수밖에 없는 거지."

오히려 그 말에 더 미안해진다.

장소삼이 고개 숙이고 있는 류의 어깨를 두드려 주었다.

"하하하, 너무 미안해하지 말고 걱정하지도 말게. 보기보다 수아는 단단하고 야무진 아이라네."

그러나 류는 장소삼의 너털웃음에서 더 큰 안타까움과 미안함을 느끼지 않을 수 없었다.

이렇게 아무 조건 없이, 아무것도 묻지 않고 받아주는 장소삼의 넉넉함과 잊지 않고 첫사랑의 그 마음을 간직하고 있는 수아에 대한 안타까움이고 미안함이다.

"돌아오겠습니다."

류가 불쑥 말했다. 장소삼이 당연한 일이라는 듯 크게 머리를 끄덕였다.

"그렇게 하고 싶으면 그렇게 하게."

"다시 돌아온다면 그때는 떠나지 않고 이곳에서 장 아저씨와 함께 배를 몰고 그물을 내리며 평생을 살겠습니다."

"하하, 나야 좋지. 기다림세. 그건 그렇고, 힘을 조금 더써. 그쪽 그물이 자꾸 처지잖나."

닷새 연속해서 만선을 이루었다. 한겨울의 그물질이라고는 믿을 수 없는 어황(漁況)이다.

그물을 끌어 올리는 류의 손아귀 힘이 어제가 다르고 오늘이 달랐다. 닷새째가 되었을 때 장소삼이 이마의 땀을 훔치며 웃었다.

"정말 놀랍군. 처음 왔을 때도 그렇더니 지금은 더 놀라워."

"뭐가 말씀입니까?"

"자네의 회복력 말일세. 처음 이곳에 왔을 때를 기억하나?"

"어찌 그걸 잊을 수 있겠습니까."

"그때 자네는 죽은 사람이나 다름없었지. 다들 자네가 죽었다고 했어. 그런데 열흘이 못 되어 툭툭 털고 일어나더니 스무 날쯤 되었을 때는 지금처럼 무서운 힘으로 그물질을 했지. 그리고 떠났네."

"그 말씀은……."

"자네 길을 갈 때가 되었다는 거야. 자네가 있든 없든 우성 촌은 달라지지 않을 것이고, 수아와 내 마음도 그래. 그러니 안심하고 떠나게."

"미안합니다."

류가 진심으로 말하고 머리를 숙였다.

장소삼과 수아를 대하면 그 말밖에는 할 수가 없었다. 살아가면서 이처럼 마음이 깊고, 큰 은혜를 아무렇지도 않게 베푸는 사람을 또 만날 수 없을 것이다.

하지만 그들을 위해서 류는 아무것도 해줄 게 없었다. 그들이 원하는 건 평화일 뿐이지 류와 같이 뛰어난 무공으로 활약해 줄 사람과 그런 때를 원하지 않기 때문이다.

*　　　*　　　*

많은 눈이 내렸다.

좋은 징조다.

하늘에 가득한 검은 구름들이 천천히 서쪽으로 흘렀다. 그것도 좋은 징조다.

봄이 다가오고 있다는 것 아닌가.

차가운 겨울 바다의 출렁거림이 내려다보이는 언덕.

류는 멈추어 서서 한참이나 그 바다를 바라보았다. 눈으로 인사를 하는 것이다. 마음에 그 바다를 가득 담는 것이다.

온 세상이 흰 눈에 덮여 아득하고, 사슴 한 마리가 숲에서 경중거리며 뛰어나왔다가 류를 보고 멈추어 섰다.

그것도 좋은 징조다.

그놈의 크고 맑은 눈이, 허연 콧김이 마음을 따뜻하게 해준다.

류는 우성촌에서 보낸 지난겨울 동안 그 어느 때보다도 따뜻한 마음으로 충만해질 수 있었다. 우성촌이 그를 언제나 품어주고, 장소삼과 수아, 해왕이가 그의 거친 마음을 언제나 사랑으로 채워주었던 것이다.

그것을 가득 품고 다시 돌아가는 길은 그래서 행복했다. 두려움이나 초조함은 없다.

류가 눈으로 바다와 작별을 하고 돌아섰다. 발에 밟히는 뿌드득거리는 소리를 들으며 흰 눈 벌판 위에 제 발자국을 찍어간다.

두어 번 머리를 끄덕인 사슴이 펄쩍 뛰어 소황평으로 달려 내려갔다. 그리고 하늘에서부터 내려온 듯 갑자기 들려오는 짜랑짜랑한 소리가 걸음을 붙잡았다.

"기다리세요!"

수아였다.

그녀가 손을 흔들며 마구 달려오고 있었다.

류는 흰 눈을 가득 이고 우산처럼 펼쳐진 커다란 소나무 아래에 멈추어 섰다. 흰 입김을 호, 호, 내불며 빨갛게 언 볼을 하고 사슴처럼 달려오는 그녀를 바라본다.

"그렇게 말도 없이 떠나다니……."

가쁜 숨을 할딱이며 서운함 가득한 눈으로 바라보는 그녀 앞에서 류는 아무 말도 할 수 없었다.

두 사람의 눈길이 한동안 서로를 붙들었다. 놓아주지 않는다.

"받으세요."

한참 만에야 수아가 류에게 보퉁이 하나를 내밀었다. 내내 가슴에 품고 있던 그것에서 그녀의 따뜻한 체온이 묻어온다.

"옷이에요. 날이 더 추워질 거라고 아버지가 말했어요."

"……."

류는 지난 열흘 남짓 수아의 방에 밤늦도록 불이 켜져 있던 걸 생각했다. 따뜻한 겨울옷을 제 손으로 만들어 입히고 싶었으리라.

하지만 그녀는 류가 그것을 입고 활짝 웃는 모습을 볼 수 없었다. 갑자기 떠났기 때문이다.

보퉁이를 받아 들며 류는 아무 말도 하지 않았다. 할 수 없었다.

그녀의 검은 눈을, 젖어가는 그것을 가만히 바라보아 줄 뿐이다.

"약속해 주세요!"

그녀가 스쳐 가는 류에게 소리치듯 말했다. 류는 걸음을 멈추지 않았다. 한 번 멈추면 영영 떠나지 못하게 될 것 같아서이다.

스무 걸음쯤 멀어졌을 때 등 뒤에서 그녀의 외치는 소리가 다시 들려왔다.

"돌아온다고 약속해 줘요!"

류는 끝내 말하지 않았다. 저 발자국을 남기며 점점 멀어질 뿐이다.

그가 남긴 발자국이 하나씩 늘어날 때마다 수아의 가슴에는 슬픔과 서러움이 그만큼의 흔적이 도어 쌓였다.

류의 모습이 점점 작아지더니 한 점이 되어 소황평 저 끝으로 가라앉는다.

"돌아올 거야. 그렇게 약속한 거야."

수아는 류가 대답했다고 믿었다.

'돌아오겠어. 너에게로 다시 돌아올게.'

그렇게 말하는 소리를 가슴 가득 들었던 것이다.

*　　　*　　　*

옷 보퉁이를 펼치자 잘 마름질된 솜옷 한 벌과 함께 비단

주머니가 나왔다. 스무 냥이나 되는 은자가 들어 있다.

"이런!"

류가 당황하여 혀를 찼다. 이럴 줄 알았다면 받지 않았을 것이다. 그들에게 한 냥의 은자가 얼마나 소중한 건지 누구보다 잘 알기 때문이다.

수아 혼자서는 이 많은 돈을 만들지 못했을 것이다. 장소삼의 마음이다.

"신세를 졌다."

그것 앞에서 눈을 감고 한동안 침묵하던 류가 그렇게 말했다.

마음의 빚. 그건 언제나 남는다. 아무리 갚아도 줄어들지 않는 것이다.

내 마음으로 돌려줄 수밖에 없다.

류는 제남성을 오십 리 앞에 둔 소류현(紹榴縣)에 와 있었다.

황하에 의지해 있는 작은 현인데, 눈마저 많이 내려 쌓였으니 인적이 뚝 끊어졌다.

객잔의 이층 창가에 앉아 바라보는 거리가 온통 하얀 눈뿐이었다.

멀리 버드나무들이 줄지어 서 있는 제방이 보였다. 그 아래 황하가 느릿느릿 흐르고 있다. 강폭이 오 리쯤 되는 넓은 그 강도 이 추위에는 꽁꽁 얼어붙어 있을 것이다.

다음날 아침 일찍 객잔을 나선 류는 황하 앞에 섰다. 과연 강물은 두텁게 얼고 눈에 덮여 어부들의 종적이 끊겼다.

드문드문 새벽에 나온 낚시꾼들이 얼음에 구멍을 뚫고 앉아 물고기를 기다리고 있을 뿐. 오가는 사람 하나 없다.

흰 눈에 덮여 평야처럼 보이는 넓은 강. 이런 날 그것을 건널 수 있는 방법은 하나뿐이다.

성큼 강 위로 내려선 류는 단단한 얼음장 위를 걸어나갔다.

"이봐, 아직 가운데는 얼음이 두껍지 않을지도 몰라!"

저쪽에 있던 낚시꾼 한 사람이 그런 류를 보고 소리쳤지만 류는 들은 척도 하지 않았다.

과연 강 복판으로 나아갈수록 발밑에서 얼음장이 쩡, 쩡, 하는 소리를 냈다.

쫘드득, 하고 갈라지는 소리가 허공에 울리고 나면 터덩, 텅, 텅— 하는 여운이 얼음 밑으로 멀리까지 낮고 무겁게 달려갔다. 마치 물속에 있는 동신이 으르렁거리는 것 같은 소리였다.

밤중에 강물이 얼거나 녹는 소리는 용틀임하는 소리처럼 커다랗게 들린다. 씨이이— 하고 숨 쉬는 듯한 그 소리를 들으면 아이들은 무서워서 이불을 뒤집어쓰곤 했다.

강 복판에 서서 류는 어릴 적 들었던 그 소리를 떠올렸다. 어머니의 얼굴은, 아버지의 얼굴은 기억 속에 희미하지만 그 소리만큼은 지금도 잊을 수 없었다. 그만큼 무섭고 기이했던 것이다.

저 소리가 들리지 않게 해달라고 하면 가슴에 꼭 품고 달래 주던 어머니의 체취가 느껴지는 것 같았다. 허허, 웃던 아버지의 웃음소리도 귓가에 맴돈다.

그때의 그 소리가 지금 발밑에서 들리고 있었다.

류는 제가 수많은 세월을 훌쩍 되돌아가 행복했던 어린 날의 한가운데 서 있는 것 같았다.

불행이 너무 갑자기, 그리고 너무 일찍 닥치기 전까지 그날들은 얼마나 행복하고 따뜻했던가.

그리고 지금, 이렇게 드넓은 강 한복판에 홀로 서서 얼음 갈라지는 소리를 듣는다.

그때로부터 살아온 저의 모든 삶들이 쩡, 쩡, 하는 소리를 내며 으르렁대고 있었다. 고난과 치욕과 분노와 좌절의 날들이었다. 더 이상 행복했던 시절은 없었다.

하지만 이제는 아니다.

"나는 더 이상 좌절하지 않을 것이다. 나는 더 이상 비관하지 않을 것이다. 나는 더 이상 불행해지지 않을 것이다."

쩡, 쩡, 꽈드드드—

"그리고 나는 더 이상 죽지 않을 것이다."

두려움 따위는 없다.

제 앞길에 놓여 있는 위험을 헤쳐 나가듯 류가 다시 성큼성큼 얼음장 위를 걸어나갔다. 그것이 더욱 무서운 소리를 내며 위협하고 경고하지만 무시한다.

류는 제 운명의 강을 그렇게 터벅터벅, 당당하고 거리낌없이 건너간 것이다.

第十二章

나는 어둠이다

第十二章

덥수룩하게 수염을 기르고 털모자를 깊숙이 눌러쓴 사람.

깡마른 몸을 두터운 솜옷으로 가렸으니 그가 류라는 것을 알아볼 사람이 없었다.

류는 그런 차림으로 황룡문의 높은 성벽이 바라보이는 제남부 서쪽 연자산(燕子山) 아래를 태연히 지나갔다.

그곳에서 잠시 머물렀던 낱들이 즈마등처럼 스쳐 가지만 외면했다. 낯익은 얼굴들도 애써 생각하지 않았다.

언젠가는 다시 만나게 될 사람들일지 모른다. 하지만 그때의 나와 지금의 나가 다르듯, 다시 만나게 되는 사람들은 그때의 그 사람들이 아닐 것이다.

길을 가는 동안 류는 은밀히 지존보의 일을 탐색했다.

그곳의 일을 아는 사람들은 많지 않았다. 그것도 강호의 무리가 아니라 일반 백성이라면 더욱 그렇다. 그들은 아예 모른다고 해야 할 것이다.

하지만 그들에게서도 알아낼 것은 있었다. 바로 지난겨울 내내 지존보에서 나온 무리는 없다는 것이었다.

오십 명씩, 백 명씩 무리 지어 보를 나온다면 민간 백성들의 호기심을 끌지 않을 수 없고, 소문이 떠돌게 마련이었다. 하지만 어디에서도 그런 말들은 들을 수 없었다.

'그렇다면 봄이다.'

류는 그렇게 생각했다.

염가연에 대한 생각이다.

그녀가 보에 돌아온 즉시 난향원에 갇히다시피 했다는 건 뇌옥에 들기 전에 이미 알았던 일이다.

지금쯤은 그녀의 마음도 어느 정도 안정이 되었을 것이고, 그렇다면 한곳을 찾아갈 것이라고 믿었다.

바로 저와 함께 갔었던 그 바닷가다.

처음 본 바다. 그리고 처음 사랑을 이야기했던 곳.

염가연은 반드시 그곳을 다시 찾아갈 것이다.

그래서 제 마음을 결정할 텐데, 류는 그것이 저를 잊고 정리하기 위한 것일지, 아니면 추억을 되새기기 위한 것일지까지 짐작할 수는 없었다. 어쨌든 그녀가 지존보를 떠난다면,

그래서 그 바다로 향한다면 그때가 기회라고 생각했다.

류는 사냥꾼의 심정이 되어서 기다렸다.

지존보를 나온 그녀가 택할 길 또한 처음 자신과 함께 갔던 그 길일 것이라고 믿었다. 그래서 가장 좋은 장소인 이름없는 벌판을 길목으로 택한 것이다.

그녀와 검기령의 청년들이 함께 지나갔던 곳이고, 그때의 추억을 그녀가 잊을 리 없기 때문이다.

지난가을에 그들은 그대로 벌판을 지나쳐 제남부중으로 들어갔지만, 류는 염가연이 이번에도 그렇게 하리라고는 여기지 않았다.

제남부중에서 며칠씩이나 따뜻하게 지냈던 일을 떠올렸기 때문이다. 염가연은 제남부를 지나쳐 곧장 바다로 향하는 길을 택할 것이다.

그때와 똑같은 시간, 똑같은 길을 택해서 온다면 이 벌판에 이르렀을 때 날이 저물 것이다. 그러면 염가연은 야영을 할 것이라고 믿었다.

류는 벌판이 잘 내려다보이는 야산 기슭에 움집을 지었다. 그 속에 들어앉아 유허비결을 운기하고 텅 빈 벌판을 바라본다.

어쩌면 봄이 채 오기 전에 그녀가 올 수도 있고, 아니면 제 짐작이 틀렸을 수도 있다.

하지만 류는 기다렸다.

온 산에 꽃들이 울긋불긋 피어나기 시작할 때까지로 작정하고 끈질기게 기다리기 시작한 것이다.

겨울이 물러가고 있는 게 하루하루 느껴지는 날들이었다.

차갑고 높던 하늘이 낮게 내려앉았다.

머지않아 황사가 불어닥칠 것이다. 그러면 하늘도 땅도 온통 누렇게 변해 버린다. 그 적막하고 황량한 날들 속에서는 바다마저도 누렇게 바래서 침묵한다.

염가연이 만약 그 바다로 다시 향한다면 황사가 닥치기 전일 것이라고 생각했다.

얼마 남지 않은 것이다.

그리고 그런 류의 생각이 맞았다는 게 며칠 뒤 증명되었다.

이월이 거의 지나가는 날이었다.

따뜻한 바람이 나뭇가지마다 물을 틔우고, 겨우내 얼었던 땅이 풀려 질척거릴 무렵이다.

양지 쪽에서는 파릇파릇 새싹들이 머리를 내밀기 시작하는 그때에 류는 서쪽에서 다가오는 한 무리의 기마 행렬을 보았다.

그들이다.

저물어가는 무렵.

둥지를 떠났던 새들이 재재거리며 돌아오는 그런 무렵.

땅거미가 재색 그늘을 빠르게 드리워 오는 그 무렵에 그들은 흰옷을 반짝이며 다가왔다.

오십 명의 기마무사들.

류는 그들이 백천수호대의 청년들이라는 것을 알았다. 검기령 대신 표기령(彪旗嶺)의 깃발이 높이 솟아 펄럭이고 있었다.

그 한가운데 휘장을 두텁게 친 마차가 있다. 류는 그 안에 있는 사람이 염가연이라는 걸 직감으로 알았다. 그의 예상대로 그녀가 바다를 보기 위해 지존보에서 나온 것이다.

멀리서도 표기령주인 구양준(九陽俊)의 모습을 알아볼 수 있었다. 그는 유일하게 금빛 단갑으로 두장하고 있었던 것이다.

그리고 그들과 오 리쯤 거리를 두고 일백 기의 기마대가 또 따랐다. 화천비룡대의 기마전사들이다.

어쩌면 그 뒤에는 또 다른 일단의 기마대가 천천히 따르고 있을지도 모른다.

지난가을에 호되게 당한 경험이 있는 지존보에서 이번만큼은 만반의 경호를 했을 것이다. 염가연이 휘장을 내린 마차 속에 들어앉아 있는 것만 봐도 알 수 있는 일이었다.

어둠이 낮게 깔려오는 벌판에서 그들의 행렬이 멈추었다. 역시 류의 예상대로였다.

염가연은 제남부중에 들어가려 하지 않았고, 이 벌판에서의 야영을 지시했다.

영주인 구양준의 호통 소리가 들리기 무섭게 표기령의 검사들이 부지런히 야영 준비를 했다.

산속에서 그들을 바라보며 류는 염가연이 과연 추억을 더 듬어가고 있다는 걸 확인했다. 그렇다면 그리움 때문이고 안타까움 때문일 것이다.

그건 그녀가 아직도 나를 잊지 못하고 있다는 것에 다름이 아니다.

류의 가슴이 실로 오랜만에 쿵쾅거리며 뛰었다.

'약속을 지키겠어. 너를 자유롭게 해주겠어.'

나뭇가지 사이에 몸을 감추고 훔쳐보면서 그렇게 속삭였다. 자신의 마음을 그녀에게 전하는 것이다.

모닥불 타는 냄새. 구수하게 고기가 구워지고 밥이 익는 냄새가 벌판 멀리 퍼져 나간다.

오십 명의 표기령 검사는 영주의 명에 일사불란하게 움직였다.

일부는 야영과 식사 준비를 하고, 일부는 사방으로 흩어져 경계에 들어갔으며, 나머지는 그들의 원진 한복판에 천막을 세웠다. 말과 마차를 한꺼번에 덮어버리는 커다란 천막이다.

그것이 세워지자 표기령의 깃발을 내걸고 삼엄하게 경계를 선다. 안팎으로 두 겹의 경호진을 친 것이다.

'이상해.'

염가연은 이상한 일이라고 생각했다.

부축해 주는 시비의 손을 잡고 마차에서 내려오는 발걸음이 까닭없이 허둥거려지고, 가슴이 무엇에 놀랐을 때처럼 두근두근 방망이질쳤다.

"이상해."

다시 중얼거리는 그녀의 슘소리가 높아지고 얼굴은 창백해졌다.

"각주님, 어디 불편하신 데라도 있나요?"

시비가 근심스런 얼굴로 물었다.

손을 저어 그녀를 물리친 염가연이 가만히 천막의 문을 들추고 밖을 내다보았다.

이제는 완연히 짙어진 어둠 속이다. 여기저기 모닥불이 활활 타오르고, 부지런히 왔다 갔다 하는 표기령의 청년 무사들이 보였다.

그녀가 천막을 나왔다. 그 순간 모든 움직임이 뚝, 멎었다. 청년들의 눈길이 일제히 그녀에게로 향한다.

"나오시면 안 됩니다."

표기령주 구양준이 급히 달려와 굽실하고 그렇게 말했다. 완강한 어투다.

"이상해요."

염가연이 꿈을 꾸듯 몽롱해진 얼굴로 중얼거렸다.

"예?"

"누가 나를 부르는 것만 같아요. 저기 누가 있어요."

깜깜한 어둠 속을 멍하니 바라본다.

구양준이 내심 혀를 찼다. 그녀에 대한 안타까움과 연민으로 쓸쓸한 마음이 되었다.

'겨우내 옥봉각 문을 닫아걸고 꼼짝하지 않더니 정신이 오락가락하는 모양이군.'

얼마나 마음에 한이 깊었으면 저 지경이 되었을까, 하는 생각에 구양준은 침통해졌다.

이 꽃이 시샘을 할 미녀로부터 그처럼 깊은 사랑을 받고 있는 류가 부러워졌다.

이제 그녀가 류를 사랑한다는 건 비밀이 아니었다. 지존보의 사람이라면 모두 알고 있다.

죽어버린 그놈을 아직도 잊지 못해 이처럼 먼 길을 나선 그녀.

모두는 그녀에 대해서 안타깝고 불쌍해하는 마음들을 가졌다. 그녀를 바라보는 얼굴에 슬픈 기색으로 떠오른다.

염가연이 구양준의 만류를 뿌리치고 천천히 진중을 걸었다. 무엇을 찾는 듯 이곳저곳을 둘러보고 머리 위의 별을 살폈다.

그녀의 발길은 진의 남쪽으로 향했고, 타오르는 모닥불 곁에서 멎었다.

두리번거리더니 몇 개의 돌무덤이 있는 곳에 우뚝 서서 멍하니 하늘을 바라보았다.

"각주, 무엇을 하는 겁니까?"

구양준이 낯을 찌푸리고 묻지만 그녀는 천천히 구름이 흘러가는 밤하늘을 바라보기만 할 뿐, 그의 말을 듣지 못한 것 같았다. 몰입해 있다.

"있다! 있어!"

그녀가 갑자기 희열에 찬 외침을 터뜨렸다.

구름장이 갈라지며 반짝이는 별무리가 드러났던 것이다. 우유를 엎지른 듯 선명하게 지나가고 있는 은하수.

그것을 보고 희열에 들떠 소리치는 염가연을 본 사람들은 모두 어이가 없었다. 과연 옥봉각주가 실성했다고 생각한다.

하지만 염가연에게 저 밤하늘과 은하수, 그리고 머리 위에서 반 뼘쯤 왼쪽으로 치우쳐 반짝이는 삼성(參星)은 그 어떤 보물보다 소중한 것이었다. 바로 류와의 추억이 깃들어 있기 때문이다.

'그래, 이 자리야. 여기서 그와 쉬어갔었지.'

돌무덤 곁에서 염가연은 류와 함께 있었던 그 밤을 떠올리고 있었다. 그때도 지금처럼 머리 위의 저 별들과 은하수를 보았었다. 바로 이 자리였다.

그래서 그녀는 시간과 공간을 뛰어넘어 곧장 그때의 그 어둠 속으로 빠져 들어갔다.

그리고 거기에서 류의 음성을 가슴 가득 들었다.

‘기다려. 내가 곧 갈게. 가서 너를 자유롭게 해줄게. 너에
게 내가 보고 온 바다 이야기를 해줄게.’

＊　　　＊　　　＊

또 한 사람.

추억을 잊지 못하고, 그 한을 잊지 못하고, 원망을 아직 가
슴에 품고 있는 또 한 사람이 어둠 속에서 짐승처럼 엎드려
벌판을 노려보고 있었다.

검은 옷을 입었고, 얼굴이며 손에 흙칠을 해서 가만히 엎드
려 있으면 어둠으로 보일 뿐이다. 그 어둠 속에서 두 개의 눈
만 하얗게 반짝인다.

“내 손으로 죽이고 말겠어.”

야무지게 다문 입술 사이로 스산한 중얼거림이 새 나왔다.

단목향이었다.

그녀의 모습은 몰라보게 달라져 있어서 밝은 날 보았다고
해도 그냥 지나쳤을 정도였다.

지난 반년여 동안 많은 고생을 한 게 깡마른 그 얼굴과 짐
승처럼 차갑게 번쩍이는 눈에서 드러났다.

“사마귀 같은 년.”

단목향이 다시 중얼거렸다. 말투에 묻어나는 지독한 적의
와 살기에 그녀를 둘러싸고 있는 어둠이 부르르 진저리를 치

며 물러나는 것 같다.

그녀는 류가 죽었다는 소식을 들었다. 신분을 감추고 지존보 주위를 맴돌다가 객잔에서 하급 무사들이 떠드는 말을 통해서였다.

그곳에 있던 주객들 중 누구도 류가 어떤 자인지 알지 못했고, 그래서 그들의 말에 귀를 기울이지 않았지만 단목향은 그럴 수 없었다.

'류가 죽었다.'

그 말이 청천벽력처럼 그녀의 가슴을 두드렸던 것이다.

'바보, 내 말을 듣지 않더니 결국 그렇게 되었군.'

염가연 곁에 붙어 있으면 죽게 될 거라고 몇 번이나 경고해 주었던가.

류가 끝내 고집을 부리다가 죽었다는 게 당연한 일로 여겨지면서, 그래서 더욱 분노가 치솟았다.

'그년은 요녀야. 세상에 살아 있으면 해가 될 뿐이다.'

그런 마음은 복수심을 치장하기 위한 수단에 지나지 않았다.

류를 죽음으로 몰아갔다는 것. 그리고 대사형 정취경도 그렇게 했다는 것. 단목향은 그것을 용서할 수 없었다.

'죽이고 말 테다.'

그래서 복수해 주겠다고 단단히 결심하고 그들의 뒤를 미행하기 닷새.

몇 달 전 지나갔던 그 벌판에서 야영하는 그녀를 보고 바로 이곳에서 하겠다는 결심을 세운 것이다.

밤이 깊었다. 괴괴한 적막이 장막처럼 드리웠고, 벌판을 밝히며 활활 타오르던 모닥불들도 시들해졌다. 곧 새벽이 올 것이다.

경계를 서는 표기령의 청년들에게 지루함과 피곤이 몰려올 시간이기도 하다.

이때라고 생각한 단목향이 몸을 일으키다가 엉거주춤 멈추었다.

'저건?

오른쪽 숲에서 조심스럽게 기어나오고 있는 시커먼 그림자 하나를 본 것이다. 산짐승 같기도 했다.

그것이 차가운 대지에 배를 깔고 뱀처럼 꿈틀거리며 표기령의 진 가까이 다가가고 있었다.

'또 다른 암습자?

단목향은 불쑥 호기심을 느꼈다.

자기 말고도 누가 또 염가연을 노리는 것인지 궁금해진다. 혹시 마교의 무리가 다시 기습을 하려는 건가? 하는 생각도 들었다.

하지만 그들이 바보가 아닌데 똑같은 짓을 거듭할 리가 없다.

조금 더 두고 보자는 생각으로 다시 몸을 웅크렸다. 그리고 신경을 곤두세워 그 괴한의 움직임을 지켜보던 단목향이 '억!' 하고 속으로 놀란 외침을 터뜨렸다. 제 입을 틀어막고 눈을 부릅뜬다.

경계를 서는 표기령의 청년 검사들 중 아무도 그것을 보지 못했지만 그녀는 똑똑히 볼 수 있었다.

낮은 둔덕을 뱀처럼 타 넘은 괴한이 기척을 느끼고 돌아서는 청년 검사에게 와락 달려드는 것을. 뒤에서 그의 목을 단번에 비틀어 버리는 것을.

그자는 영문도 모르는 채 신음 소리 하나 내지 못하고 털썩, 쓰러졌다.

괴한이 그를 받아 돌무더기에 기대어 앉히는 것이 침착하기 짝이 없었다. 멀리서 본다면 새벽녘의 졸음을 견디지 못하고 잠들어 버린 것 같으리라.

이제 괴한은 재빠르게 움직였다. 몸을 낮추고 토끼처럼 소리없이, 날렵하게 뛰어 천막으로 다가간다.

천막을 지키던 두 명의 청년 검사가 그의 존재를 눈치 챘다. 하지만 그들은 누구냐고 소리치지 못했다.

괴한이 바람처럼 달려들며 두 손을 내뻗었는데, 어떻게 한 건지 두 청년 검사는 신음 소리도 내지 못하고 쓰러져 버렸다.

괴한은 그들의 몸도 천막에 기대어 놓았다. 그리고 물이 스며들 듯 천막의 아랫단을 들추고 그 안으로 사라졌다.

기둥에 걸려 있는 유등의 심지가 가물거렸다. 침침한 어둠 저쪽에 간이 침상이 있고 휘장이 드리워져 있었다. 그 안에 누워 있는 사람의 모습이 흐릿하게 투영된다.

야위었다. 이불 밖으로 드러난 얼굴과 손이 몰라보게 야윈 모습이다.

류의 눈자위가 시큰해졌다.

주춤거리며 다가가 막 휘장에 손을 댔을 때였다. 천막의 문이 펄럭거리고 열리더니 시비가 추운 몸을 웅크리고 들어왔다. 자다 일어나 소피라도 보고 들어오는 건지도 모른다.

그녀가 휘장 앞에 서 있는 시커먼 괴한을 보았다.

"꺄악!"

잠깐 어리둥절하더니 이내 찢어질 듯한 비명을 터뜨렸다.

'이런!'

낭패한 순간, 휘장 안에서 염가연이 이불을 박차고 뛰어 일어났다.

핏!

짧은 파공성.

류는 크게 당황했다. 급히 얼굴을 돌리자 뺨을 선뜻하게 하며 한 자루 비도가 스쳐 갔다.

반응이 조금만 늦었어도 그대로 미간을 꿰뚫리고 말았을 놀라운 솜씨.

그 꼴이 되는 걸 겨우 면했지만 류의 볼에는 한줄기 상처가
남았다.

"웬 놈이냐!"

염가연의 날카로운 호통 소리는 그 뒤에야 들려왔다. 그리
고 다시 세 개의 비도가 휘장을 뚫고 빗살처럼 쏘아져 온다.

빠르고 맹렬하다. 그리고 무엇보다 정확하다. 그것에 실려
있는 역도(力度)가 공기를 흔들고, 그것의 파문이 살갗에 아
프도록 느껴진다.

놀라고 있을 새가 없다.

류가 급히 몸을 뒤로 눕혀 등을 바닥에 닿을 듯이 한 채 한
바퀴 맴돌았다.

핏, 핏, 핏!

세 자루의 비도가 꼬리를 물고 유성처럼 흘러가는 게 언뜻
보인다.

놀란 류가 휘장에서 펄쩍 뛰어 물러났을 때, 염가연도 크게
놀라고 있었다.

"아!"

낮은 외침을 터뜨렸다. 낯익은 움직임을 괴한에게서 본 것
이다.

그녀가 아는 한 그와 같이 긴첩하고 부드러운 움직임을 보
이는 사람은 오직 한 사람이 있을 뿐이었다.

"다, 당신?"

믿을 수 없어서 멍하니 바라보는데, 영문을 모르는 시녀가 다시 비명을 터뜨렸고, 천막의 사방이 찢어지며 요란한 소리를 냈다.

"잡아라!"

어느새 달려온 표기령주 구양준이 검을 뽑아 들고 소리쳤다.

경계를 서고 있던 십여 명의 청년 검사가 일제히 뛰어들자 천막 안은 발 디딜 틈도 없이 되었다.

씨잉—

그들의 검이 밀려들었다. 예리한 검세가 상하좌우를 빈틈없이 노린다.

류는 잠깐 갈등했다.

낯익은 자들이다. 비록 친분을 쌓지는 않았지만 한때 같이 백천수호대에 속해 있던 자들인 것이다.

표기령주 구양준과는 묵은 감정이 없지도 않았다. 하지만 이 젊은 검사들과 자기는 아무 상관도 없다.

손을 쓰면 죽여야 한다. 과연 그래야 할까? 하는 망설임.

번갯불처럼 스쳐 지나간 그 찰나의 망설임이 류를 위기 속으로 몰아 떨어뜨렸다.

피잉—

검끝이 아슬아슬하게 콧잔등을 스쳐 지나갔다. 그것에 실려 있는 파동이 살갗을 찢어놓았다.

‘죽을 수도 있다. 이자들은 조금도 망설이지 않을 것이다.’

류는 거기에서 갈등을 멈추고 생각을 멈추었다.

그 순간,

팟!

그의 발이 튕겨진 듯 쳐 올라갔다. 옆에서 달려들기 위해 막 몸을 멈춘 놈의 무릎에 걸린다.

빠직!

마른 나뭇가지가 밟혀 꺾어지는 소리.

“억!”

그놈이 비명을 터뜨리고 목을 앞으로 기울였다. 류의 쇠갈퀴 같은 손이 그자의 목을 움켜쥐었다.

꽈드득!

손아귀 안에서 목뼈가 바스러진다.

그리고 그놈의 몸이 방패가 되어 류를 가렸다.

퍽, 퍽, 퍽!

세 개의 검봉이 멈출 새도 없이 동료의 몸을 찔렀다.

당황하여 멈칫거리는 청년들.

역시 애송이들이라는 비웃음이 절로 났다. 그리고 류는 그들의 망설임에 죽음으로 교훈을 내려주었다.

빡!

‘목숨이 오락가락하는 순간이다, 이 멍청이들아!’

빠악!

'넌 죽은 거야!'

꽈드득!

'멈칫거린 순간에 이렇게 말이다!'

세 놈이 비명 한 번 터뜨리지 못하고 흐물거리며 무너졌다.

류는 이제 두 손에 검을 들었다. 불귀의 객이 된 자들로부터 탈취한 것이다.

순식간에 죽어 널브러진 네 명의 주검 한가운데 우뚝 서 있다.

두 자루의 검이 유등의 불빛을 쨍, 하고 튕겨냈다.

헐렁한 옷으로 몸을 가렸고, 무성한 수염이 나 있으며, 머리에는 모자를 푹, 눌러썼다. 그 아래에서 무시무시한 눈빛만 차갑게 번쩍이는 자.

그가 류라고 생각하는 자는 한 명도 없었다.

오직 한 사람. 휘장 안에서 그 모든 광경을 넋을 잃은 채 바라보고 있는 염가연만이 불쑥 그를 떠올렸을 뿐이다.

'그, 그가…… 왔다고?'

저의 그런 생각 자체를 믿을 수 없다. 그래서 그녀는 더욱 얼이 빠졌다.

"쳐라!"

순식간에 벌어진 일에 어리둥절하던 구양준이 사납게 외치며 검을 휘둘러 앞장서 쳐들어왔다.

창!

류가 왼손의 검을 가볍게 휘둘러 그것을 쳐냈다. 한 걸음을 성큼 내딛는다.

“이놈!”

구양준이 이를 갈았다. 손목에 부르르 전해지는 충격을 애써 감추며 옆으로 돈다.

류는 한마디 말도 하지 않았다. 번쩍이는 눈으로 재촉한다.

‘와봐, 자신있으면 와서 내 목을 쳐봐.’

비웃는다. 그래서 구양준은 치욕을 맛보았다. 죽을지언정 부끄러운 꼴을 보일 수 없다는 일념.

“이얍!”

그가 절규하듯 외치며 와락 달려들었고, 류의 우검(右劍)이 우아한 호선을 그리며 그것에 달라붙었다.

쨍!

불똥이 튄다. 충격을 받고 주춤, 하는 구양준의 목덜미에 좌검(左劍)이 내리꽂혔다.

“끄윽!”

구양준이 기괴한 비명을 흘렸다. 부릅뜬 눈으로 류를 바라보았다.

류는 그의 목으로 반쯤 파고들어 가 단단히 박힌 검을 놓아 버렸다.

구양준이 한 번 비틀, 하더니 풀썩 무릎을 꿇었다.

좌우의 검을 춤을 추듯 번갈아 휘둘러 막고 치는 것이 재빠르고 맹렬한 중에 아름답기까지 했다.

남은 자들의 얼굴에 감출 수 없는 두려움이 떠올랐다.

솟구친 살기. 류는 그것을 가까스로 억눌렀다.

쫘아악―

가벼운 손짓에 휘장이 길게 찢어졌고, 염가연이 멍한 얼굴로 류를 바라보았다.

"가자."

성큼 그녀의 손을 잡는 류.

염가연은 더 이상 반항하지 않았다. 홀린 듯 몽롱해진 얼굴로, 눈으로 류를 따른다.

"너는 갈 수 없다!"

한 놈이 버럭 소리치며 앞을 가로막았다. 악을 쓰듯 하는 외침.

필요없이 큰 소리를 낸 것은 자기 자신의 두려움을 감추려는 짓에 지나지 않다.

"막는 자는 죽는다."

류가 이를 꽉 문 채 중얼거리듯 말했다. 제 목소리를 드러내지 않기 위함이다.

"각주를, 각주를 놓아라!"

"이놈!"

류는 그의 명령에 따르듯 염가연의 손을 놓았다. 그리고 번쩍 사라졌을 때, 그의 검은 이미 그자의 독을 쳐 올리고 있었다.

어깨가 밋밋해진 채 무슨 일인지도 모르고 우뚝 서 있는 주검을 밀쳐 내고 세 걸음을 걸었다.

파파팟!

한 걸음에 한 번씩 검이 뿌려진다.

서릿발 같은 검광이 번쩍이는 곳마다 서걱거리는 끔찍한 소리가 남았다.

지극히 패도적인 기운, 그리고 검세였다.

그가 염가연의 손을 끌고 찢어진 천막 밖으로 나왔을 때 비로소 죽은 자들의 몸뚱이에서 왈칵, 뜨거운 피가 뿜어져 어둠을 붉게 물들였다.

비명과 고함 소리를 듣고 도여든 자들이 몇 겹으로 류를 에워쌌다. 하지만 그들에게는 이제 명령을 내릴 영주가 없었다.

우왕좌왕하는 자들에게서 두려움을 느낄 필요는 없다.

"갈 거지?"

류가 불쑥 등 뒤의 그녀에게 물었다. 늦은 확인이다.

염가연이 정신없이 머리를 끄덕였다.

"그럼 됐어."

짙은 수염과 어둠 속에서 그녀는 씩 웃는 웃음을 보았다. 비로소 확신한다.

'그 사람이야!'

파앗!

싸늘한 검광. 그리고 죽음.

열 걸음을 걷는 동안 열 명이 그렇게 백검의 제물이 되었다.

깡!

가로막았던 검이 수수깡처럼 부러져 날아가고, 류는 톱처럼 되어버린 제 검을 던져 버렸다.

훌쩍, 검림(劍林) 속으로 몸을 던져 넣더니 갈퀴 같은 손을 뻗어 닥치는 대로 한 놈의 목줄기를 움켜쥐었다.

꽈드득!

그놈의 목울대가 호두 깨지듯 할 때 류는 제 것을 되찾듯 그자의 검을 뺏어 들었다.

공수탈백인(空手奪白刃)의 수법이다.

피이잉—

그의 검이 다시 무지막지하게 떨어졌다.

"끄아악!"

처절한 단말마가 이어졌다. 어깨에 비스듬히 박힌 검이 대나무를 쪼개듯 단숨에 가슴까지 쪼개고 내려간 것이다.

류는 단단히 박혀 버린 그것을 빼려는 생각을 버렸다. 선뜻 몸을 돌리더니 오른손을 휘둘러 목을 노리고 찔러오는 검을 그대로 꽉 붙잡아 버린다.

끼기긱!

쇠가 긁히는 역겨운 소리가 났다. 검을 움켜쥔 손아귀에서 천천히 한줄기 선혈이 흘러내렸지만 류는 조금도 개의치 않았다.

퍽!

와락 검을 끌어당기며 휘두른 팔꿈치에 그놈의 턱이 푸석, 꺼져 버렸다. 비명도 지르지 못하고 나팽개쳐진 것처럼 옆으로 처박힌다.

이제 류를 가로막는 자들은 없었다.

몇 번 크게 숨을 쉬는 사이어 스무 경이 넘는 자들이 죽어 버렸다. 그 끔찍함 앞에서 남은 자들은 넋이 빠졌고, 류를 뒤따르고 있는 염가연 또한 그랬다.

'귀신이 되어 찾아온 건가?'

불쑥 그런 생각이 들 수밖에 없다.

펑!

요란한 폭음과 함께 신호탄이 하늘 높이 올라가 노란 불꽃을 사방으로 퍼뜨렸다.

오 리 밖에 주둔하고 있는 화천비룡대의 일백 기마대에 위급한 상황을 알리는 것이다.

第十三章

천라지망(天羅之網)

第十三章

　류는 와, 와, 하고 고함을 질러대는 자들을 무시한 채 염가연의 손을 끌고 달려갔다. 말들이 묶여 있는 곳이다.

　두두두두—

　벌판 저 끝에서 대지를 두드리는 말발굽 소리들이 들려오기 시작했다. 땅이 은은히 흔들린다.

　화천비룡대의 기마전사들, 그들이 이쪽의 변고를 알아챈 것이다.

　불과 차 한 잔 마실 만한 시간이 지났을 뿐인데 벌써 대오를 정비해 달려오고 있으니 신속해도 그처럼 신속할 수가 없다.

그들은 백천수호대의 젊은 검사들과 비교할 수 없다. 역전의 노장들이고, 일당백의 용사들이라는 걸 류도 염가연도 잘 안다.

무엇보다도 죽음을 두려워하지 않는 자들이라는 것. 그게 가장 두려운 것이었다.

패도전왕 섭철곤이 그들을 그렇게 만들었다.

"이랴!"

두 필의 말이 한 번 크게 울부짖더니 땅을 박차고 어둠 속으로 달려나갔다. 류와 염가연은 말 등에 찰싹 엎드렸다.

뒤에서 소리를 지를 뿐, 살아남은 표기령의 검사들은 뒤쫓을 엄두도 내지 못했다.

지존보의 말들은 모두가 명마라고 불릴 만한 것들이다. 한 길이 되게 쌓여 있는 돌담쯤은 거침없이 뛰어넘는다.

말은 류가 이끄는 대로 산을 바라보고 무작정 달려갔다. 날이 밝기 전에 조금이라도 더 멀리, 깊숙이 달아나야 한다. 그래야 안심이 된다.

산 아래에 이르자 류와 염가연은 말을 버리고 정신없이 우거진 숲을 향해 뛰어들었다.

류는 자신과 염가연이 기마술로는 절대 화천비룡대의 전사들을 따라가지 못한다는 걸 잘 알고 있었다.

그러니 말을 타고 탁 트인 개활지를 달려간다면 얼마 가지 못하고 붙잡힐 것이다.

하지만 숲이 우거진 곳이라면 상황이 달랐다.

화천비룡대의 기마전사들도 말을 버리고 각자 움직일 수밖에 없다. 일 대 일의 상황을 만들 수 있는 것이다.

류는 그런 상황을 기대했고, 화천비룡대의 무사들은 그것을 원치 않았다.

"전서구를 띄워라!"

산 아래에서 멈추어 선 부장 여진모(呂鎭模)가 분한 숨을 씩씩거리며 울창한 숲을 노려보다가 버럭 소리쳤다.

*　　　*　　　*

"부드득!"

이 가는 소리.

화르르―

삼매진화의 불꽃이 전서를 재로 만들어 버린다.

지존보의 중앙에 있는 대전이었다.

조작량의 눈에서 이글거리는 불길이 뿜어졌다. 정체불명의 괴한이 표기령의 검사들을 살해하그 염가연을 납치해 달아났다는 보고를 접한 것이다.

그가 단 아래에 늘어서 있는 사람들을 둘러보았다. 하나같이 긴장하고 있다.

"누구의 짓이라고 생각하느냐?"

조작량의 물음에 한목소리로 답했다.

"마교의 무리가 분명합니다."

"지난가을에 도발했던 그놈들이 틀림없습니다."

그들은 물론 조작량도 그렇게 생각하고 있었다.

한 가지 의문은, 이번에는 작년과 달리 한 놈이 그 일을 했다는 것이다.

혼자서 표기령의 호위를 뚫고 염가연을 납치해 갔다니 어리둥절해지기도 한다. 얼마나 대담하고 과감한 놈인가. 게다가 고절한 무공까지 지니고 있는 게 틀림없다.

'영리한 놈들.'

조작량은 그놈들이 절대로 만만치 않다고 생각했다.

작년의 일을 잊지 않고 있는 지존보에서 그녀에게 엄중한 경호를 붙일 것을 예상하고 허를 찔렀다고 여긴 것이다.

작년처럼 대규모의 기습을 해왔다가는 오히려 화천비룡대에게 몰살을 당했을 것이다. 그래서 이번에는 한 놈을 침투시켜 기어이 성공했다.

조작량으로서는 그렇게 판단할 수밖에 없었다.

그것이 류가 저지른 일이라는 걸 조작량뿐만 아니라 그 누구도 상상조차 하지 않았던 것이다.

조작량은 터져 나오려는 분노를 가까스로 참고 있었다.

'매번 염가연이라니…….'

자신의 약점을 잘 알고 있는 놈들이라는 생각을 지울 수 없었다.

'그녀를 괴롭히는 게 나에게 더 큰 고통을 가져다준다는 걸 흉수들은 잘 알고 있다.'

조작량은 그렇게 믿었다. 그렇지 않고서야 두 번씩이나 다른 사람도 아닌 염가연을 노릴 이유가 없기 때문이다.

'그렇다면 대체 누구일까? 누가 나의 숨겨진 약점을 이토록 잘 안단 말인가?'

의문이 또 생긴다.

'어떤 놈이든 좋다. 반드시 잡아서 가죽을 벗기고 뼈와 살을 낱낱이 발라주리라.'

조작량의 눈에 살기가 어른거렸다.

"한 시진 전이다. 얼마 가지 못했을 것이다."

무거운 침묵.

"준비는?"

무리 중에서 흑색 무복을 입고 깡마른 몸집에 광대뼈가 튀어나온 중년의 사내가 앞으로 나섰다.

"보주님의 명이 떨어지기만 기다리고 있습니다."

"놓쳐서는 안 된다. 이번만큼은 반드시 이 조작량과 지존보를 우습게 알고 모욕하는 그놈들의 뿌리를 뽑아버려야 한다."

"명심하고 있습니다."

"가라!"

"존명!"

사내가 포권하고 우렁차게 복명했다. 쭉 찢어진 독사의 눈에서 으스스한 한광이 뻗어 나왔다.

추혼사객(追魂蛇客) 우문창(宇文暢).

그는 지존보의 제삼천인 흑천유밀대(黑天幽密隊)의 총령이다. 천주인 천리취향(千里取香) 서문표(徐門標)가 보주의 밀명을 받고 보를 떠난 이래 그가 흑천유밀대를 이끌고 있었다.

그는 별호가 말해주듯이 뱀처럼 차갑고 냉혹한 자였다. 한번 노리면 혼백마저 그의 손아귀에서 빠져나가지 못한다고 알려져 있다.

살수(殺手).

그는 그 방면에서 이미 일가를 이루고도 남을 만한 자였다. 추적과 암격, 그리고 비정함. 그 세 가지를 극성에 이르도록 익힌 자인 것이다.

우문창이 대전을 떠나자 조작량의 눈길은 제일천인 밀천유운대의 천주에게 향했다.

"이번에는 실수없겠지?"

병제갈 가운악의 얼굴이 붉어졌다. 작년의 실패를 보주가 상기시켜 주었기 때문이다.

그가 앞으로 나서서 조심스럽게 말했다.

"아무도 눈치 채지 못하도록 은밀히 미행을 붙여두었습니다. 이번만큼은 개미새끼 한 마리도 밀천의 감시에서 벗어날 수 없을 것입니다.”

“그렇다면 안심이군. 이번만큼은 수단과 방법을 가리지 말고 원흉을 잡아 배후를 밝혀내야만 한다.”

“존명.”

가운악이 물러나자 전왕 섭철곤이 큰 소리로 불렀다.

“보주!”

“말씀하시게.”

“내가 나가게 해주시오!”

조작량이 말없이 머리를 가로저었다.

“이런 일에는 아우님보다 밀천과 흑천의 능력이 더 크게 쓸모있을 것이네.”

“……”

섭철곤이 뚱한 얼굴로 볼을 부풀렸다. 조작량이 그를 달랬다.

“아우님의 힘은 함부로 내돌릴 게 아니네. 가장 중요한 때에 나를 위해 그것을 한꺼번에 터뜨려 주어야 하지 않겠나?”

“만약, 이번에도 나의 기마대가 피해를 입는다면 그때는 내가 직접 강호를 피로 씻어버리겠소이다.”

“그런 일을 없을 것이야.”

조작량의 입가에 싸늘한 웃음이 떠올랐다.

그는 염가연이 수척해진 얼굴로 반년 만에 옥봉각의 문을 열고 나와 바다를 보러 가겠다고 했을 때 거절할 수 없었다.

어떻게 해서든 그녀의 마음을 달래고 돌려놓아야 하니 그렇다.

하지만 안심할 수 없었다. 그래서 그는 밀천과 흑천에 명령을 내려서 암중에 그녀를 호위하도록 했다.

표기령과 화천비룡대가 표면에 드러난 호위대라면 밀천의 밀자들과 흑천의 살수들은 암중의 호위대였던 셈이다.

그들은 서로 정보를 교환하며 염가연 일행을 멀리 에워싸고 은밀하게 따르고 있었다.

염가연이 있는 곳을 중심으로 사방 일백 리에 걸쳐 치밀한 그물을 친 것이다. 천라지망이라고 해야 할 그 감시망에 한 번 걸려들면 빠져나갈 자가 없을 것이다.

그런데도 사건이 터졌다.

집단이 움직였다면 밀천과 흑천의 정보망에 걸리지 않았을 리가 없다. 하지만 한 놈이었기 때문에 이번에도 허를 찔린 셈이다.

"정말 한 놈이었단 말이지?"

수하에게 다시 한 번 확인하는 추혼사객 우문창도 눈살을 잔뜩 찌푸렸다.

그 한 놈이 표기령의 애송이들을 이십 명 가까이, 그것도 모두 죽여 버리고 유유히 염가연을 끌고 달아났다는 게 놀랍다.

"그래? 정말 그랬단 말이지?"

우문창의 얼굴에 서서히 차가운 웃음이 떠올랐다.

"재미있겠군."

"세 명씩 다섯 조가 추격에 나섰습니다. 어떻게 할까요?"

연락을 책임진 조이령(曹二令)이 조심스럽게 물었다. 우문창의 미소가 더 짙어졌다. 조이령은 바짝 긴장하고 머리를 숙였다. 등줄기가 선뜻해진다.

흑천유밀대의 이백 명 척살자들은 모두 대주인 서문표보다 총령인 우문창을 더 두려워하고 꺼려했다. 독사와 같이 차갑고 지독한 심성을 지닌 자였기 때문이다.

그가 이와 같이 짙은 미소를 띨 때면 그것이 가슴속에 넘쳐나는 살기를 감추기 위한 것임을 누구나 다 안다. 여차하면 언제 그랬는지도 모르게 목이 떨어질 수 있는 것이다.

"다섯 조를 더 짜라."

"존명!"

"밀천유운대의 얼간이들은 배제한다."

"예?"

온갖 정보와 첩보를 수집하고, 소식을 알아내는 데에는 그들의 눈과 귀가 절대적으로 필요했다.

그 밀천이 전력을 기울이고 있었다. 열 명의 밀자가 그들에게 속해 있는 무력조인 흑살수 일백 경 중 오십 명을 이끌고 출동한 것이다.

그들의 의도는 명백했다.

'이번만큼은 밀천의 힘으로 해결한다. 그래서 잃어버린 명예를 되찾는다.'

그런 천주의 생각을 누구나 다 알았다.

밀천의 흑살수들은 흑천의 척살조 못지않게 전문적인 추적과 암살 교육을 받은 자들이었다. 그들 개개인의 능력을 절대 무시할 수 없다.

그래서 언제나 흑천과 밀천 두 집단은 서로 경계하고 경쟁했다. 하는 일에 겹치는 부분이 있기 때문이다.

그들과 흑천의 척살조가 공동 작업을 한다면 성공할 확률은 절대에 가까워진다. 하지만 여태까지 그렇게 된 적은 없었다.

우문창이 눈빛을 감추고 스산하게 말했다.

"나는 한 번 실패한 것들을 다시는 믿지 않아. 한 번 배신한 자를 용서하지 않는 것과 같지."

"……."

"그놈들이 주는 정보는 받아라. 하지만 전부 믿어서는 안 되겠지. 공을 노리는 놈들이니 우리에게 모든 걸 넘겨줄 리가 없다. 안 그러냐?"

"그, 그렇습니다."

"흐흐, 우리도 마찬가지야. 그놈들을 따돌리고 우리가 이 일을 해결한다.”

“존명!”

“대체 얼마 만에 이와 같이 상쾌한 날을 맞이해 보는 거냐?
나는 이 즐거움을 혼자 누리고 싶다.”

*   *   *

‘아닐 거야.’

단목향은 이를 악물었다. 눈앞에서 벌어진 일을 믿을 수 없
었다.

‘아닐 거야. 그는 죽었어.’

류의 죽음에 대한 구체적인 이야기들까지 떠돌지 않았던
가.

‘그럼 저놈은?’

단목향이 멍한 눈으로 류가 염가연과 함께 사라진 숲 속을
바라보았다. 그리고 아직 표기령 검사들의 주검이 내버려져
있는 벌판을 바라본다.

그녀는 류가 싸우는 법을 누구보다 잘 알고 있었다. 그와
함께 적을 맞아 싸우기도 했고, 그가 싸우는 걸 여러 번 지켜
보기도 했기 때문이다.

괴한이 비록 검을 휘둘렀지만, 싸움의 방식은 류의 그것을
떠올리게 했다. 그가 아니고서는 그와 같이 강력하고 치명적

인 싸움을 하는 자를 찾아보기 어려울 것이다.

하지만 그는 죽었다고 했다.

단목향의 머릿속이 헝클어진 실타래처럼 어지러워졌다.

산 아래까지 쫓아왔던 화천비룡대의 기마들이 흩어지는 걸 보면서 단목향은 제가 웅크리고 있던 자리를 떠났다. 류가 사라진 방향을 보고 살쾡이처럼 재빠르고 소리없이 움직인다.

그녀는 반년 전 놀라고 두려워하던 그 검기령주 단목향이 아니었다. 어디에서 무엇을 했는지, 그때와는 전혀 다른 사람처럼 변해 버렸다.

쉬지 않고 두어 시진을 달렸나 보다. 염가연은 벌써부터 류의 등에 업혀 있었다. 서로 말을 나눌 새도 없이 정신없이, 방향을 정해놓은 것도 없이 그저 산으로 산으로만 달렸다.

해가 높이 떠올랐고, 시장기가 밀려든다.

"내려줘."

염가연이 비로소 말했다. 내내 류의 등에 묻고 있던 얼굴을 들었다. 창백한 볼에 한줄기 홍조가 떠올라 있었다. 안심하고 있는 것이다.

류가 개울가에 그녀를 내려놓고 땀으로 흠뻑 젖은 옷을 풀었다. 머리의 모자까지 벗고 나자 비로소 그의 얼굴이 드러났다.

“아!”

염가연이 어지러운 듯 머리를 짚고 비틀, 했다.

“왜 그래? 다친 거야?”

류가 그녀의 팔을 붙들었다.

“너, 너…… 정말 너지? 너야?”

“무슨 소리냐?”

“귀신이…… 아니지? 그렇지?”

“엉뚱한 소리. 이렇게 밝은 날에 나돌아다니는 귀신이 있
겠어?”

“그럼…… 어떻게 된 거야? 너는 죽었다고 했는데…….”

“죽었지.”

“……?”

“하지만 마음마저 죽지는 않더군.”

“무슨…….”

“너와의 약속을 지키지 못했잖아. 아직 사문의 복수는커녕
원수가 누구인지 알아내지도 못했다. 그런데 너 같으면 그대
로 죽을 수 있겠어?”

“…….”

“저승사자도 내 한의 무게 때문에 나를 업고 가지 못하더
라.”

“말도 안 돼…….”

“그래서 이렇게 다시 돌아온 거야. 봐, 다시 살아났다. 믿

어져?”

“아니, 믿을 수 없어. 어떻게 믿겠어?”

“이렇게 보고 느끼면서도?”

그녀가 손을 뻗어 류의 볼을 감쌌다. 뺨에 난 상처를 쓰다듬는다.

피딱지가 말라붙어 있는 그것.

잘못했으면 제 손으로 류를 죽일 뻔했다는 아찔함과 이렇게 둘만이 다시 있게 되었다는 기쁨 때문에 그녀는 눈물을 흘렸다.

“너를 이렇게 만질 수 있잖아. 그래서 나는 믿지 않았어. 처음부터 믿지 않았어. 네가 죽었다는 바로 그걸 믿지 않았단 말이야, 이 바보야.”

와락 류의 가슴속으로 파고들었다.

류가 가늘게 떨리는 그녀의 어깨를 굳게 감싸 안았다. 다시는 누구도 내 품에서 너를 빼앗아가지 못하게 하겠다는 의지가 느껴진다. 그래서 염가연은 더욱 서럽게 흐느껴 울었다.

“봐, 사방을 둘러봐. 아무도 방해하는 자가 없다. 자유야. 어디로든 가도 돼.”

“정말 그럴 수 있을까?”

염가연의 얼굴에 그늘이 드리웠다.

“왜? 겁이 나는 거냐?”

“그들이 곧 뒤쫓아올 거야.”

“아무도 우리를 찾을 수 없을걸?”

“아니, 그들은 달라. 나는 느낄 수 있어. 그들이 처음부터 내 뒤를 따르고 있었다는 걸.”

“알 수 없군. 대체 누구를 말하는 거지?”

“흑천의 척살조. 그리고 밀천에서도 사람들을 내보냈겠지.”

“……!”

“하지만 상관없어. 그들에게 지금 당장 잡혀 죽는다고 해도 원망하지 않겠어.”

“왜?”

“너와 함께 있으니까. 이제는 너와 함께 죽을 수 있잖아? 그러면 돼.”

류와 함께 살 수 있다는 것 못지않게 그와 함께 죽을 수 있다는 건 행복한 일이다.

그래서 그녀는 류의 품으로 더욱 파고들며 또 울었다.

행복 속에서 예감해야 하는 불행이 더 고통스럽기 때문인지도 모른다.

그녀가 예감하는 그것. 불행의 사자들이 소리없이 다가왔다.

“……!”

피부에 와 닿는 바람과 폐에 채워지는 공기의 느낌이 달라졌다고 느낀 순간, 류가 그녀를 안은 처 뒹굴었다.

싸아아아―

찰나의 차이를 두고 여섯 개의 궁시(弓矢)가 그들이 앉아 있던 자리를 스쳐 개울물 속으로 빨려 들어갔다.

석궁(石弓)이었다.

근접한 거리에서 쇠뇌처럼 위력을 발휘하는 무서운 것이다.

첨벙거리며 개울을 뛰어 건넌 류가 커다란 자작나무 둥치를 안고 돌았다.

싸아아아―

예리한 파공성을 달고 뒤쫓아온 궁시들이 텅, 텅, 하는 요란한 소리를 내며 나무에 박혔다. 아름드리 나무 둥치가 웅웅거리며 운다.

류의 얼굴에 긴장이 어렸다. 놈들이 보이지 않기 때문이다. 교묘하게 몸을 감추고 석궁을 쏘아대는 자들.

무사로서의 당당함이 없다는 비난 따위는 아무렇지도 않게 여기는 척살자들이 분명했다.

오직 뒤쫓아 죽이는 게 그들의 목적이고, 그걸 이루기 위해서 수단과 방법을 가리지 않는 야비한 자들. 그래서 무섭다.

"밀천의 흑살수들이야."

화살 깃에 새겨져 있는 문양을 본 염가연이 빠르게 속삭였다.

"흑살수?"

밀천에 그런 조직이 있다는 건 처음 들었다.

"적어도 삼 개 조는 와 있을 거야."

염가연의 속삭임에 두려움이 담겨 있다.

"세 명이 한 조를 이루어 행동하는 자들이거든."

여섯 개의 궁시가 동시에 날아들었다는 건 두 개 조가 전면에 나섰다는 걸 의미한다. 염가연은 재빨리 주위를 돌아보았다. 뒤를 받쳐 주는 조가 한 개, 혹은 두 개쯤 더 있을 것이다.

맹수가 무리 지어 사냥을 하는 것과 같았다. 한 무리가 전면에서 위협해 먹잇감의 주의를 끄는 동안 뒤에서 은밀히 다가온 놈들이 공격을 한다.

역시 그랬다.

"저쪽, 바위 뒤."

염가연이 다급하게 속삭였다. 그들이 몸을 감추고 있는 자작나무 뒤쪽, 울창한 숲에 바위 한 개가 튀어나와 있었는데, 염가연은 그곳의 기척을 감지했던 것이다.

"괜찮겠어?"

류가 허리춤에 찔러 넣었던 모자를 꺼내 푹, 눌러쓰며 물었다. 염가연이 머리를 끄덕인다.

"내 뒤를 따라와."

얼굴을 가린 류가 나무 둥치를 밀어내고 그 탄력을 빌어 쏜살같이 뛰어나갔다.

싸아아아—

과연 그녀의 말처럼 바위 뒤에서 불쑥 고개를 내민 세 놈이 석궁을 쏘았다. 눈에 보이지도 않을 만큼 맹렬하게 쏘아져 나오는 세 개의 짧은 화살.

텅텅텅!

류가 몸을 굴리자 이내 등 뒤에서 무거운 소리가 났다. 그것들이 자작나무 둥치에 반 넘게 푹, 꽂혀 버린 것이다.

벌떡 일어난 류가 두 번 크게 도약해서 바위를 뛰어넘었다. 세 놈이 석궁을 버리고 삼면으로 흩어진다.

검은 옷에 검은 복면을 하고 검게 칠한 짧은 검을 든 자들.

류는 그자들의 모습에서 과거 오룡장을 습격해 잔인무도한 살육을 저질렀던 자들의 모습을 떠올렸다. 그때의 그놈들도 비슷한 복장이었던 것이다.

맹렬한 적의가 치솟는다.

"차합!"

류가 상처 입은 짐승처럼 소리치며 그들 속으로 뛰어들었다.

싯!

관자놀이를 찔러오는 검. 정면의 흑의인이 가슴을 부딪칠 듯 뛰어들고, 뒤에서도 목덜미를 노리며 검이 떨어졌다.

완벽한 삼면세(三面勢)의 합공이다.

류가 주저앉을 듯 몸을 낮추었다. 두 자루의 검이 머리 위를 스쳐 갔고, 배를 노리던 정면의 검은 그의 이마에 닿을 듯

다가왔다.

류는 그 긴박한 순간에 한 치의 공간을 눈으로 확인했다. 검봉과 이마 사이의 그 작은 공간은 순식간에 사라진다. 하지만 류의 움직임은 그 찰나의 시간을 충분히 활용했다.

꽝!

몸을 비틀며 땅을 쓸 듯이 뻗어 휘두른 발에 놈의 발목이 걸렸다.

꽈직!

마른 나뭇가지 부러지는 소리가 났다.

"큭!"

그놈이 복숭아뼈가 으스러지는 고통을 이기지 못하고 신음을 흘렸다. 비틀거린 순간 불쑥 몸을 일으킨 류가 그놈을 꽉 끌어안았다. 놈을 방패 삼아 한 바퀴 돌더니 와락 밀어버린다.

퍼퍽!

두 놈이 망설임없이 쓸모없게 된 동료를 찔러 쓰러뜨리고 여전히 달려들었다.

"지독한 놈들."

류가 이를 갈았다.

한 놈은 부상을 입은 동료를 구하기 의해 떨어져 나갈 줄 알았던 것이다. 그러면 한 놈씩 순식간에 제압해 버릴 수 있다.

그런데 그놈들은 부상을 입은 자는 더 이상 동료로 여기지 않았다. 적이나 다름없이 해로운 존재로 규정하고 아무 거리낌 없이 죽여 버린다.

오직 목표에 대한 지독한 집념이 있을 뿐인 자들. 무서웠지만 그만큼 그놈들에 대한 적의도 커졌다.

이를 간 류가 그놈들을 마주 보며 달려들었다.

쉿!

미간을 노리고 번개처럼 뻗어오는 검봉. 찔릴 듯한 순간에 류가 슬쩍 머리를 기울였다.

싸늘한 검봉이 아슬아슬하게 목을 스치고 지나간다. 그리고 류의 갈퀴 같은 다섯 손가락이 그놈의 손목을 꽉, 움켜잡았다.

뿌드득!

몸을 틀며 사정없이 그놈의 팔을 비틀어 버린다.

"으윽!"

놈이 낮게 억눌린 비명을 터뜨렸다. 등 뒤로 돌아간 팔의 관절이 떨어져 나가고, 힘줄이 빨래처럼 뒤틀리는 고통으로 정신이 아뜩해진다.

쾅!

그런 놈의 뒤통수에 류의 팔꿈치가 떨어졌다.

머리통이 푹, 꺼져 버린 놈을 옆에서 달려드는 놈에게 와락 밀쳐 낸 류가 훌쩍 뛰어올랐다. 그놈이 방해물을 피하기 위해 잠깐 중심을 옮긴 그 순간이다.

빠악!

놈은 류의 움직임을 놓치지 않고 눈으로 잡았지만 그의 비각이 날아드는 걸 막거나 피할 순 없었다. 중심이 한쪽으로 쏠려 있는 순간이었던 것이다.

관자놀이가 터져 버린 놈이 비명 소리도 내지 못하고 옆으로 눕는다.

"빨리!"

염가연이 급하게 소리쳤다.

숲 속에서 여섯 놈이 개울을 뛰어넘어 달려오고 있었던 것이다.

핏!

그녀의 창백하도록 흰 손가락 끝에서 한줄기 차가운 빛이 뻗어나간 것 같았다.

그런 착각을 불러일으킬 만큼 그녀의 비도술은 은밀하고 맹렬했다.

"컥!"

그녀에 대한 경계심은 풀어놓고 있던 선두의 한 놈이 목을 움켜쥐고 처박혔다.

의외의 상황이었다. 그래서 남은 놈들이 주춤했다. 설마 염가연이 자신들에게 비도를 날릴 줄은 꿈에도 몰랐기에 더욱 놀란 것이다.

"가! 어서!"

염가연이 헐떡이며 말했다.

류는 이미 그녀의 비도 솜씨를 한차례 겪어보았다. 처음 보는 그녀의 솜씨에 가슴이 서늘해지도록 놀라지 않았던가.

혀를 찬 류가 그녀의 손을 잡고 어두운 숲 속으로 뛰어들었다.

삐이익—

뒤에서 날카로운 호각 소리가 들려왔다.

"그들이 이렇게 빨리 쫓아올 줄 몰랐어."

그녀가 가쁜 숨을 헐떡이며 말했다.

"이제는 내가 배신했다는 걸 모두 알게 될 거야."

하지만 놀라거나 두려워하는 기색은 없었다. 오히려 흥분하고 있는 것 같았다.

빤히 바라보는 류를 향해 그녀가 소리없이 웃으며 말했다.

"몇 놈이 되었든 상관없어. 그렇지?"

굳은 믿음이 느껴진다. 류도 빙긋 웃으며 머리를 크게 끄덕여 그녀에게 확신을 주었다.

"물론이지."

"그래, 우리 둘이 이렇게 함께 있는데 염라대왕이면 어때? 나는 하나도 두렵지 않아. 너와 함께라면 아무것도 무서울 게 없어, 죽는 것도."

그들은 젖은 솜처럼 무거워진 몸을 이끌고 산으로 올라가고 있었다. 시야가 트인 계곡보다는 숲이 우거진 산속이 몸을 숨기기에 쉬울 거라고 생각한 것이다.

능선은 이 산에서 저 산으로 이어져 있다. 탁 트인 평원만 만나지 않는다면 산을 떠나지 않을 수 있다.

류는 밤이 될 때까지 버티던 된다고 생각했다. 그러면 놈들의 추격을 따돌릴 수 있으리라.

문제는 염가연이었다. 그녀는 더 이상 걷기 어려울 만큼 지쳐 있었다. 조금만 움직여도 슘이 턱에 차고 기운이 빠져서 헐떡거렸다. 이 상태라면 밤까지 가지 못할 것이다.

"아!"

헐떡이던 그녀가 쓰러진 나므 등치에 걸려 나뒹굴었다. 류가 부축하려고 돌아선 순간,

피잉―

좌측에서 튀어나온 가느다란 철삭이 그가 있던 허공을 쓸고 지나가 나무를 때렸다.

염가연 때문에 주춤거리고 돌아서지 않았더라면 의외의 곳에서 불쑥 튀어나온 그것에 목을 휘감겼을지도 모른다.

착!

나무를 휘감는 철삭의 경쾌한 소리에 놀란 류가 재빨리 앞으로 뛰어나갔다.

염가연을 안고 일어섰을 때, 왼쪽의 자작나무 뒤에서 저승사자처럼 시커먼 놈 하나가 불쑥 솟구치더니 미끄러지듯 다가왔다.

위이잉—

그가 휘두르는 철삭이 날카로운 파공성을 내며 날아왔다. 염가연을 안아 든 류가 재빨리 젖은 나무를 끼고 돌았다.

착!

철삭이 나무 둥치를 때리고 급히 휘어지더니 그것에 달려 있는 철추가 뒤통수를 노리고 쏘아져 들어온다.

"흡!"

류가 놀란 숨을 들이켜며 다시 앞으로 튀어나갔다.

"놈!"

기다렸다는 듯 그놈이 철삭을 회수하며 왼손에 쥐고 있던 구겸(鉤鎌)을 크게 휘둘러 찍어왔다.

부스럭거리는 소리가 좌우에서 어지럽게 들렸다. 추적자들이 십여 장 밖까지 다가와 있는 것이다.

류가 입술을 악물었다. 저놈들이 가세하기 전에 눈앞에 있는 놈을 해치워야 한다.

"비켜서 있어."

염가연을 밀어낸 그가 한 마리 표범처럼 몸을 날렸다.

놈에게서는 아무 소리도 나지 않았다. 숨소리마저 들리지 않는다.

귀신같은 놈.

그놈이 조금도 꺼려하지 않고 왼손을 뻗어 철삭을 뿌리며 오른손의 구겸을 휘둘렀다.

피잉—

철삭이 날카로운 파공성을 내며 어깨를 스치고 뻗어나갔다. 그사이 세 걸음 더 다가선 류의 목덜미로 구겸이 떨어진다.

류가 몸을 흔들었다. 구겸의 새파란 날이 아슬아슬하게 어깨를 스쳤다.

'시간을 끌면 안 된다.'

류는 뒤에서 휘감아오는 철삭을 무시한 채 한 발을 번쩍 들어 맹렬하게 그놈의 손목을 걸어찼다.

놈이 팔을 떨어뜨려 류의 발끝을 피하고 미끄러지듯 옆으로 돌았다. 그 바람에 류의 목을 휘감을 듯이 끌어당겨지던 철삭이 힘을 잃고 떨어졌다.

류가 다시 크게 한 걸음 내딛어 다가서며 열 손가락을 활짝 펼쳤다.

이와 같이 길고 짧은 두 개의 병장기를 사용하는 자를 상대하려면 거리를 빼앗는 수밖에 없다.

다가서면 철삭이 무용지물이 될 것이고, 떨어지면 구겸이 무용지물이 된다.

놈이 감히 경시하지 못하고 구겸을 휘둘러 류의 손목을 끊을 듯 후려쳤다. 그사이 류가 반걸음 더 다가서며 손가락을 맹렬하게 튕겼다.

쨍!

짧고 날카로운 소리와 함께 놈이 낯을 찌푸렸다.

류의 손가락에 맞은 구겸이 수수깡처럼 꺾이고, 팔을 타고 전해오는 손가락 힘에 어깨가 마비되었던 것이다.

'이럴 수가 있나?'

당황하여 물러서려는데, 오른쪽에서 불쑥 류의 주먹이 튀어나왔다.

죽이겠다는 생각은 버렸다. 이제 놈은 본능적으로 제 목숨을 지키려 했다.

혼신의 힘을 다해 땅을 박차고 뛰어오르는데 어깨에 불로 지지는 것 같은 통증이 느껴졌다.

주먹은 속임수였던 것이다. 류의 갈퀴 같은 다섯 손가락이 어느새 어깨의 살을 뚫고 들어와 뼈를 움켜쥐고 있다.

"컥!"

놈이 찢어질 듯 눈을 부릅뜨고 비명을 터뜨렸다.

코앞에 다가와 있는 류의 차갑고 스산한 눈길.

그것이 그가 이 세상에서 본 마지막 모습이었다. 그리고 억누를 수 없는 두려움이었다.

『패왕투』 5권에 계속…

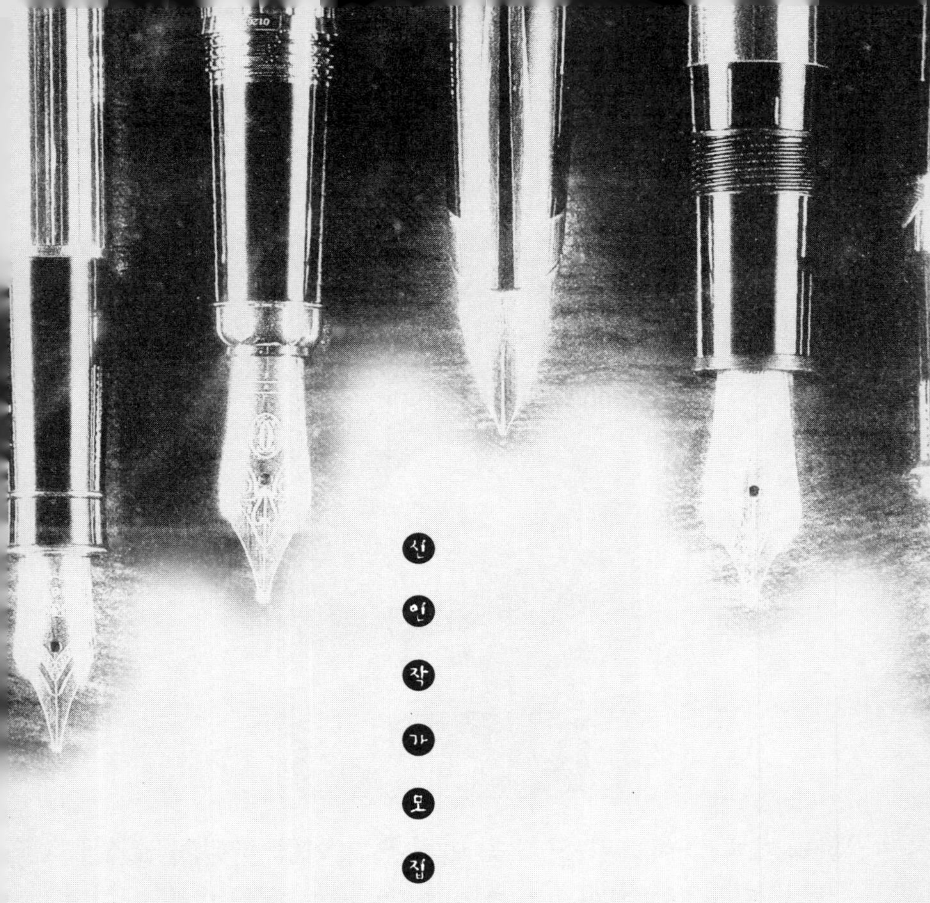

신
인
작
가
모
집

무한 상상 · 공상 세계, 청어람 신무협&판타지

「표사」, 「소환전기」를 뛰어넘는
참신한 재미와 쾌감을 선사한다!

청바지와 박스티 같은 무협 소설!
쉽고 재미있는, 편한 무협을 즐겨라!

『잠룡전설』
(潛龍傳說)

잠룡전설(潛龍傳說) / 황규영 지음

"주유성?
영웅이지. 하늘이 내린 사람이야.
그 사람 게으르다고?
에이, 난 그런 소문 안 믿어.
게으름뱅이가 어떻게 그런 엄청난 일들을 해?"

강호에 내린 희대의 겁난.
하늘은 엄청 센 놈을 영웅이랍시고 내린다.
하지만…….
젠장! 엄청난 게으름뱅이다!!

무한 상상·공상 세계, 청어람 신무협&판타지

설봉 新무협 판타지 소설!
절대로 놓칠 수 없는 2006년 최고의 걸작!!

마야(魔爺) / 설봉 지음

강렬하다……!
절대적 무협 지존!
『마야』
(魔爺)

소사(小事)로 시작되어 천하대란(天下大亂)으로 이어지는 끝없는 피의 역사…

북검문(北劍門)과 남도문(南刀門)의 탄생이었다.

두 세력은 장강을 경계 삼아 전쟁을 방불케 하는 싸움을 벌이고 있다.
삼십 년…… 삼십 년 동안이나…….

그리고 절대 죽을 것 같지 않던 그가 죽었다.

**"나를 죽인 건…… 큰 실수야.
나보다 훨씬 무서운… 곧… 곧 너희를……."**

지금 유전자가 말하는 사랑과 성의 관한 솔직 대담한 진실이 펼쳐집니다!

남편의 후광을 등에 업는 것은 까마귀와 인간뿐…

모두에게 바보 취급받던 독신 암컷이 단번에 인생대역전을 해서
서열 1위인 수컷의 아내 자리를 차지하게 될 수도 있다는 말입니다.
모든 여성이 이상형의 남자와 결혼할 수 있는 것은 아닙니다.
적당한 선에서 타협하여 적당한 사람과 결혼하지요.
하지만 솔직히 말해서 당연히 멋진 남자가 더 좋지 않겠습니까?
따라서 여성은 생각합니다.
'그럼 어떻게 하지? 유전자만이라면 가질 수 있어!'
그리하여 장기계획형이나 단기승부형과 같은 여러 가지 방법의
외도가 생겨나는 것입니다.
물론 모든 여성이 이를 실행에 옮기지는 않습니다.

하지만 기회가 있다면 어떨까요?
다른 조건과 이미 타협을 봤다면?
남편이 사소한 일은 눈치 못 채는 둔한 남자라면?
뭔가 유전자의 음모가 느껴지지 않습니까?

실패를 모르는 남자 선택법!
「내 남자친구는 왼손잡이」 법칙

어째서 여성은 왼손잡이 남성에게 마음이 끌리는 걸까요?

여기서 기억해야 할 것은 몸의 좌우와 뇌의 좌우는 원칙적으로 반대 관계라는 점입니다.
따라서 왼손잡이 남성은 우뇌가 발달했습니다.
발달했다는 사실이 왼손잡이를 통해 반영된 것입니다.

그리고 두 번째로 생각해야 할 것은 우뇌는 남성 호르몬의 일종인 테스토스테론에 의해 발달한다는 점입니다.
요약하자면 왼손잡이 남성은 우뇌가 발달했는데, 그것은 테스토스테톤 수치가 높기 때문입니다.
그것은 다름 아닌 생식 능력이 높다는 것을 의미하지요.

「내 남자 친구는 왼손잡이」에 감춰진 의미는… 내 남자 친구는 생식 능력이 높아… 인 것입니다.

입소문을 통해 아는 분은 다 알고 계십니다!
올 한해 공인중개사 최고의 화제작!

1~2권 합본 | 이웅훈 지음
3~4권 합본 | 이웅훈 지음
5~6권 합본 | 이웅훈 지음
용어해설 | 이웅훈 지음

수험생 기본 필독서
만화 공인중개사

제목 : 만화공인중개사 쓰신 분에게 감사드립니다.

학원을 두 달 다녔어요. 근데 과연 그 숫자 외우기 그런 게 몇 문제나 나올까 생각을 했어요.
아니라는 생각이 드네요. 학원강의를 뒤로하고 서점을 갔어요. 내 머리에 가장 이해될 수 있는
책이 없나 하구요. 거기서 만화를 발견했어요. 무조건 세 번 봤어요. 3개월 걸렸어요. 문제집을 보라고
했는데 그건 시행을 못했어요. 근데 합격을 했네요.
어떻게 감사의 말을 해야 될지……
도서관에서 만화책 들고 다니니까 사람들이 비웃더라구요. 만화책으로 공인중개사를 공부한다고
미친 사람처럼 보더라구요. 근데 그거 다 감수하고 했던 내가 자랑스럽습니다.
어떻게 감사의 말을 해야 할지… 정말 감사합니다.
부디 행복하세요. 제 나이 41살에 좋은 스승을 만난 것 같습니다.
엎드려 감사드립니다.

—본사 홈페이지에 독자분이 올린 메일 中에서 발췌—